SHAKESPEARE

莎士比亚、乌托邦与革命

UTOPIA AND REVOLUTION

张沛 著

华东师范大学出版社
上海

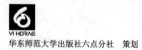
华东师范大学出版社六点分社 策划

总　　序

每个民族都有自己的文化英雄和灵魂作家,彼此间未必能够认同;但在世界文学的万神殿中,莎士比亚享有无可置疑的和众望所归的崇高地位。他在生前即已成为英国现代-民族文学的偶像明星,自浪漫主义时代以降更是声誉日隆,并随"日不落帝国"的政治声威和英美文化霸权而成为普世文学的人格化身,即如美国学者艾伦·布鲁姆(1930—1992)所说:

> 莎士比亚对所有时代和国家中那些认真阅读他的人产生的影响证明我们身上存在着某种永恒的东西,为了这些永恒的东西,人们必须一遍又一遍地重新回到他的戏剧。①

当然,这个"我们"在我们看来更多是西方人的"我

---

① Allan David Bloom: *Love and Friendship*, Simon & Schuster, 1993, p.397.

们",即西方人自我认同的、以西方人为代表的,甚至默认(首先或主要)是西方人的那个"我们"。正像莎士比亚取代不了荷马、维吉尔、但丁一样,我们——我们中国人——在莎士比亚中也读不到屈原、陶渊明和杜甫。那是另一个世界,一个不同的世界。这一不同无损于莎士比亚(或杜甫)的伟大;事实上,正是这一不同使得阅读和理解莎士比亚——对于我们,他代表了一个不同的世界,我们既在(确切说是被投入或卷入)其中又不在其中的世界——成为一种必需的和美妙的人生经验。

在中国,莎士比亚作品原典的翻译已有百年以上的发展和积累,如朱生豪、梁实秋、方平等人的译本广为流传而脍炙人口,此外并有新的全集译本正在或即将问世,这为日后的注疏工作打下了坚实的基础。中国古人治学格言:"旧学商量加邃密,新知培养转深沉。"时至今日,中国汉语学界的西学研究渐入"加邃密"和"转深沉"之佳境,而莎士比亚戏剧与诗歌作品的注疏——或者说以注疏为中心的翻译和研究工作——也该提上今天的工作日程了。

有鉴于此,我们准备发起"莎士比亚研究"丛书,以为"为王前驱"、拥彗清道之"小工"。丛书将以注释和翻译为主,后者重点译介20世纪以来西方特别是英语世界中的莎学研究名著,兼顾文学、思想史、政治哲学、戏剧表演等研究领域和方向,从2021年起陆续分辑推出。至于前者,即"莎士比亚注疏集"(以下简称"注疏集")部分,编者也有一些原则性的先行理解和预期定位,敢布衷怀于此,并求教于海内方家与学界同仁。

首先,在形式方面,注疏集将以单部作品(如《哈姆雷特》或《十四行诗集》)为单位,以朱生豪等人译本为中文底本,以新阿登版(兼及新牛津版和新剑桥版)莎士比亚注疏集为英文底本(如果条件允许,也会参考其他语种的重要或权威译本),同时借鉴具有学术影响和历史意义的研究成果,既入乎其内又出乎其外地对之进行解读——事实上这已触及注疏集和文学解释乃至"解释"本身的精神内容,而不仅是简单的形式要求了。

所谓"入乎其内又出乎其外",首先要求解释者有意识地暂时搁置或放下一切个人意志与成见而加入莎士比亚文学阐释传统这一不断奔腾、历久弥新的"效果历史"长河。其次是进入莎士比亚文学的传统:作为"一切时代的灵魂",莎士比亚关注的是具体情境中的普遍人性,即便是他政治意味相对明显的英国历史剧和罗马剧也首先是文学文献而非其他(尽管它们也可用于非文学的解读)。第三是进入"中国",即我们身为中国人而特有的审美感受、历史记忆、文化经验和问题意识,因为只有进入作为"西方"之他者的"中国",我们才有可能真正走出西方中心主义的自说自话而进一步证成莎士比亚文学的阐释传统。

以上所说,只是编者的一些初步想法。所谓"知难行易",真正实现谈何容易!(我在此想到了《哈姆雷特》"戏中戏"中国王的感叹:"Our thoughts are ours, their ends none of our own.")蒙华东师范大学出版社六点分社倪为国先生信任,本人忝列从事,承乏主编"莎士比亚研究丛书"。自惟瓦釜之才,常有"抚中徘徊"、"怀隐忧而历兹"之感,但我确信这是一项有意义的事业,值得为之付出。昔人有言:"锲而不舍,金石可镂。"(《荀子·劝学》)请以二十年为期,其间容有小成,或可留下此在的印迹,继成前烈之功并为后人执殳开道。本人愿为此前景黾勉努力,同时祈望海内学人同道惠然肯来,共举胜业而使学有缉熙于光明——为了莎士比亚,为了中国,也是为了方生方逝的我们:

> 皎皎白驹,在彼空谷。
> 生刍一束,其人如玉。
> 毋金玉尔音,而有遐心。

> There lies the port; the vessel puffs her sail:
> 'Tis not too late to seek a newer world.
> Our virtues lie in the interpretation of the time.
> *Multi pertransibuntet augebitur scientia.*

张沛

2021 年 9 月 4 日于昌平寓所

目　录

序曲
彼特拉克的焦虑…………………………… 3

进场
英国"现代文学"的发生 …………………… 17
锡德尼的敌人……………………………… 39

第一歌
爱欲与城邦………………………………… 59
城邦与诗人………………………………… 81
凯撒的事业………………………………… 103

第二歌
莎士比亚的意图…………………………… 131
王者的漫游………………………………… 153
莎士比亚的乌托邦………………………… 175

第三歌

乌托邦的秘密…………………………………… 211
培根的寓言…………………………………… 228
霍布斯的革命………………………………… 249

终曲

洛克的"白板" …………………………… 275

索引…………………………………………… 301
后记…………………………………………… 310

序　　曲

彼特拉克的焦虑

文艺复兴精神通过远交近攻、厚古薄今的斗争策略，从更久远的时代（在文艺复兴中人看来，这是一个失落的美丽新世界）——古代希腊-罗马异教文明中汲取智慧和力量，通过模仿古人而战胜了前人，最终从古人-前人手中夺回了自身存在的权利和现代人的自我意识。彼特拉克本人以其生命-话语实践（其中不无"影响的焦虑"）见证和开启了这一精神：通过这一精神，彼特拉克成为了"文艺复兴之父"和人文主义"第一位伟大代表"；也正是通过这一精神，欧洲文艺复兴成就了自身的辉煌。

中国读者大都听说过彼特拉克（Francesco Petrarca，1304—1374）的名字，甚至知道他是意大利文艺复兴三杰之一、欧洲文艺复兴之父和西方近代人文主义先驱。但是熟知不等于真知：在很多方面，他对于我们（包括笔者在内）仍不过是一个熟悉的陌生人。首先，彼特拉克的作品在国内译介无多：就中国大陆而言，目前仅见《歌集》（李国庆、王行人译，花城出版社，2000年；王军译，浙江大学出版社，2019年）和《秘密》（方匡国译，广西师范大学出版社，2008年）两种以及一些零星译介，此外几乎无书可读。其次，即便我们对他有所了解，也仅仅是将他作为抒情诗人或文学作者，而对他作为一个整全个体的自我认知——这一认知构成了他那个时代的精神自觉和自我意识——仍不甚了了；读其书而不知其人，更谈不上"知人论世"，尽管今天我们事实上仍然生活在彼特拉克及其后来者即所谓"文艺复兴人"开启的那个时代。

不过，这个时代似乎正在成为自身的遗蜕或者废墟。在后现代状况下（这一状况因互联网、人工智能、云计算、量子传输、虚拟-增强现实技术而证取自身），"人文主义"被视为不可能完成的任务（mission impossible）或已陈之刍狗（lost cause），甚至是本身需要祛魅的神话。然而，没有神话的现实是可悲的，而废墟也许是新生的根基。在此方面，彼特拉克本人的知识生活（同时也是他的精神实践）为我们提供了历史的见证。作为从"黑暗世纪"中走出的第一人，彼特拉克——顺便说一句，他正是"黑暗（中）世纪"（Dark Age）这一深入人心的说法的始作俑者——通过回望古典而发现了未来世界的入口。

1336年4月26日，彼特拉克成功登顶法国南部普罗旺斯地区的旺图山（Ventoux）。这是彼特拉克个人生命中的一个重要事件，也是西方-世界历史的一个包孕-绽出时刻：正是在此并以此为标志，近世欧洲迎来了文艺复兴的第一缕曙光。站立高山之巅，俯瞰下界人间，彼特拉克不禁心神激荡，同时也倍感孤独，如其事后所说：

"我突然产生一种极其强烈的欲望,想重新见到我的朋友和家乡。"这时他想到了奥古斯丁,于是信手打开随身携带的《忏悔录》①,正好看到第十卷第八章中的一段话:"人们赞赏高山大海、浩淼的波涛、日月星辰的运行,却遗弃了他们自己。"仿佛醍醐灌顶,彼特拉克顿时醒悟:原来,真正的高山,或者说真正需要认识和征服的对象,不是任何外界的有形存在,而是"我"的内心!

那么,彼特拉克在他的内心中看到了一个怎样的自己呢?一言难尽。在他晚年致教廷派驻阿维农特使布鲁尼的一封信(1362年)中,彼特拉克自称"热爱知识远远超过拥有知识","是一个从未放弃学习的人",甚至是一名怀疑主义者:

> 我并不十分渴望归属某个特定的思想派别;我是在追求真理。真理不易发现,而且作为一切努力发现真理者中最卑下、最孱弱的一个,我时常对自己失去信心。我唯恐身陷谬误,于是将身投向怀疑而不是真理的怀抱。我因此逐渐成为学园(the Academy)的皈依者,作为这个庞大人群中的一员,作为此

---

① 彼特拉克的这一举动显是取法奥古斯丁,而奥古斯丁本人则效仿了圣安东尼(St. Anthony the Great, c. 251—356)根据"圣卜"皈依的先例(事见奥古斯丁《忏悔录》第8卷8—12章中记述的"花园顿悟"一节)。按"圣卜"(*Sortes Sanctorum* 或 *Sortes Sacrae*)脱胎于古代晚期(2世纪之后)以拉丁史诗《埃涅阿斯纪》占卜决疑的"维吉尔卜"(*Sortes Virgilianae*),而后者又源于更早的以古希腊史诗《伊利亚特》占卜决疑的"荷马卜"(*Sortes Homericae*)。

间芸芸众生的最末一人。①

这是他在五十八岁时的自我认识。而他早年的自我认识承载和透显了更多自我批判(同时也是自我期许)的沉重和紧张:

> 在我身上还有很多可疑的和令人不安的东西……我在爱,但不是爱我应该爱的,并且恨我应该希求的。我爱它,但这违背了我的意愿,身不由己,同时心里充满了悲伤……自从那种反常和邪恶的意愿——它一度全部攫取了我,并且牢牢统治了我的心灵——开始遇到抵抗以来,尚未满三个年头。为了争夺对我自身内二人之一的领导权,一场顽强的、胜负未决的战斗在我内心深处长期肆虐而未有停歇。(1336年4月26日致弗朗西斯科信)②

这种沉重和紧张源于并且表达了中世纪人(以奥古斯丁为其原型)特有的一种生存焦虑,而这种焦虑——从历史的后见之明看——正预示了后来蒙田和笛卡尔表征指认的现代意识与精神症候。

与此同时,我们还在彼特拉克身上看到另一种"在

---

① Ernst Cassirer, Paul Oskar Kristeller & John Herman Randall, Jr. (ed.): *The Renaissance Philosophy of Man*, Chicago: The University of Chicago Press, 1948, pp. 34—35.

② *The Renaissance Philosophy of Man*, p. 70.

世的心情":不同于方才所说的自我怀疑,它更多是一种源于他者——确切说是作为他者的古人和前人——知识(knowledge of the Other)的"影响的焦虑"。事实上,正是后者使彼特拉克成为"一个最早的真正现代人"①(而不是一名单纯的中世纪西塞罗主义基督教道德哲学家②)并率先开启了文艺复兴时期的人文主义文化转型③。

彼特拉克本人曾在他的灵修日记——《秘密》(Secretum,1342—1343)一书中借奥古斯丁之口批判自己对世俗"荣耀"即文名的迷恋和追求,其中他特别提到"年轻一代的成长本身依靠的就是对老一辈的贬低,更别说对成功者的嫉妒"以及"普通人对天才生命的不满"④。他这样说当是有感而发——二十五年后,他被四名来自威尼斯上流社会的"年轻人"嘲讽为"无知之人"而愤然写下《论自己和大众的无知》一文,公开声称"我从来不是一个真正有学识的人","就让那些否定我学识的人拥有学识吧",但是随后又说"在我年轻的时候,人们经常说我是一个学者。现在我老了,人们通过更加深刻的判断力发现我原来是一个不学无术的白丁",⑤到底意难

---

① 布克哈特:《意大利文艺复兴时期的文化》第3章,何新译,商务印书馆,1997年,第294页。
② 赫伊津哈即持此说(参见《中世纪的衰落》第23章,刘军、舒炜等译,中国美术学院出版社,2007年,第344—345页),当然这是他就时人的接受认知而言。
③ 加林:《中世纪与文艺复兴》第4章,李玉成译,商务印书馆,2012年,第105页。
④ 彼特拉克:《秘密》第3卷,方匡国译,广西师范大学出版社,2008年,145页。
⑤ *The Renaissance Philosophy of Man*, p.70.

平,此时他一定感触更深——不过他似乎没有想到(或是想到却不愿承认)自己也曾是其中一员。"偶开天眼觑红尘,可怜身是眼中人",这大概正是我们每个人的宿命或"人类境况"(conditio humana)吧。

例如他对但丁的态度就很说明问题。但丁是彼特拉克的父执长辈和同乡(尽管流亡在外),也是横亘在后代作家(彼特拉克即是他们的领袖)面前的一座文学高峰。彼特拉克从不吝惜对古人——从柏拉图、西塞罗到奥古斯丁——的礼敬和赞美,但对年长他一辈的但丁却始终保持意味深长的沉默。后来他向挚友薄伽丘解释自己为什么这样做时坦陈心曲:

> 我当时极其渴望获取我几乎无望得到的书籍,但对这位诗人的作品却表现出异常的冷淡,尽管它们很容易取得。我承认这一事实,但是我否认敌人强加给我的动机。我当时亦致力于俗语写作;我那时认为没有比这更美妙的事,而且还没有学会向更高处眺望。不过当时我担心,由于青年人敏感多变而易于赞赏一切事物,自己如果沉浸在他或其他任何作家的诗歌作品中,也许会不自觉地、不由自主地成为一个模仿者。出于青年人的热情,这一想法令我心生反感。我那时十分自信,也充满了热情,自认为在本人试笔的领域足以无需仰仗他人而自成一家。我的想法是否正确留待他人评判。但我要补充一句:如果人们能在我的意大利语作品中找到任何

与他或别人作品的相似甚至雷同,这也不能归结为秘密或有意的模仿。我总是尽量躲开这一暗礁,特别是在我的俗语写作中,尽管有可能出于偶然或(如西塞罗所说)因为人同此心的缘故,我不自觉地穿行了同一条道路。(1359年6月自米兰致薄伽丘信)①

如其所说,他对但丁选择视而不见的原因是为了避免袭蹈前人("不自觉地、不由自主地成为一个模仿者"),事实上是出于要强和自信("自认为在本人试笔的领域足以无需仰仗他人而自成一家")而非嫉妒。为了强调这一点,他甚至反问老友:"你难道认为我会对杰出之人受到赞扬和拥有光荣而感到不快吗?"并向对方保证:"相信我,没有什么事物比嫉妒离我更远";"请接受我的庄严证词:我们的诗人的思想和文笔都让我感到欣喜,我每当提到他都怀着最大的敬意。"②

当然,这只是彼特拉克(尽管他是最重要的当事人)的一面之词。其然乎,岂其然乎?作为后来旁观的读者,我们本能地感到他的话不尽不实。例如,他在五年后同是写给薄伽丘的一封信中再次谈到自己早年的文学道

---

① Harold Bloom (ed.): *The Art of the Critic: Literary Theory and Criticism from the Greeks to the Present*, Vol. II, New York: Chelsea House Publishers, 1986, pp. 70—71.

② *The Art of the Critic: Literary Theory and Criticism from the Greeks to the Present*, Vol. II, p. 69 & p. 73.

路,但是这次他的说法有所不同:

> 无论是散文还是诗歌,拉丁文无疑都是比俗语更加高贵的语言;但是正因为如此,它在前代作家手中已经登峰造极,现在无论是我们还是其他人都难以有大的作为了。另一方面,俗语直到最近才被发现,因此尽管已被很多人所蹂躏,它仍然处于未开发的状态(虽说有少数人在此认真耕耘),未来大有提升发展的空间。受此想法鼓舞,同时出于青年的进取精神,我开始广泛创作俗语作品。(1364年8月28日自威尼斯致薄伽丘信)①

彼特拉克所说的在俗语文学领域"认真耕耘"的"少数人"自然包括但丁在内,甚至首先指的是但丁,但他强调"它仍然处于未开发的状态",换言之但丁的"耕耘"成果几可忽略不计。看来,年届花甲的彼特拉克仍未真正解开心结:面对据说"思想和文笔都让我感到欣喜"——尽管"他的风格并不统一,因为他在俗语文学而非诗歌和散文方面取得了更高成就"——的但丁,他内心深处仍是当年那个满怀超越野心并深感"影响焦虑"的青涩少年。

但是少年总会长大成熟并成为新一代的前辈。彼特拉克本人亲身见证了这一人类境况,并预示了欧洲文艺

---

① *The Art of the Critic: Literary Theory and Criticism from the Greeks to the Present*, Vol. II, p. 78.

复兴的文化精神和历史命运。面对自己的直接前辈——"黑暗的"中世纪文化,一如彼特拉克之于但丁,文艺复兴精神通过远交近攻、厚古薄今的策略,从更久远的时代(在文艺复兴中人看来,这是一个失落的美丽新世界)——古代希腊-罗马异教文明中汲取智慧和力量,通过模仿古人而战胜了前人,最终从古人-前人手中夺回了自身存在的权利和现代人的自我意识。

这是人类精神——确切说是文艺复兴精神——从"影响的焦虑"走向自信的胜利传奇,也是古典人文理想的伟大再生。"人文主义的普遍原则",克罗齐向我们指出,"无论是古代人文主义(西塞罗是其伟大范例),还是14—16世纪间在意大利繁荣的新人文主义,或是其后所有产生或人为地尝试的人文主义,都在于提及过去,以便从过去中为自己的事业和行动汲取智慧",即"采用模仿观念并把过去(它所钟爱的特殊过去)提高到模式高度",然而"人文主义含义上的模仿,不是简单的复制或重复,而是一种在改变、竞争和超越时的模仿"①,也就是从无到有而后来居上的创造。事实上,这正是维达(Marco Girolamo Vida)②、杜贝莱(Joachim du Bellay)③、明图尔诺(Antonio Minturno)④、锡德尼(Sir Philip Sidney)⑤、瓜

---

① 克罗齐:《作为思想和行动的历史》,田时纲译,中国社会科学出版社,2005年,第236—237页。
② Cf. Vida: *The Art of Poetry*, III.
③ Cf. Du Bellay: *The Defense and Illustration of the French Language*, I. vii.
④ Cf. Minturno: *L'arte poetica*, IV.
⑤ Cf. Sidney: *The Defense of Poesie*, 11.

里尼(Giovanni Battista Guarini)①等文艺复兴人理解认同的模仿精神,而他们的主张又与古人和前人——从但丁②到朗吉努斯③、贺拉斯④——的观点不谋而合并遥相呼应。我们甚至在西方人文曙光初现的时刻即看到了这一精神的自我表达:

> 这种不和女神有益于人类:陶工厌恶陶工,工匠厌恶工匠;乞丐妒忌乞丐,诗人妒忌诗人。(赫西俄德:《工作与时日》第24—26行)

赫西俄德所说的同行间的厌恶(κοτέει)和妒忌(φθονέει),即古希腊-西方文明的核心精神——竞争(ἀγών)的又一表述。与同类"竞争"的目的,用荷马的话说是"追求卓越"(αἰὲν ἀριστεύειν)⑤,今人所谓"做最好的自己",而用德尔菲神谕作者的话说则是"认识你自己"(γνῶθι σεαυτόν),即寻求自我实现。彼特拉克的焦虑——历史证明这一焦虑提供了自我超越的动力并最终转化为审己知人的自信

---

① Cf. Guarini: *The Compendium of Tragicomic Poetry*, 2.
② Cf. Dante: *On the Eloquence of Vernacular*, II. iv. 3.
③ Cf. Longinus: *On the Sublime*, 13.
④ Cf. Horace: *Ars Poetica*, 19.
⑤ 在《伊利亚特》中,荷马借格劳克斯之父希波洛克斯(Hippolochus)与阿喀琉斯之父佩琉斯(Peleus)之口两次申说了这一主题(*The Iliad*, 6. 208 & 11. 784: "αἰὲν ἀριστεύειν καὶ ὑπείροχον ἔμμεναι ἄλλων")。即如法国古典学者马鲁(Henri-Irénée Marrou)所见:"把人生看作一场旨在获胜的竞技和一种勇武有力的'生命技击术',这是荷马首先表述出来的",而"荷马教育的秘密即在于将英雄奉为楷模"(《古典教育史·希腊卷》,龚觅、孟玉秋译,华东师范大学出版社,2017年,第39页、第41页)。

(confidence in comparison)——正是这一古典精神的再现和新生。通过这一精神,彼特拉克成为了"文艺复兴之父"和人文主义"第一位伟大代表"①;也正是通过这一精神,文艺复兴成就了自身的辉煌。

尽管这一辉煌在今天已经暗淡消退——从现代科技应许的伟大前程和光明之境回望,这一辉煌甚至成为人类未来世界的一道阴影。然而,正是这一挥之不去的阴影赋予其历史的纵深而印证了此在的真实。所谓"潜虽伏矣,亦孔之昭",人类之"奥伏赫变"在是:不知此者不足以言人文,更不足与论人类的未来。

---

① 克里斯特勒:《意大利文艺复兴时期的八个哲学家》,姚鹏、陶建平译,广西美术出版社,2017年,第5页、第164页。

进　　场

英国"现代文学"的发生

欧洲文艺复兴可被描述为一场中世纪晚期发生的新文学-文化运动,英国也不例外。如果我们将"文学"理解为民族意识胡时代显形和自我表达,而将"现代"理解为"古代"相对(不同但是有关)的历史自觉,那么英国"现代文学"正发生自16世纪下半叶的文艺复兴诗学。通过英国"诗人"谱系的书写认定和"诗人之死"(确切说是诗人死后的圣化),作为一种经典记忆、民族想象和文化图腾的英国"现代文学"诞生了。也正是在这里,英国文艺复兴诗学精神迎来了它的完成和Ekstasis(存在-狂喜-出离)时刻。

如果我们将"文学"理解为民族精神的一种自我表达形式,而将"现代"理解为与"古代"相对(不同但是有关)的历史自觉,那么英国"现代文学"正发生自16世纪下半叶——确切说是16世纪最后三十年间——的文艺复兴诗学。

一般认为,欧洲"文艺复兴"(the Renaissance)是14

至17世纪人文主义者发起和主导的一场文化和思想启蒙运动。人文主义者(humanists)是人文学(studia humanitatis)——亦称"自由技艺"(artes liberales)——的研习者与践行者。作为通识教育(ἐγκύκλιος παιδεία)和大学的基础,人文学包括语法、修辞、逻辑(论辩术)"三科"(trivium)和"四艺"(quadrivium),即算数、音乐、几何、天文①。人文主义者尤其重视修辞(此时的修辞也包括了诗学和历史,其实就是后世所说的"文学"②),修辞俨然成为这个时代的领军学科或"新哲学"。不同于经院哲学,这个新哲学是诗性的,或者不妨说它本身就是诗学:作为诗学的哲学或作为哲学的诗学③。所谓"文艺复兴诗学"中的"诗学",当作如是解,方合乎(至少是近乎)历史的真实。

根据英国文化史学家彼得·伯克的说法,以意大利(尤其是佛罗伦萨)为中心的近代欧洲文艺复兴可以分为三个阶段④:

---

① 参见戴维·瓦格纳编:《中世纪的自由七艺》,张卜天译,湖南科学技术出版社,2016年,第33页、第260页。
② 中世纪人并不具有现代意义上的"文学"意识,事实上"在许多中世纪'文学批评'中,修辞学标准是在孤立的状态下起作用的,完全不参照对虚构性的考虑"(伯罗:《中世纪作家和作品:中古英语文学及其背景(1100—1500)》,沈弘译,北京大学出版社,2007年,第18页)。
③ 参见欧金尼奥·加林:《中世纪与文艺复兴》,李玉成译,商务印书馆,2012年,第34—36页。
④ 彼得·伯克:《欧洲文艺复兴:中心与边缘》,刘耀春译,东方出版社,2007年,第13—14页,参见第20页、第74页、第84页、第111—113页。

1. 早期(1300—1490):再发现的时代
2. 盛期(1490—1530):竞争的时代
3. 晚期(1530—1630):多样性的时代

如我们所知,1527年5月8日西班牙国王兼神圣罗马帝国皇帝查理五世的军队洗劫罗马和1530年美第奇家族的复辟(确切说,这是他们的第三次复辟)标志了意大利文艺复兴的衰落。不过,意大利文艺复兴的衰落同时也见证了英国(确切说是英格兰)文艺复兴的崛起。就本文关注的"诗学"而言,英国的文艺复兴也大致经历了三个发展阶段:

1. 早期(1510—1560):前诗学时代
2. 盛期(1560—1600):诗学时代
3. 晚期(1600—1640):后诗学时代

在第一阶段,诗学意识尚未自觉,它或是为人附庸而静默无声,或是人云亦云而有口无心。托马斯·莫尔(1478—1535)的《乌托邦》(1516)属于第一种情况。如其所说,乌托邦人似乎从不读诗(虽然他们有音乐),直到16世纪初葡萄牙人拉斐尔·希斯拉德(Raphael Hythlodaeus)来到他们的国家:

> 在听到我们谈起希腊文学及学术后(拉丁语中只有诗歌及历史似乎大受他们的赞扬),他们渴望

我们能进行讲解,以便他们掌握。①

直到现在,乌托邦人方才拥有了阿里斯托芬、荷马、欧里庇德斯和索福克勒斯等"诗人"的作品,但也只是作为古典学术的一部分②,而他们如何理解这些诗歌和诗歌本身,即其诗学思想为何,我们便不得而知了。

文艺复兴时期的人文主义者普遍认为古人——异教古人,即古希腊-罗马人——的诗歌才是诗歌,而诗歌乃是古典学术和博雅教育的一部分,莫尔亦莫能外;他对诗歌的认知既是这一时代的产物,也是建构这一时代诗学理想的"作者"。无独有偶,与莫尔同时代的托马斯·埃利奥特(c. 1490—1546)也在效仿意大利人卡斯蒂廖内(Baldassare Castiglione,1478—1529)的《廷臣必读》(*The Courtier*,1528)而作的《治人者书》(*The Governor*)中提出:未来"君子"(包括君主和他手下的官员)的教育当从古典语文即希腊语和拉丁语开始,而古典语文学习当以荷马、维吉尔、奥维德、贺拉斯、希利乌斯(Silius)、卢坎(Lucan)等"诗人"即古代诗人的作品为范本③。

如果说出版于1531年的《治人者书》代表了亨利八

---

① 托马斯·莫尔:《乌托邦》第2部,戴镏龄译,商务印书馆,2016年,第81页。
② 同上,第83—84页。Cf. *The Utopia of Sir Thomas More*: *In Latin from the Edition of March* 1518, *and in English from the 1st Ed. of Ralph Robynson's Translation in* 1551, Hardpress Publishing, 2013, p. 212.
③ Thomas Elyot: *The Gouernour*, Book I, Chapter X, edited from the first edition of 1531 by Henry Herbert Stephen Croft, London: Kegan Paul, Trench, & Co., 1883, pp. 64—69.

世宗教改革——它以1534年《至尊法案》的颁布为正式标志——之前英国文艺复兴诗学的基本精神,那么托马斯·威尔逊(Thomas Wilson, c. 1524—1581)的《修辞的艺术》(*The Art of Rhetoric*, 1553)则是英国文艺复兴诗学第一阶段的天鹅之歌和走向自觉时代的先驱前导。在题为"言辞之力:初由上帝赐予,后被人类失去,终被上帝修复"的前言中,威尔逊讲述了人类的堕落-拯救的历史:人最初受造为万物之灵,但因"亚当之罪"而堕入野蛮,后来上帝指引少数"虔诚的精英"——作者称他们为"半神"(half a God),即人中之神或神人(但非"神子"耶稣)——通过言辞(utterance)劝导和教化大众而使人类重归-升进于文明①。这是一种神学历史叙事,不过它对"言辞"——不是上帝的圣言(the Word),而是人类的语言——救赎力量的信仰同时也护送了以言辞(即演说和修辞)为人伦始基和经国利器的古代-异教-世俗人文主义②的魂兮归来。

因此,诗人是人类文明的立法者,也是人类命运的解放者。这既是一种透视主义的历史想象,也是一种面向未来的政治愿景。以此为起点和动力,英国文艺复兴诗学迈向了新的发展阶段:诗学的自觉时代。

自觉首先意味着历史的自觉,即意识到古人——确

---

① Thomas Wilson: *The Arte of Rhetorique*, edited by G. H. Mair, Oxford at the Clarendon Press, 1909, Preface.

② See Isocrates: *Nicocles*, 6 – 7 & *Antidosis*, 254 – 257; Cicero: *De Inventio*, I. i. 1, I. ii. 2 – 3 & 4. 5; Quintilanus: *Institutio oratoria*, II. 16. 9 – 10 & 14 – 17.

切说是古代诗人及其作品——的典范性和他-我性存在：古人是不同于"现在之我"的"更好之我"，这一"更好之我"被想象为"过去曾经之我"，同时也被期待为"未来可能之我"；"现在之我"是"过去曾经之我"的偏离和下降，而"未来可能之我"则是"现在之我"的上升与回归，即重新成为"更好之我"。这一"重新成为"不仅是对"现在之我"的超越（第一次超越），甚至也是对"过去曾经之我"的超越（第二次超越）。

因此，历史自觉的本质即是现实的超越。不过，这种超越——就文艺复兴诗学而言，它既是一个心理事件，也是一种效果历史——最初表现为对古人的崇敬、皈依和模仿。英国古典学者罗杰·埃斯科姆（Roger Ascham, 1515—1568）的《论教师》（*The Schoolmaster*, 1570）即传达了这一时代诗学精神的早春消息。埃氏重视以拉丁语文为基础的人文教育，强调经典翻译训练是人文教育的基本方法，而这一方法的核心就是"模仿"。如其所说，"模仿"是学习一切语言（包括母语和"雅言"即古典语言）和学问的不二法门，其具体途径是效法古代的典范作家，如维吉尔之效法荷马、西塞罗之效法德谟斯提尼（Demosthenes）、贺拉斯之效法品达、泰伦斯（Terence）之效法米南德（Menander）[①]。不过埃斯科姆也提醒读者：再好的翻译也只是不得已而为之（for

---

[①] Roger Ascham: *The schoolmaster*, London: Cassell Company Ltd., 1909, p. 133 & p. 136.

mere necessity),它如同人工安装的木腿或假翼,走得太快或飞得太高就会有跌倒和坠落的危险。那么,是否因此更应该提倡母语写作呢?却又不然:与古代希腊语和拉丁语相比,英语是一种没有"文化根柢"和"智慧果实"的语言,它适合口头表达,但是难以胜任书面写作,特别是诗歌(包括乔叟的作品):它的用韵习惯是等而下之的蛮族(匈奴人和哥特人)作风,而它在格律方面(尽管取法乎上,即古典诗歌传统)也有先天的缺陷,即其长于抑扬格(carmen iambicum)而短于英雄体(carmen heroicum)①。在这里,我们看到了古人(古希腊-罗马)和今人(英国)的第一次对决:尽管今人处于绝对的下风,但他毕竟作为对手而不是跟班或学徒站到了诗学-文化的竞技场上。

今人觉醒了。觉醒的今人此刻不再满足于单纯的模仿,而是将目光转向自出机杼的发明。1575年,英国文人乔治·盖斯科因(George Gascoigne,1542—1577)——他是神化歌颂伊丽莎白一世(这后来发展为英格兰的民族国家偶像崇拜)的第一人——在《英语诗歌写作刍议》(*Certain Notes of Instruction Concerning the Making of Verse or Rhyme in English*)一文中倡议"用英国话而不是其他语言方式写诗";我们看到,这个"其他语言"或者说外语包括了古典语言(如希腊语、拉丁语)和意大利语、法语等现代语言②。

---

① Ibid, p.148, pp.171–173 & p.175.
② G. Gregory Smith (ed.): *Elizabethan Critical Essays*, vol.1, Oxford University Press, 1950, p.53.

四年之后，英国未来的桂冠诗人埃德蒙·斯宾塞（Edmund Spenser, 1552—1599）也在信中向挚友加布里埃尔·哈维（Gabriel Harvey, c. 1552/3—1631）直抒胸臆："为什么我们就不能像希腊人那样拥有我们自己的语言王国呢？"他反问对方（哈维此前请求他写诗"遵守法度"，故有此说），并恳求他或是发来有关诗学"艺术的法则"，或是"遵循我的法则"（如其所说，这也是"菲利普·锡德尼爵士"和"德兰特[Drant]先生"共同认可并参与制定的法则），以免自相矛盾或顾此失彼①。这是一道非此即彼的选择题：古人还是今人？斯宾塞的答案不言而喻。

青年斯宾塞的自我主张（self-assertion）标示并且引领了英国的文艺复兴诗学的现代自觉：今人的时代到来了。在英国，正如在意大利和法国一样，今人的自觉同时意味着现代民族——英格兰民族——精神的文化自觉。菲利普·锡德尼（Sir Philip Sidney, 1554—1586）的《为诗申辩》（*The Defense of Poesy/An Apology for Poetry*, 1581）即为这一时代精神的传神写照。在正面阐述诗歌的价值并反驳了"诗歌之敌"的指控后，锡德尼进而谈到英国本土的诗歌传统：如其所说，英格兰像继母一样对待她的诗人，而英国的诗人，除去乔叟、萨里伯爵（Earl of Surrey）及斯宾塞等二三子之外，也确实乏善可陈；以戏剧为例，"我们的悲剧和喜剧"既无雅正的内容，也未见有高超的技巧，例如

---

① Ibid, pp. 99 – 100 & p. 97.

它们未能遵守时间和地点的统一,甚至出现了非驴非马的"悲喜剧"(锡德尼轻蔑地称之为"狗杂种"[mongrel],其古典-精英主义立场可见一斑①)②。不过另一方面,锡德尼同时也对作为母语和现代-民族语言的英语充满感情并寄予厚望:"我们的语言是一种混合语(a mingled language)",没有正规的语法(在时人看来,只有拉丁文这样的古典语言才有语法),但也由此摆脱了词格(cases)、词性(genders)、语气(moods)、时态(tenses)这一"巴比伦塔的诅咒"而变得极是简易;与之相应,英语可以说是一种理想的诗歌语言,例如意大利语元音太多、荷兰语辅音太多、法语的重音总在末尾,再如意大利语没有单音韵(the masculine rhyme)、法语没有三连韵(the *sdrucciola*),唯独英语因其音节灵活多变而适用于古今一切诗律。在此锡德尼将古今诗法对举(of versifying there are two sorts, the one ancient, the other modern)——这在文艺复兴英国尚属首次——并以英诗为后者代表③,事实上发布了(英国)现代-民族语言文学的权利宣言。

---

① Ibid, Introduction pp. xliv – xlv.
② Sir Philip Sidney: *The Defense of Poesy*, Allan H. Gilbert (ed.): *Literary Criticism: Plato to Dryden*, Wayne State University Press, 1964, pp. 446 – 451. 锡德尼的同时代人乔治·惠茨通(George Whetstone, 1544? —1587)稍早也撰文(*The Dedication to Promos and Cassandra*, 1578)批评意大利喜剧过于"放荡",法国人和西班牙人亦复如是,德国人有太多说教,英国人的喜剧更是不成体统、杂乱无章(G. Gregory Smith [ed.]: *Elizabethan Critical Essays*, vol. 1, p. 59)。惠茨通的不满兼有焦虑和企盼,同为文学民族主义精神的时代表达。
③ *The Defense of Poesy*, Allan H. Gilbert (ed.): *Literary Criticism: Plato to Dryden*, pp. 456 – 457.

锡德尼并不是一个人在战斗。几乎和他同时,诗人加布里埃尔·哈维也在和挚友斯宾塞探讨英国诗歌的未来发展时提出(1580):历史自然形成并为大众普遍接受的语言习惯(custom)——如单词重音——是"唯一正确和权威的(sovereign)法则",古人(如希腊人)的伟大典范和今人(如意大利人)的先进经验值得学习,但他们亦非尽善尽美,事实上"我们的语言"足以媲美这个世界上"最好的语言"①;后来他更是宣称今天的英格兰已经成为"新的帕那索斯和另一个赫利孔"(a new Parnassus and another Helicon)云云②。哈维极力推崇"高贵的锡德尼"和"文雅的斯宾塞"等当代英国诗人,而他本人很快也被列入了英国民族诗人的先贤祠。1586年,威廉·韦伯(William Webbe, 1568—1591)在《论英语诗歌》(Discourse of English Poetrie)一文中将哈维与斯宾塞并称为"英国最罕见的才子和最博学的诗歌大师"③,即是明证。

韦伯《论英语诗歌》一文的意义尚不止此。他自道写作的初衷乃是有感于英国诗歌发展不尽人意,希望通过自己的批评勉励"我们的诗人"奋起直追而后来居上。为了证明英国拥有和"举世无双的希腊人"与"闻名遐迩的罗马人"一样"敏锐的才子"④,他在文中列举了英国自诺曼

---

① *Gabriel Harvey to Edmund Spenser* (1580), *Elizabethan Critical Essays*, vol. 1, p. 119, p. 121 & p. 122. See also p. 117 & p. 126.
② Gabriel Harvey: *Pierce's Supererogation* (1593), G. Gregory Smith (ed.): *Elizabethan Critical Essays*, vol. 2, p. 249.
③ G. Gregory Smith (ed.): *Elizabethan Critical Essays*, vol. 1, p. 445.
④ G. Gregory Smith (ed.): *Elizabethan Critical Essays*, vol. 1, p. 228.

征服以来从"好学者"亨利一世、"第一个诗人"高尔(John Gower,c.1330—1408)、"英国诗人的上帝"乔叟到"诗才无与伦比"的斯宾塞和哈维等学者诗人①。在他之前,爱德华·科克(Edward Kirke,1553—1613)曾将乔叟、斯宾塞和锡德尼并举为英国诗人的代表(*The Epistle Dedicatory to The Shepherd's Calendar*,1579)②,锡德尼本人则推许乔叟、《官员镜鉴》(*The Mirror of Magistrates*)的作者③、萨里伯爵和斯宾塞(出于谦虚,他没有谈到自己;其余更是自郐无讥)④。相比之下,韦伯的英国诗人名录更加丰满和具体,基本涵盖了诺曼王朝以来的各个历史时期,同时兼顾母语和古典语言的创作与翻译,进一步证成或者说"发明"了英国现代文学的传统。与此同时,韦伯也呼吁英国诗人不必拘泥古典诗律,而更应"建立我们自己的规则",通过优秀

---

① 其中具名者有36人:Henry I, John Gower, Chaucer, Lydgate, the author of *Pierce Ploughman*, Skelton, George Gascoigne, E. K., Earle of Surrey, the L. Vans, Norton of Bristow, Edwards, Tusser, Churchyard, Will Huns, Haywood, Sand, Hill, S. Y., M. D., Earl of Oxford, Phaer, Arthur Golding, BarnabeGooge, Abraham Flemming, George Whetstone, Anthony Munday, John Graunge, Knyght, Wylmott, Darrell, F. C., F. K., G. B., Edmund Spenser, Gabriel Harvey (*Elizabethan Critical Essays*, vol. 1, pp. 241 - 245)。出人意料的是,他没有提到锡德尼,虽然他有一次(而且是仅有的一次)佯作不知地声称"《牧人日历》的作者——据说他就是尊敬的菲利普·锡德尼大师——是我读到过的最纯正的英国诗人"(ibid.,p. 245)。

② G. Gregory Smith (ed.): *Elizabethan Critical Essays*, vol. 1, p. 128, pp. 129 - 130 & p. 133.

③ 据今人考证,这些作者主要有 William Baldwin、George Ferrers、Thomas Phaer、Thomas Chaloner、Thomas Churchyard。

④ *The Defense of Poesy*, Allan H. Gilbert (ed.): *Literary Criticism: Plato to Dryden*, pp. 448 - 449.

的英语作品(例如"与忒奥克里托斯[Theocritus]的希腊语作品或维吉尔的拉丁文作品相比亦毫不逊色"的《牧人日历》)证明"自身就是足够的权威"[1],与盖斯科因、斯宾塞、哈维、锡德尼等人前后呼应而一脉相承,构成了英国现代-民族文学自我意识的合唱共鸣。

这一现代-民族文学自我意识预示并表征了英格兰民族国家意识的兴起。1588年,英国近海战胜了西班牙的无敌舰队,民族信心和自豪感空前高涨[2]。次年乔治·帕腾讷姆(George Puttenham,1529—1590)的《英诗的艺术》(*The Arte of English Poesie*)在伦敦出版,可谓正当其时。在本书第1卷第2章,作者宣布:既然"我们的语言"和拉丁语、希腊语一样"富于规律而灵活多变",那么"我们的英语诗歌"也可以像古人的诗歌那样成为一门严谨而高超的"艺术"[3]。在根据功用介绍诗歌的各种形式(第11—30章)之后,帕腾讷姆进而按照时代顺序以人为单位讲述英国诗歌的历史——如前所说,这其实是一种现代-民族文学的自我发明和现代-民族意识的自我表达:他从金雀花

---

[1] G. Gregory Smith (ed.):*Elizabethan Critical Essays*,vol.1,p.279 & p.231.

[2] 20世纪德国政治哲人卡尔·施密特认为"英国在18世纪过渡到海洋式存在"而在以技术工业为主导的现代世界中获得了先发制人的"优势":"自英国所谓工业革命肇端以来,这种优势一直持续到第一次世界大战之后方才衰落。在某种意义上,英国这种优势确立了以欧洲为中心的世界历史观乃至宇宙观。"(什克尔:《与施密特谈游击队理论》,见卡尔·施密特:《政治的概念》附录,朱雁冰译,上海人民出版社,2018年,第256页、第254页)至少在象征和预演的意义上,英国的这一海洋-现代优势始于1588年。

[3] G. Gregory Smith (ed.):*Elizabethan Critical Essays*,vol.2,pp.5-6.

王朝时期的乔叟和高尔讲起,然后说到兰开斯特王朝时期的利德盖特(John Lydgate, c. 1370 — c. 1451)、《农夫皮尔斯》的作者①和哈丁(John Harding, 1378—1465),都铎王朝亨利八世时期的斯盖尔顿(John Shelton, c. 1463—1529)、托马斯·怀亚特爵士(Thomas Wyatt, 1503—1542)、萨里伯爵——以上诸人被他称为"我们英语诗歌格律和风格的第一批改革者"②——和尼古拉·沃克斯勋爵(Lord Nicholas Vaux),爱德华六世时期的托马斯·斯特恩赫德(Thomas Sternhold, 1500—1549)、约翰·黑伍德(John Heywood, c. 1497—c. 1580)、爱德华·费里斯(Edward Ferrys),玛丽女王时期的费尔医生(即 Thomas Phaer, c. 1510—1560)、亚瑟·戈尔丁(Arthur Golding, c. 1536—1606)③以及继续完成费尔《埃涅阿斯纪》英译的"另一位医生",最后重点推出"当今女王治下"的"风雅作手"(courtly makers)共十二人,他们是:牛津伯爵爱德华(Edward Earl of Oxford [Edward de Vere], 1550—1604)、巴克斯特勋爵托马斯(Thomas Lord of Bukhurst [Thomas Sackville], 1536—1608)、佩吉特勋爵亨利(Henry Lord Paget, 1539—1568)、锡德尼、查林纳(Challenner [Thomas Chaloner], 1521—1565)、《牧人日历》的作者、沃尔特·雷利(Walter Rawleigh [Raleigh], 1554—1618)、爱德华·戴尔(Edward Dyar

---

① 即威廉·兰格伦(William Langland, c. 1332 - c. 1386),其人生活年代盖与高尔同时而早于利德盖特,帕腾讷姆断代有误。
② G. Gregory Smith (ed.): *Elizabethan Critical Essays*, vol. 2, p. 63.
③ 考其生平,戈尔丁应是伊丽莎白一世时期的诗人。

[Dyer], 1543—1607)、法尔克·格莱威尔(FulkeGrevel[Greville], 1554—1628)、盖斯康(Gascon[George Gascoigne])、布里顿(Britton[Nicholas Breton], 1545—1626)、特布威尔(Turbeville[George Turberville], c. 1540—c. 1597)①。如其所说,这些作家"极大地美化了我们的英语",以至于今天"我们的国家"在语言和诗歌艺术上都"丝毫不逊色法国人或意大利人"②(尽管他也坦承英国诗人从意大利和法国前辈同行那里受益良多③)。本章最后,帕腾讷姆满怀崇敬地说到伊丽莎白一世:

> 虽然最后才提到但是位居第一的是我们的至尊女王,她只要提笔,她那博学、优雅、高贵的缪斯,因其明智、甜美和微妙,无论是颂诗、哀诗、格言诗还是任何一种英雄体诗或抒情诗,都轻而易举地超越了在她之前和此后写作的所有诗人,正如她的地位凌驾她的所有臣仆之上一样。④

帕腾讷姆以此结束了第一卷的写作。这一曲终奏雅、足尺加三——现在英国-现代诗人中的"现代"诗人从原来的12

---

① G. Gregory Smith (ed.):*Elizabethan Critical Essays*,vol.2,pp.62 - 63 & p.65.
② Ibid,p.62.
③ 如其所说,乔叟的许多作品"不过是对拉丁诗歌和法国诗歌的翻译";再如"英语诗歌格律和风格的最早改革者"怀亚特爵士和萨里伯爵也是在游历意大利、"领略到意大利诗歌韵律和风格的优美和庄严"之后,"作为从但丁、阿里奥斯托和彼特拉克学派中初出茅庐的新手而大大润色提升了我们[原本]粗朴的民族诗歌"(Ibid,p.64 & pp.62 - 63)。
④ Ibid,p.66.

人变成了1+12人,恰好对应耶稣基督和他的十二门徒——的神来之笔(deus ex machina)既是西方古典传统的修辞程式(topos),也是英国现代-民族文学的时兴话题(topicality):在这里,诗人和君主、诗歌-文学和民族-国家的自我认同-想象和集体-个人崇拜几近完美地结合在了一起。

帕腾讷姆坚信诗歌艺术后来居上,因此今将胜古①。不过,他在称赞今人即英国现代-民族诗人的优秀时,并未将他们与古人直接进行比较;相反,出于某种审慎或自知之明,他刻意避免了今人和古人(以及古人的"先进"今人弟子)狭路相逢的对峙。他的下一代人——他们有幸与上一代的文化英雄锡德尼、斯宾塞和他们伟大的后来者莎士比亚、马洛(Christopher Marlowe,1564—1593)、琼森(Benjamin Jonson,1572—1637)同时并生而见证了英国戏剧诗歌的鼎盛繁荣——则更加自信。1596年,理查德·科茹(Richard Carew,1555—1620)撰文盛赞英语兼有古今语言之长而无其短,堪称完美的语言②,并举英

---

① Ibid,p. 24.
② Richard Carew:*The Excellency of the English Tongue*,G. Gregory Smith (ed.):*Elizabethan Critical Essays*,vol. 2,pp. 289 – 294. 如其所说,"意大利语优美但是缺少筋骨(without sinews),法语雅致但是过于讲究,西班牙语庄重但是虚伪客套,荷兰语阳刚但是粗硬刺耳。而今我们在借鉴这些语言时,为意大利语加强了辅音的力度、为法语补足了省略的发音、丰富了西班牙语的词尾变化、增加了荷兰语的元音,从而像蜜蜂采蜜一样汲取了他们的精华而将糟粕留给了他们自己";"正如希腊语劫夺了希伯来语、拉丁语在某种程度上劫夺了所有其他基督教国家的语言一样,我们也借鉴了其他民族的语言;试想我们借鉴了荷兰人、布列塔尼人、罗曼人、法兰西人、意大利人、西班牙人的语言,我们的语言库藏(stock)怎不能极大丰富呢?"(Ibid,p. 293 & p. 290)

国作家为证:

> 你喜欢柏拉图的风格?请读托马斯·斯密斯爵士。喜欢爱奥尼亚风格?请读托马斯·莫尔爵士。喜欢西塞罗?请读埃斯科姆。喜欢瓦罗(Varro)?请读乔叟。喜欢德谟斯提尼?请读约翰·奇克(John Cheek)爵士。你想读维吉尔?我们有萨里伯爵。想读卡图卢斯(Catullus)?我们有莎士比亚和马洛的断章。想读奥维德?我们有丹尼尔(Daniel [Samuel Daniel])。想读卢坎(Lucan)?我们有斯宾塞。想读马尔提尔(Martial)?我们有约翰·戴维斯爵士和其他作家。你想将散文和诗歌尽收眼底?请看我们这个时代的奇迹菲利普·锡德尼爵士。①

科茹认为英国现代-民族诗人与古人并驾齐驱、无分轩轾,事实上"我们"就是今天的"古人",即今人的楷模。值得注意的是,他在此提到了英国的卡图卢斯——莎士比亚而首开"莎士比亚崇拜"(the Cult of Shakespeare)的历史先河。"莎士比亚"之名的出现标志着英国现代-民族文学精神的"道成肉身"。两年之后,弗朗西斯·米尔斯(Francis Meres,1565—1647)也在《智慧宝库》(*Palladis Tamia*:*Wit's Treasury*)一文中专门就"英国诗人和希腊、拉丁、意大利诗人的比较"(*Comparative Dis-*

---

① Ibid, p. 293.

course of our English poets with the Greek, Latin, and Italian poets)这一话题展开了讨论。他起手便自信而愉快地宣布:正如希腊有三位"上古诗人":俄耳甫斯(Orpheus)、利诺斯(Linus)与穆塞俄斯(Musaeus),罗马有三位"古代诗人":李维乌斯·安得罗尼库斯(Livius Andronicus)、恩尼乌斯(Ennius)与普劳图斯(Plautus),英国也有三位"古代诗人":乔叟、高尔和利德盖特;正如荷马是古希腊诗人中的第一人(prince),彼特拉克是意大利诗人中的第一人,乔叟则是英国诗人中的第一人;意大利有但丁、薄伽丘、彼特拉克、塔索(Tasso)、切里阿诺(Celiano)和阿里奥斯托(Ariosto),英国则有马修·罗伊登(Mathew Roydon, c. 1580—1622)、托马斯·爱奇洛 Thomas Atchelow)、托马斯·沃森(Thomas Watson, c. 1557—1592)、托马斯·基德(Thomas Kyd, 1558—1594)、罗伯特·格林(Robert Greene, 1558—1592)和乔治·皮尔(George Peele, 1556—1596)①。在米尔斯的论述框架和评价体系中,英国同时与异教古人(古希腊-罗马)和异族今人(意大利)分庭鼎立,拥有自成古今的历史格局和涵括古今的文学类型,堪称现代-民族文学之集大成者。米尔斯指出,这是英国民族诗人-文化英雄的功劳:

---

① Francis Meres: *Palladis Tamia: Wit's Treasury*, G. Gregory Smith (ed.): *Elizabethan Critical Essays*, vol. 2, p. 314 & p. 319.

正如荷马、赫西俄德、欧里庇德斯、埃斯库罗斯、索福克勒斯、品达、福西尼德(Phocylides)和阿里斯托芬成就了希腊语的名声和表现力,维吉尔、奥维德、贺拉斯、希利乌斯·伊塔利库斯(Silius Italicus)、卢坎、卢克莱修、奥索尼乌斯(Ausonius)和克劳狄阿努斯(Claudianus)成就了拉丁语,锡德尼·菲利普爵士、斯宾塞、丹尼尔、德雷顿(Drayton)、沃尔纳(Warner)、莎士比亚、马洛和查普曼(Chapman)极大地丰富和美化了我们的英语。①

在英国的民族诗人-英雄中,米尔斯尤其称道莎士比亚的天才:"如果缪斯说英语,她们一定会用莎士比亚那种精致的语言(fine filed phrase)讲话"②;"正如普劳图斯和塞内加被视为古罗马最好的喜剧和悲剧诗人,莎士比亚则是英国最杰出的悲剧和喜剧诗人"③,同时也是当代最优秀的抒情诗人之一,堪称英国的奥维德(用米尔斯的话

---

① Ibid, p. 319.
② Ibid, p. 318. 贺拉斯曾经告诫诗人要精细打磨自己的作品(*Ars Poetica*, 291:"*poetarum limae labor*" etc.),米尔斯所谓"精致的语言"("fine filed phrase",直译"精细打磨的语词")典出于此。
③ Ibid, pp. 317 – 318. 按截至1598年,莎士比亚已有八部剧本(匿名)出版,分别是《亨利六世》中篇(1594)和下篇(1595)、《提图斯·安德洛尼克斯》(1594)、《理查二世》(1597)、《罗密欧与朱丽叶》(1597)、《爱的徒劳》(1597)、《理查三世》(1598)和《亨利四世》上篇(1598);米尔斯此处另外提到六部作品,分别是《维洛那的绅士》(即《维洛那二绅士》)、《错误》(*Errors*,即《错误的喜剧》)、《爱的赢得》(*Love Labor Won*,疑即《皆大欢喜》)、《仲夏夜之梦》、《威尼斯商人》等五部喜剧和他称为"悲剧"的历史剧《约翰王》。

说即"奥维德灵魂的再生")①。就此而言,莎士比亚可谓英国现代-民族文学的全才代表——不过还不是登峰造极的全能冠军:米尔斯列举了诗歌全部八种类型——它们分别是英雄体诗、抒情体诗、悲剧体诗、喜剧体诗、讽刺体诗、抑扬格体诗(Iambic)、哀歌体诗(Elegiac)和牧歌体诗(Pastoral)——的"最佳诗人",其中莎士比亚的名字出现在抒情体、悲剧体、喜剧体和哀歌体的最佳诗人榜单中,与斯宾塞同为上榜率最高的诗人:他在抒情体诗人(共五位)中名列第四,位居斯宾塞、丹尼尔、德雷顿之后;在悲剧体诗人(共十四位)中名列第十,位居马洛、皮尔、基德等人之后;在喜剧体诗人(共十八位)中也是名列第十,位居格林、李利等人之后;在哀歌体(Elegiac)诗人(共十五位)中名列第十一,位居萨里伯爵、锡德尼、斯宾塞等人之后。相比之下,斯宾塞是最佳英雄体诗人(第一名)、最佳抒情体诗人(第一名)、最佳哀歌体诗人(第八名)和最佳牧歌体诗人(第三名),而且还是唯一"兼擅众体"的诗人②。莎士比亚战胜了锡德尼(后者在榜单中出现了两次,分别是哀歌体诗人第五名和牧歌体诗人第一名),但以微小差距止步于亚军位置。

又过了四分之一世纪,莎士比亚逝世七年之后,英国当时的文坛盟主本·琼森在为莎士比亚作品集第一对开本题写的献辞(*To the Memory of My Beloved, the Author, Mr.*

---

① Ibid, p. 319 & p. 317.
② Ibid, pp. 319–321.

William Shakespeare,1623)中深情怀念老友,同时也是昭告世人:莎士比亚的艺术(art)和天才(nature)——或者说二者的完美结合——不仅超迈乔叟、斯宾塞、李利、基德、博蒙(Beaumont)等同侪和民族先贤,甚且令埃斯库罗斯、索福克勒斯、欧里庇德斯、阿里斯托芬和泰伦斯、普劳图斯、塞内加等古人黯然失色,堪称"一切时代的灵魂"和"诗人的恒星"①。尽管有所保留(例如他为莎士比亚"不大懂拉丁,更不通希腊文"而感到遗憾),琼森的这番致辞赞祝了英国现代-民族诗人莎士比亚的"肉身成圣",也由此开启预表了后世的"莎士比亚崇拜"(Bardolatry)传统。事实上,同莎士比亚一起"肉身成圣"的还有英国的现代-民族文学。米尔斯在"英国诗人和希腊、拉丁、意大利诗人的比较"一文最后谈到"诗人之死":古希腊的阿纳克里翁(Anacreon)和阿凯西劳斯(Archesilaus Prytanoeus),法国的若代尔(Jodelle[Étienne Jodelle]),英国的皮尔、格林和马洛②;而琼森则在怀念莎士比亚的诗篇结尾处悲叹大师殁后英国舞台进入漫漫长夜③,同时在其文学札记中叹惋文坛日渐凋零、每况愈下④……然而,这一看似伤感的场景恰为英国现代-民族文学的经(古)典化提供了合适

---

① *The Works of Ben Jonson*, vol. 3, London: Chatto & Windus, 1910, pp. 287 - 289.
② Francis Meres: *Palladis Tamia: Wit's Treasury*, G. Gregory Smith (ed.): *Elizabethan Critical Essays*, vol. 2, p. 324.
③ *The Works of Ben Jonson*, vol. 3, p. 289.
④ Ben Jonson: *Timber, or Discoveries* (c. 1620), [72]: "Now things daily fall; wits grow downward and eloquence grows backward." (Paris: Hachette, 1906, p. 48)

的舞台:正是通过"诗人之死",确切说是诗人死后的圣化,作为一种经典记忆、民族想象和文化图腾的英国"现代文学"诞生了。也正是在这里,英国文艺复兴诗学精神迎来了它的完成和 Ekstasis(存在-狂喜-出离)时刻,并将由此进入一个琼森所谓"我们[英国]文学的巅峰代表"(the mark and ἀκμή of our language)①——培根(Francis Bacon)之名标记的解构-转折-革命时代。正如后人所见,这将是英国"现代文学"的第二次起航,即"现代哲学-人"②运用"新工具"(*Novum Organum*, 1620)向旧世界"宣告一场圣战"(*An Advertisement Touching a Holy War*, 1623)、穿越自然-历史"森林"(*Sylva Sylvarum*, 1627)、驶向"现代性的海洋"③而建立"新大西岛"(*The*

---

① Ibid, p.48.
② 在尼采心目中,卢梭是"第一个近代人"(《一个不合时宜者的漫游》第 48 节,《偶像的黄昏》,李超杰译,商务印书馆,2011 年,第 90 页)——他的意思是卢梭是现代人的先驱和原型;而卢梭则说"最伟大的哲学家,也许就要数英国的那位掌玺大臣了"(《论科学与艺术的复兴是否有助于使风俗日趋淳朴》,李平沤译,商务印书馆,2011 年,第 42 页)——他指的正是与笛卡尔和牛顿同为"人类的导师"(同书第 41 页)的培根。
③ 美国学者彼得·盖伊认为"文艺复兴和启蒙运动之间有着根本性的亲和关系",因为"二者都向往古代"而"投身于现代性的海洋"(彼得·盖伊:《启蒙时代:现代异教精神的兴起》,刘北成译,上海人民出版社,2015 年,第 250 页)。另一方面他又指出:与文艺复兴时代相比,"18 世纪的体验乃是全新的"(《启蒙时代:自由的科学》,王皖强译,上海人民出版社,2015 年,第 7 页),并将这一历史转折的时间节点设在 1750 前后(参见同书第 78—79 页)。根据法国学者勒高夫的观点,欧洲中世纪的真正终结以及与之相应的"一个崭新时期"的开始也发生在 18 世纪中叶(勒高夫:《我们必须给历史分期吗?》,杨嘉彦译,华东师范大学出版社,2018 年,第 122—124 页、第 104—105 页)。然就英国而言,笔者倾向于认为这一历史转折或古今"大分流"起步于培根时(转下页注)

New Atlantis, 1624)的一系列伟大人文"试验"(*Essays*, 1625)之始。

培根《新工具》1620 年版扉页插图

(接上页注)代,即 1620 年代。培根著作集(*Instauratio Magna*)的扉页插图作者似乎也意识到了这一点:在画面中心近景处,一艘海船正在(或者说刚刚)穿过象征人类已知领域边界的"海格力斯之柱"而全力驶向未知-未来的新世界。画面下方是一行引自基督教《旧约·但以理书》的拉丁铭文(12:4):"Multi pertransibunt & augebitur scientia."("多人越过于此,学术将得增长")顺便说一句,"五月花号"也正是在培根《新工具》出版的这一年即 1620 年 9 月 6 日自英格兰普利茅斯港出发驶向大西洋彼岸的"新大陆"——未来的美利坚合众国。

锡德尼的敌人

锡德尼以诗为"经国之大业,不朽之盛世",这是"诗人"对"廷臣-武士"乃至"君主"的反驳,也是"文学"对"武功"的抗辩:马基雅维里以武力为政治的先决条件,而锡德尼则宣称诗人是一切人类文明(包括政治社会)的"作者"。就此而言,锡德尼不仅是为诗歌、文学和艺术而辩,更是为文化、人性和存在的真理而辩。在这个意义上,他的《诗辩》大可命名为"保卫人文主义"或"诗-人的《权利法案》"而预示了后来"诗人"——从维科、雪莱到尼采、海德格尔——的共同立场,无论他们是否被认为或自认为是传统意义上的"人文主义者"。

1581年,27岁的菲利普·锡德尼(Sir Philip Sidney, 1554—1586)闲居写成《为诗申辩》(*The Defense of Poesy/An Apology for Poetry*)一文。锡德尼后来英年早逝,但是人以文传:《为诗申辩》集欧洲文艺复兴诗学与人文主义思想之大成,并在后世产生深远影响,堪称英国近代文学批评的里程碑式作品。

在文章最后一段,锡德尼以调侃戏谑的语气祝告"不幸读了我这篇涂鸦之作"的人"相信"诗歌具有"使你(的生命)永恒"的神奇力量,否则"我将代表全体诗人诅咒你"——"厌诗者"或者说诗的敌人(poet-haters)①——生前爱人却无从表达而"与爱绝缘",同时死后无人铭记而"湮灭无闻"②。这虽然只是个玩笑,但我们还是不免心生好奇(甚至会扪心自问):作者在此所说的"敌人",究竟是谁呢?

一

1579年10月间,牛津大学圣体学院毕业生、戏剧诗人、未来的教会神职人员斯蒂温·高森(Stephen Gosson,1554—1624)③先后发表《恶习的学校》(*The School of Abuse, containing a pleasant invective against Poets, Pipers, Plaiers, Jesters and such like Caterpillars of the Commonwealth*)和《为〈恶习的学校〉辩》(*A Short Apology of the School of Abuse*)两篇长文,攻讦诗人——他指的是戏剧

---

① Sir Philip Sidney: *The Defense of Poesy*, 36. Allan H. Gilbert (ed.): *Literary Criticism: Plato to Dryden*, Wayne State University Press, 1964, p.436. 下引同书,但标书名(*LC*)、章节与页码,出版信息从略。
② *The Defense of Poesy*, 58. *LC*, p.458.
③ 斯蒂温·高森大学毕业(1576)后一度从事戏剧行业,后接受圣职,1585年被任命为斯戴普尼教区教堂讲师(lecturer of the parish church at Stepney),1591年升任大威格伯勒教区长(rector of Great Wigborough)。参见:http://www.british-history.ac.uk/vch/middx/vol11/pp.70-81。

(特别是喜剧)作家和演艺人员——有伤风化,并居心叵测地将它们题献给"正直高贵的绅士菲利普·锡德尼大师先生"①。意外"被题献"的锡德尼如同骨鲠在喉,于是作文回应②,此即《为诗申辩》(以下简称《诗辩》)之直接缘起。

高森将他批判诗人的作品指名道姓地"题献"给诗人中的"大师"锡德尼,这显然是意在挑衅和羞辱对方。而锡德尼,出于一种微妙的心理,却在《诗辩》中未有一语提及高森及其作品③。相反,他在《诗辩》开篇第一段——古典修辞学所谓"序言"(exordium)部分④——设计或者说虚构⑤了另一种起源:据说,当年他与爱德华·沃顿(Edward Wotton,1548—1626)出使"皇帝"——他指

---

① 参见:http://www.thefullwiki.org/Stephen_Gosson。
② 锡德尼并不是一个人在战斗:托马斯·洛奇(Thomas Lodge)的《为戏剧辩护》(*Defence of Plays*,1580)也直接回应了高森的批判,另外伦敦的演员还通过上演高森本人的戏剧予以了反讽还击。
③ 高森的同时代人米尔斯(Francis Meres,1565/6—1647)在《雅典娜宝库》(*Palladis Tamia*, 1598)一文中列举了英国六大牧歌体诗人,其中锡德尼名列第一,第三名是斯宾塞,高森名列第四(Edmund D. Jones(ed.): *English Critical Essays*:16th,17th & 18th *Centuries*, London:Oxford University Press,1922,p. 321)。高森的有意挑衅和锡德尼的刻意无视,其实都是"同行相轻"的具体表现。
④ 作为传统人文学艺(*studiahumanitatis/artesliberles*)特别是"三科"(trivium)之一的演说术-修辞学,本身包括选题(*inventio*)、谋篇(*dispotio*)、敷辞(*locutio*)、记忆(*memoria*)、表达(*pronuntio*)五个部分;就"谋篇"而言,则又分为序言(*exordium*)、总论(*narratio*)、分论(*divisio*/*partitio*)、正论(*confirmatio*)、反论(*confutatio*)、结论(*peroratio*)六个环节。
⑤ 文艺复兴诗学反复强调"诗"(ποίησις)的本义是"制作"或"虚构",锡德尼本人也在《诗辩》中申说了这一点(*The Defense of Poesy*,8 – 11. *LC*, p.458)。

的是神圣罗马帝国皇帝马克西米利安二世(Maximilian II,1564—1576年在位)——宫廷(当时在维也纳)期间向意大利人普里亚诺(John Pietro Pugliano)学习骑术。普氏推崇武力,认为战士是最优秀的人类,而骑士是最优秀的战士:如其所说,骑士是战争艺术的大师、和平时代的冠冕,是营房和宫廷的骄子;与之相比,所谓"统治的技艺"(skill of government)不过是文人的空谈(pedanteria)。他还告诉他的英国学生:作为骑士的伴侣,马是最高贵、最美丽、最忠诚、最勇敢的动物,甚至可以说是唯一尽心服务而不事阿谀的"廷臣"(courtier)。锡德尼对此的反应是(如其事后也就是此刻写作时所说):"若非我之前曾学过逻辑论辩,他都说得我想当一匹马了。"然而,"本人在并非老迈和全然无事可做的时候不幸失足成了一名诗人",因此出于"自爱"而意欲"现身说法",为"我未加选择的职业"和"可怜的诗歌"(如今它已经沦为"儿童取笑的对象")略作申辩云云①。

锡德尼讲述的这个故事很有趣——例如他名叫"菲利普"(Philip之名源自希腊语 $Φίλιππος$,意为"爱马")却不爱马,身为骑士而左袒诗人;但它同时也带来了一个问题:作为讲述起源和统领全篇的开端,这一切与下文有何关系?无论如何,普里亚诺这位真正的"爱马者"和武人与骑士代表从此消失了:直到文章结束,锡德尼再未提及此人。

---

① *The Defense of Poesy*,1. *LC*,pp. 406 - 407.

二

《诗辩》全文五十八节,除去开篇和结尾,正文共五十六节(2—57 节),又可分为三部,分别是诗歌价值的证明(2—35 节)、对诗歌指控的反驳(36—45 节)和英国本土诗歌(文学)批评(46—57 节)①。在证明和反驳部分,锡德尼甄别了诗的各类敌人或者说"敌诗人":哲人、历史学家、宗教人士以及受其影响的流俗大众,而他们的首席代表与始作俑者,即是锡德尼自称"我最尊敬的哲人"柏拉图②。

众所周知,柏拉图曾在《理想国》中借苏格拉底之口抨击诗歌败坏人心世道,并主张通过哲人立法驱逐诗人以净化城邦:

> 我们完全有理由拒绝让诗人进入治理良好的城邦。因为他的作用在于激励、培育和加强心灵的低贱部分毁坏理性部分,就像在一个城邦里把政治权力交给坏人,让他们去危害好人一样。(605b)
> 我们不能让这种人到我们城邦里来;法律不准许这样,这里没有他的地位。我们将在他头上涂以香油,饰以羊毛冠带,送他到别的城邦去。(398a)③

---

① Vincent B. Leitch (ed.): *The Norton Anthology of Theory and Criticism*, W. W. Norton & Company, Inc., 2001, p. 324.
② *The Defense of Poesy*, 43. *LC*, p. 443.
③ 《理想国》,郭斌和、张竹明译,商务印书馆,1997 年,第 404 页、第 102 页。

但是另一方面,柏拉图又自命为真正的诗人,如其笔下的"雅典客人"——苏格拉底的死后化身,也是柏拉图的人格投影——所说:"我们是最美好、最高贵的悲剧诗人",因为"我们的城邦制度是对最美好、最高贵生活的模仿,而我们认为这是最真实的悲剧"(《法律篇》817b)。因此,他在放逐诗人的同时又特别开恩提出一个条件(或者说挑战):"如果为娱乐而写作的诗歌和戏剧能有理由证明,在一个管理良好的城邦里是需要它们的,我们会很高兴地接纳它。"(《理想国》607c)①

在此之前,柏拉图宣布"哲学与诗歌之间的争执由来已久"(《理想国》,607b)。此言不尽不实:"诗歌"固然古已有之,但"哲学"实在是新生事物②;所谓"诗与哲学之争",不过是哲人柏拉图以言行事的当下发明。它最初是话语虚拟的现实,但很快就变成了现实的历史存在。与此同时,诗人的回应或者说申辩亦随之而起:以亚里士多德的《诗学》为发端,自贺拉斯、"朗吉努斯"以降不绝如缕,经中世纪潜流③至14—16世纪欧洲文艺复兴而蔚为大观,诗人俨然成为时代精

---

① 《理想国》,郭斌和、张竹明译本,第407页。
② 在希腊语中,"新生事物"(νεότερα πράγματα)意谓思想或制度的"革命",参见保罗·卡特莱奇:《实践中的古希腊思想》,陶力行译,华夏出版社,2016年,第17页、第85页。苏格拉底的指控者说他"别立新神"(Euthyphron, 3b:"ποιητὴν εἶναι θεῶν"; Apology, 24c:"νομίζει ... ἕτερα δὲ δαιμόνια καινά")也正是为此。
③ 关于诗学与中世纪人文学术传统(特别是12—13世纪语法和修辞研究)的关系,参见瓦格纳:《中世纪的自由七艺》,张卜天译,湖南科学技术出版社,2016年,第114—116页。

神的化身和"作者"(ποιητής)——锡德尼即是其中杰出代表。

作为诗人的今人代表,锡德尼机智地回应了柏拉图的挑战。如其所说,柏拉图是"一切哲人中最具诗性的":他在他的哲学著作中向我们讲述了美妙动人的神话传说,一如诗人所为;不错,柏拉图是反对诗歌,但他反对的是诗歌的滥用而非诗歌本身,事实上他赋予诗歌神圣的灵感力量而褒扬了诗歌;因此确切说来,柏拉图是诗人的护主(patron)而非敌人①。不仅如此,锡德尼还援引柏拉图的理念学说进一步进行申辩(同时也是反驳),指出一切人类"技艺"或知识,无论是自然哲学还是道德哲学,如代数、医学、法律乃至形而上学等等,无不"遵从自然"或自然的规律,唯有诗人的工作是例外:他以"应然"(what should or should not be)的道德真理为原型,通过自由驰骋的想象创造了"另一自然"(another nature)或"第二自然"(second nature),即高于自然(现实)的理念世界;因此,正如上帝是"自然"的诗人(ποιητής),诗人是"第二自然"的作者(maker)②——也是更好的作者,用锡德尼本人的话说即"自然的世界是黄铜的,唯有诗人带来一个黄金的世界"③。

就这样,锡德尼将柏拉图主义与基督教话语传统巧妙嫁接而反转了柏拉图对诗人的指控,同时与后者化敌

---

① *The Defense of Poesy*, 3 & 43. *LC*, p. 409, p. 443 & p. 445.
② *The Defense of Poesy*, 6 & 8 – 11. *LC*, p. 411 & pp. 411 – 414.
③ *The Defense of Poesy*, 9. *LC*, p. 409, p. 413.

为友而弥合了诗与哲学的古老纷争。但是事情还没有结束：就在这时，新的敌人——他们共同的敌人——出现了。

三

这个新的敌人就是锡德尼在《诗辩》开篇中提到的普里亚诺——确切说是"普里亚诺"象征和指代的某一类人。我们之前看到，爱马者普里亚诺崇尚武功而鄙薄"统治的技艺"（如其所说，这"不过是文人的空谈"）。锡德尼此后再未提及此人，不过他在正式反驳柏拉图（那时他被视作为诗申辩的最后也是最大一个障碍）之前特别指出：有人说诗人沉迷幻想而疏于行动，因此文学繁荣必然导致武德乃至国力的衰落，这个看法是错误的：尚武精神的衰落与诗歌无关，事实上诗歌是军旅生活的最佳伴侣（companion of camps）——正如人类知识（包括行动的知识）的原始光照来自诗人一样，例如荷马之于希腊文明；诗人也激发了行动者最初的雄心壮志，如亚历山大一心效法荷马诗中的英雄阿喀琉斯而成就其丰功伟业①。很有可能，这段话正是锡德尼对"普里亚诺"追加的一个反驳。

也正是在这里，锡德尼实际上介入了——尽管只是一掠而过——另外一场时代争执：文学与武功（或所谓

---

① *The Defense of Poesy*, 42. LC, p. 409, pp. 441–442.

"智慧与力量"[sapientia et fortitudo]①)之争。这场争执,与"诗与哲学之争"相比,无论其古老性还是话题性均有过之而无不及;同时,作为前一战事的扩大与升级,它也表征了人文主义的内裂和盛极而衰。

说到这场"文武之争",有一个人不得不提,他就是意大利人卡斯蒂廖内(Baldassare Castiglione,1478—1529)。1528年,即西班牙国王和神圣罗马帝国皇帝查理五世(1500—1558)的军队洗劫罗马②后的第二年,卡斯蒂廖内的《廷臣必读》(Il Courtegiano)在威尼斯刊行问世,并因契合当时世俗君主统治强大崛起的政治现实而广为流传③。在本书中,作者详尽解说了一名完美廷臣的人格养成和行为规范:例如,他须出身高贵并多才多艺,既了解"文学"(the humanities),如诗歌、哲学、修辞以及绘画、舞蹈、歌唱、弹琴之类,也擅长"武艺"(feats of arms),即各项体育运动(如游泳、赛跑、投掷、摔跤等)和军事技能(包括马上比武和徒步作战,特别是前者)。卡斯蒂廖内特别指出:对于一名廷臣来说,"武艺"乃是他的"主业"(chief profession),而"文学"不过是点缀(ornaments)——尽管"文字之美"大可让我们发现"真正的光

---

① Ernst R. Curtius: *European Literature and the Latin Middle Ages*, 9.6, translated by Willard R. Trask, New Jersey: Princeton University press, 2013, p. 178.
② 众所周知,1527年的"罗马洗劫"预示了意大利乃至欧洲文艺复兴全盛时期的终结。参见彼得·伯克:《欧洲文艺复兴:中心与边缘》第3章,刘耀春译,东方出版社,2007年,第73页。
③ 参见昆廷·斯金纳:《现代政治思想的基础:文艺复兴》,奚瑞森、亚方译,译林出版社,2011年,第125—126页、第227—228页。

荣"而产生"高贵的勇气"①。

我们看到,卡斯蒂廖内的《廷臣必读》是对马基雅维里《君主论》的某种修正和完成,正如后者的思想(不可否认,它同样是欧洲文艺复兴人文主义的一种自我表达)是对古希腊-罗马人文传统的逆转和革命,并因此构成对时代政治文化的批判和改写。

让我们从头说起。罗马帝政时代的希腊作家普鲁塔克曾经心情复杂地谈到古代罗马人的"德性"(*virtus*)观念:

> 过去罗马将武力或军功尊奉为最高德性(ἀρετῆς),拉丁文中"德性"一词意指"勇武"(ἀνδρείας)即是明证,他们以此指称德性本身。(*Coriolanus*, I.4)②

此言非虚(所谓旁观者清),但他这样说时似乎忘了这也是他的先人——古风和古典时代的希腊人的认识。古希腊的文明教化(παιδεία)源于荷马,而荷马史诗中的英雄(我们知道,"荷马教育的秘密在于将英雄奉为楷模"③)

---

① Baldassare Castiglione: *The Book of the Courtier*, translated by George Bull, London: Penguin Books Ltd, 1967, pp. 61–62, pp. 91–92 & pp. 89–90. See also Thomas Hoby's translation (1561) online: http://www.luminarium.org/renascence-editions/courtier courtier1.html.
② *Plutarch's Lives*, IV, translated by Bernadotte Perrin, London: William Heinemann Ltd, 1967, p. 120.
③ 亨利-伊雷内·马鲁:《古典教育史·希腊卷》,龚觅、孟玉秋译,华东师范大学出版社,2017年,第41页。

崇尚的人生理想便是"奋勇作战,永为人先"(αἰὲν ἀριστεύεινκαὶ ὑπείροχον ἔμμεναι ἄλλων)①。城邦时代的斯巴达人继承和发扬了这一精神,将勇武视为一个人和公民的最高德性,即如公元前7世纪斯巴达诗人提尔泰奥斯(Tyrtaeus)为之代言所说:勇武为上善之德(ἀρετή),战场上的英雄就是城邦的"好男儿"(ἀνὴρ ἀγαϑός)②。

公元前6—5世纪的智者运动参与并见证了以雅典为中心的希腊世界的"现代"转型。这是一场"弃武从文"的文化革命:以此为契机,"知识、理性和学术"逐渐成为城邦生活的主题③。柏拉图虽然提出"诗与哲学之争",并欲以"哲学-哲人"取代"诗歌-诗人"执行教化,但他仍然站在"文教"一边,甚至更加强调并证成了"文化"对于"武功"的优越性:在他看来,真正的德性不是勇武,而是"正义"(δικαιοσύνη),即"理性"借助"激情"(ϑυμός)节制"欲望"而达成的灵魂和谐;换言之,德性乃是"智慧"(φρόνησις)、"节制"(σωφροσύνη)、"正义"和"勇武"(ἀνδρεία)四者的有机统一④。亚里士多德后来宣称

---

① *The Iliad*, 6.208 & 11.784.
② 参见:http://www.perseus.tufts.edu/hopper/text?doc=Perseus%3Atext%3A2008.01.0479%3Avolume%3D1%3Atext%3D2%3Asection%3D2。
③ 亨利-伊雷内·马鲁:《古典教育史·希腊卷》,中译本第131—133页。
④ *Republic*, 427e & 443e; *Laws*, 631c–d & 965d. 柏拉图在《法律篇》中明确指出(630c):提尔泰奥斯视为至高(甚至是唯一的)美德——即勇武——最多只能排到第四,也就是柏拉图四位一体的"德性"的最后一位。

"城邦以正义为原则"而"正义恰是树立社会秩序的基础"(《政治学》1253a)①,即由此一脉而来。

柏拉图的同时代人和竞争对手伊索克拉底(Isocrates,436 BC—338 BC)亦为一代文宗,但不同于柏拉图,他倾心修辞(他有时亦称之为"哲学"),强调"言辞"(λόγος)对城邦生活的奠基性和中枢性作用。如其所说,正是"劝说他人"和"表达自身想法"的语言能力"使我们摆脱了野兽般的生活,还团结在一起共同组建城邦、制定法律并发明艺术"②。我们看到,伊索克拉底沿用了传统的智者话语(例如高尔吉亚的《海伦颂》),它源自赫西俄德(Hesiod)的"王者-诗人神话"③,并对后世的文教-诗学产生了巨大深远的影响。

古罗马政治文人西塞罗即是一例。作为他那个时代最伟大的哲人、演说家和修辞学者,西塞罗同样钟情人文尤其是文辞(sermo)的力量:人类之所以"大大优越于野兽",如他笔下的代言人物克拉苏(Crassus)所说,是"因为我们可以互相交谈并通过语言表达我们的感受",而且也正是言辞"让分散的人群聚集在一处","使他们由野蛮状态进入文明生活"并"为由此形成的公民社会制

---

① 亚里士多德:《政治学》,吴寿彭译,商务印书馆,2007年,第9—10页。
② Isocrates: *Nicocles or the Cyprians*,6. 参见《古希腊演说辞全集·伊索克拉底卷》,李永斌译注,吉林出版集团有限公司,2015年,第62页。
③ Hesiod: *Theogony*,81 – 97. *The Poems and Fragments*,translated by A. W. Mair,Oxford at the Clarendon Press,1908,pp. 33 – 34.

定法律和规章制度"①。当然,这一切都出于"正义"(*ius*)——作为"理性"(*ratio*)的正义,同时也是为了"正义"——作为"德性"(*virtus*)的正义②。

文艺复兴时期的人文主义者大抵沿袭(或者说复兴)了这一古典/异教话语传统,但将诗-诗人视为文教与城邦生活的中心③。现在,马基雅维里否定并逆转了这一传统:他立足于人性和政治的"实然"而非"应然",向当世君主和未来的统治者(确切说是意大利未来的中兴之主)建言:

> 许多人曾经幻想那些从来没有人见过或者知道在实际上存在过的共和国和君主国。可是人们实际上怎样生活同人们应当怎样生活,其距离是如此之大,以致一个人要是为了应该怎样办而把实际上是怎么回事置诸脑后,那么他不但不

---

① Cicero: *De Oratore*, I. 8, with an English translation by E. W. Sutton, London: William Heinemann Ltd, 1967, p. 24. 我们注意到,昆体良(Quintilian, c. 35 - c. 100)后来也说过类似的话(*Institutio Oratoria*, 2. 16. 9),可见其为典型的"文学"家言。
② Cicero: *De Legibus*, 33 & 48. 参见西塞罗:《国家篇法律篇》,沈叔平、苏力译,商务印书馆,2010 年,第 165 页、第 173 页。
③ 即如今人所见,文艺复兴时期的人文学科(*studia humanitatis*)"不仅将历史、希腊哲学与道德哲学补充到传统的语法和修辞上,而且使曾是语法和修辞细目的诗歌成为人文学科最重要的成员"(克里斯特勒:《文艺复兴时期的思想与艺术》,邵宏译,东方出版社,2008 年,第 180—181 页);与之相应,文艺复兴时期"最早最重要的人文主义者都是法学家、政治家、诗人"(欧金尼奥·加林:《中世纪与文艺复兴》,李玉成译,商务印书馆,2012 年,第 193 页)。

能保存自己,反而会导致自我毁灭。(《君主论》第 15 章)①

因此,君主必须为了行善而作恶:他应当"效法狐狸和狮子",同时"做一个伟大的伪装者和假好人"(第 18 章)②——此即君主之能为/德性(virtù)。马基雅维里强调指出:"任何一个君主国如果没有自己的军队,它是不稳固的"(第 13 章),因此"君主除了战争、军事制度和训练之外,不应该有其他的目标,也不应该把其他事情作为自己的专业,因为这是进行统帅的人应有的唯一的专业"(第 14 章)③。他在文章最后呼吁:未来的"新君主"(即意大利的解放者)必须建立自己的军队,特别是建立一支"新型骑兵",以抵御外侮而实现自由(第 26 章)④。

我们看到,这是一种反其道而行的人文主义理想:在这里,"君主"取代了"哲人王"和"完人"(l'uomo universal),"力量"取代了"德性","成功"取代了"正义";至于"诗-诗人",马基雅维里一次也没有提到。此就其《君主论》而言;在他的另一部作品《论李维》(Discourses on Livy)中,马基雅维里倒是有两次谈到"诗人"(2 卷第 5

---

① 马基雅维里:《君主论》,潘汉典译,商务印书馆,2005 年,第 73 页。
② 同上,第 83—84 页。
③ 同上,第 68 页、第 69 页。
④ 同上,第 125 页。马基雅维里本人曾为佛罗伦萨共和国先后创立国民军步兵(1506 年)和骑兵部队(1510 年);1512 年共和事业失败后,马基雅维里隐居著述,撰写并公开出版了《兵法》(1519—1520 年间)一书,可谓坐言起行并一以贯之。

章、第12章),但都一笔带过而无关宏旨。他在本书第1卷第10章开篇部分谈到了"文人学士"(men of letters),认为他们是第四等也是最后一等"受到赞扬的人",而前三位分别是宗教的创立者、王国或共和国的缔造者、开疆拓土的军事领袖;如其所说,"所有武装的先知都获得了胜利,而非武装的先知都失败了"(《君主论》第6章)①,因此前三类人事实上都是武人,或者说是表现/伪装为宗教或世俗领袖的战士。诚然,治国需要"和平的技艺",如宗教——马基雅维里以古罗马王政时代第二任国王努马(Numa)为例指出"敬奉神明是共和国成就大业的原因,亵渎神明则是它们覆亡的肇端"(《论李维》第1卷第11章)②——但他同时不忘提醒他的读者:"人民的性情是容易变化的",因此"事情必须这样安排:当人们不再信仰的时候,就依靠武力迫使他们就范"(《君主论》第6章)③——说到底"和平的技艺"是以武力为基础,并与武力的目标(用马基雅维里的语言说,这就是"征服命运")相一致,因此"文教"(包括神道设教之"教")不过是"武功"的辅助和补充罢了。

在这个意义上,我们认为卡斯蒂廖内的"廷臣"乃是对马基雅维里的"君主"的顺应和补充,而锡德尼的"普里亚诺"又是对卡斯蒂廖内的"廷臣"的一种漫画再现。

---

① 《君主论》,商务印书馆,第27页。
② 马基雅维里:《论李维》,冯克利译,上海人民出版社,2005年,第79页。
③ 《君主论》,商务印书馆,第27页。

首先,卡斯蒂廖内的"廷臣"是对马基雅维里的"君主"的顺应和补充。马基雅维里在他投身其中并为之奋斗的佛罗伦萨共和国(1494—1512)覆亡之后开始写作《君主论》(1513—1515);此时此刻,他一度憧憬的"君主"已经(或者说再度)成为意大利的政治现实,尽管是以一种十足反讽的方式:现在,美第奇家族在罗马教皇的支持下重新成为了佛罗伦萨的统治者。又若干年后,西班牙国王兼神圣罗马帝国皇帝查理五世的军队悍然入侵罗马并劫持教皇,佛罗伦萨共和国一度复兴(1527—1530),但好景不长,1530年帝国军队再次入侵,美第奇家族卷土重来,西班牙从此(特别是在1559年之后)控制了整个意大利半岛,罗马教廷不得不生活在西班牙帝国的阴影之下,而佛罗伦萨——马基雅维里深爱的家乡——亦沦为外国统治的附庸①。在这个时代,马基雅维里的"君主"大行其道,但他的君主理想也恰因此成为了不可能(或至少是不合时宜):对于曾经拥有伟大政治抱负——即负责教育未来的理想君主——的人文主义者(马基雅维里无疑也是其中的一员)来说,现在他们唯一能做的事,就是转而思考并实践如何在现实政治即君主统治下作一名合格的"廷臣"。这时,"马基雅维里"升级(或者说蜕变)为了"卡斯蒂廖内",而后者也正是一个新时代的"马基雅维里"。

---

① 玛格丽特·金:《欧洲文艺复兴》,李平译,上海人民出版社,2015年,第253—254页、第266—277页。

如果说卡斯蒂廖内的"廷臣"是对马基雅维里"君主"的随时应变,那么锡德尼的"普里亚诺"则是对卡斯蒂廖内"廷臣"的揶揄嘲讽。说已见前,此不赘叙,但仅重申一点:锡德尼以诗为"经国之大业,不朽之盛事",这是"诗人"对"廷臣-武士"——宫廷侍从(其实是雇员)"普里亚诺"推崇武士(确切说是骑士)而鄙视文学,但他深心向往的这一高贵身份(estate)不过是新君主时代宫廷生活的粉饰和点缀罢了——乃至"君主"的反驳①,也是"文学"对"武功"的抗辩($ἀγών$):马基雅维里以武力为政治的先决条件,而锡德尼则宣称诗人是一切人类文明(包括政治社会)——用他的话说,一个更好的自然——的"作者"。就此而言,锡德尼不仅是为诗歌、文学和艺术而辩,更是为文化、人性和存在的真理而辩。在这个意义上,他的《诗辩》大可命名为"保卫人文主义"或"诗-人的《权利法案》"而预示了后来"诗人"——从维科、雪莱到尼采、海德格尔——的共同立场,无论他们是否被认为或自认为是传统意义上的"人文主义者"。

---

① 我们知道,锡德尼时代的英国诗人经常在作品中歌颂当今(伊丽莎白一世)而形成一种传统,如斯宾塞、帕腾讷姆(George Puttenham)乃至米尔斯(Francis Meres)、莎士比亚等均未能免俗。锡德尼在《诗辩》中对此未发一言,无论出于何种原因(怨望? 傲娇? 耿直? 隐忍?),其沉默都堪称意味深长。

第一歌

爱欲与城邦

克里奥兰纳斯热爱自身的高贵即"勇武"的德性更甚于城邦本身,并以城邦为实现自身高贵之工具;但在城邦特别是城邦平民看来,"勇武"无论多么高贵,终不过是保障城邦和平或即人民安全的工具。双方均自视为城邦的主人,城邦就此分裂。克里奥兰纳斯公然蔑视大众,竟被后者逐出家园;为复仇他不顾一切,甚至舍弃亲情,几乎毁灭了自己的祖国。然而,爱欲的力量不可战胜:受其感召,化身嗜血"孤龙"的罗马之子科里奥兰纳斯最终实现了城邦的和平,以死亡为代价完成了自己作为城邦爱人和高贵战士的德性与命运。

罗马贵族马尔休斯·科里奥兰纳斯(Martius Coriolanus)的故事初见于普鲁塔克(Plutarch, c. 46—120)的《希腊罗马名人传》,后来尤特罗皮乌斯(Eutropius)在《罗马史略》(约370年)中也有简略记载(I. 15)。《希腊罗马名人传》于1559年译为法文(译者James Amyot),托马斯·诺斯(Thomas North)据此转译为英文并多次再版;莎士比亚即以此为蓝本——同时参考李维的《罗马史》(*Ab Urbe Condita*)——而创作了《科里奥兰纳斯》。

《科里奥兰纳斯》是莎士比亚三部罗马剧(或可称"罗马三部曲")中的最后一部,同时也是他"悲剧时期"(1601—1608)的殿军之作。① 有学者指出:这是一部伟大的"政治悲剧",甚至是莎士比亚政治剧中"绝无仅有的杰作";② 与之相应,"这里没有爱的故事"③,科里奥兰纳斯——作为城邦戏剧的英雄——不过是"无爱的"物化存在(a thing loveless)④罢了。事实上,如果我们将"爱"理解为柏拉图-弗洛伊德意义上的"爱欲"(eros),那么《科里奥兰纳斯》恰正讲述了一个"爱的故事":这个故事与"公共事务"(res publica)或者说城邦政治(polis-politics)有关,而城邦政治的基础即是爱欲⑤;正因为如此,它也是——而且首先是——爱欲的故事,这个故事的主人公就是科里奥兰纳斯。

这个科里奥兰纳斯被认为是"无爱的"。然而,他果

---

① A. C. Bradley: *Shakespearean Tragedy*, The Macmillan Press Ltd., 1974, p. 65.
② A. P. Rossiter: *Political Tragedy*, in *Shakespeare: Coriolanus* (= *SC*), a casebook edited by B. A. Brockman, London: MacMillan Education Ltd., 1988, p. 155.
③ A. C. Bradley: *Character and the Imaginative Appeal of Tragedy in Coriolanus*, in *SC*, p. 53.
④ G. Wilson Knight: *The Imperial Theme*, London: Methuen & Co. Ltd., 1965, p. 190.
⑤ Aristotle: *Ethics*, 1155a.

真无爱(anerotic)么？或者,他果真能无爱么？

"我们都爱他"

从一开始,科里奥兰纳斯即处于罗马城邦(政治)生活的爱欲中心。他出身名门,为罗马王政时代第二任国王努马(Numa)的外孙、罗马第四任国王安库斯·马尔休斯(Ancus Martius)的直系后裔(II. iii. 235 - 243)。他幼年丧父,由寡母弗伦尼亚(Volumnia)抚养成人;这位"高贵的夫人"(III. ii. 59：Menenius："Noble lady！")以纯正的、甚至是极端的罗马精神——即对战争和荣誉的热爱——教导她的长子(IV. i. 33："my first son")和独子(I. iii. 6："the only son of my womb"),使之成为罗马的伟大战士(V. iii. 62 - 63：Volumnia："Thou art my warrior：/I holp to frame thee.")和贵族的领军。科里奥兰纳斯深爱自己的母亲——对他来说,弗伦尼亚不仅是他的母亲,也是他的精神父亲和罗马城邦的化身:他视弗伦尼亚为"世界上最高贵的母亲"(V. iii. 49),对她无比依恋(V. iii. 158 - 159："there's no man in the world/More bound to's mother"),甚至上阵杀敌立功也是为了取悦母亲,为她的自豪而自豪(I. i. 37 - 38："he did it to/Please his mother and partly to be proud")。

与之相应,科里奥兰纳斯也爱他的城邦——以自己的方式,并为他的城邦所爱。他的妻子维吉利娅爱他:后者的爱默然无声(II. i. 174："gracious silence"),却胜过千言万语。① 他也爱他的妻子(以及他们的孩子):他对她深情款款,且始终不渝。② 他也爱他的朋友:他敬爱米尼纽斯(Menenius),事之如父;③他在战场上奋不顾身援救科米纽斯(Cominius),用铁和血④见证了同袍之爱(I. vi. 29-32:"O, let me clip ye/In arms as sound as when I woo'd; in heart/As merry as when our nuptial day was done, /And tapers burn'd to bedward.")。他的朋友们同样爱他(IV. vi. 122:Menenius:"We lov'd him"),即如罗马的敌人、蛮族(Volscian)将领奥非丢斯(Aufidius)所说:"罗马的贵族

---

① Cf. I. iii. 38: Virgilia: "His bloody brow? O Jupiter, no blood!" 74-75: "I'll not over the threshold till my lord return from the wars."

② Cf. II. i. 107-108: Volumnia: "Look, here's a letter from him; the state hath another, his wife another"; III. ii. 135: Coriolanus: "Commend me to my wife."事实上,后来也正是维吉利娅最初使"由人变成恶龙"(V. iv. 12-14: "This Martius is grown from man to dragon" etc.)的克里奥兰纳斯开始回归人性(V. iii. 22-29: "My wife comes foremost … I melt, and am not/Of stronger earth than others" etc; 42-48: "Like a dull actor now, /I have forgot my part, and I am out, /Even to a full disgrace. Best of my flesh, /Forgive my tyranny …O, a kiss/Long as my exile, sweet as my revenge! /Now, by the jealous queen of heaven, that kiss/I carried from thee, dear; and my true lip/Hath virgin'd it e'er since.")。她的爱并没有被忽视;就此而言,她绝非"剧中最无影响力的人物"(G. K. Hunter: *The Last Tragic Heroes*, in *SC*, p. 160)。

③ Cf. V. ii. 14-22: Menenius: "He called me father" etc; V. i. 3: "thy general is my lover." 29: "always factionary on the party of your general"; 62: "my son Coriolanus", 69: "thy old father Menenius", 87: Coriolanus: "I loved thee", 90-91: "This man, Aufidius, was my beloved in Rome"; V. iii. 8-11: Coriolanus: "This last old man …/Loved me above the measure of a father, /Nay, godded me indeed."

④ Cf. II. ii. 107-114: Cominius: "his sword, death's stamp, /Where it did mark, it took; from face to foot/He was a thing of blood, whose every motion/Was tim'd with dying cries" etc.

都倾心于他,元老们也都爱他。"(IV. vii. 29 - 30)

所有这一切,都是为了罗马(城邦):为罗马(城邦)而生,为罗马(城邦)而死。这是政治(城邦生活)的爱欲,也是爱欲的政治(城邦生活)。正是出于"城邦之爱",科里奥兰纳斯少年时即从军参与驱除"高傲者塔昆"(Tarquinius Superbus,罗马王政时代的第七任也是最后一任国王)之役而成为共和(res publica)卫士(II. ii. 87 - 101);①也正是出于"城邦之爱",他先后十七次与外敌作战(II. ii. 100),功勋卓著而被视为"罗马之敌的克星"(II. iii. 90)。在战场上,他身先士卒,豪气干云(I. vi. 71 - 75);战后论功行赏,他却坚辞不就(I. ix. 38 - 40),并当众——他的同胞和同袍——郑重声明(I. ix. 15 - 17):

> 我和大家一样,不过做了力所能及的事;我这样做,如你们所见,是为了我们的国家。

这就是科里奥兰纳斯!难怪他的朋友喜爱他(IV. vi. 122:Menenius:"we lov'd him"),就连他的敌人——异族敌人——也情不自禁地爱慕他,称他是"高贵的马尔休斯"(IV. v. 107:"all-noble Martius")、"世上最罕见的人"(163 - 164:"the rarest man i' the world")、"战神之子"(197:"son and heir to Mars"),甚至直呼为"战神"(119:

---

① *Plutarch's Lives*, IV, *Coriolanus*, III (translated by Bernadotte Perrin, London: William Heinemann Ltd., 1967), p. 123.

"Why, thou Mars!")。后来他向敌人投诚,敌将奥非丢斯见之欣喜若狂,欢若平生(IV. v. 110 – 119)①,也就不难理解了。

可是,"高贵的"②罗马之子科里奥兰纳斯怎么会叛变投敌呢?他不是爱城邦(罗马)的人和城邦(罗马)的爱人么?这不可能,这简直荒谬——但它确实发生了。

"他的高傲甚于勇武"

在《科里奥兰纳斯传》开篇进入正题之前(I.4),普鲁塔克特别向读者申明:

> 过去罗马将武力或军功尊奉为最高德性($\mathit{\dot{\alpha}\varrho\varepsilon\tau\tilde{\eta}\varsigma}$),拉丁文中"德性"一词意指"勇武"($\mathit{\dot{\alpha}\nu\delta\varrho\varepsilon\iota\alpha\varsigma}$)即是明证,他们以此指称德性本身。(*Coriolanus*, I. 4)③

---

① Cf. IV. v. 120 – 127: "Thou hast beat me out/Twelve several times, and I have nightly since/Dreamt of encounters 'twixt thyself and me—/We have been down together in my sleep, /Unbuckling helms, fisting each other's throat—/And waked half dead with nothing." 199 – 201: "Our general himself makes a mistress of him, sanctifies himself with's hand and turns up the white o' the eye to his discourse." 我们看到,这些话中充满了爱欲(甚至是性爱)的意象。参见 I. vi. 29 – 32。
② 据 Kenneth Burke 统计,《科》剧中"noble"一词出现 76 次(按:笔者统计为 73 次),其中半数用于指称科里奥兰纳斯(Kenneth Burke: *The Delights of Faction*, in *SC*, p. 170)。
③ *Plutarch's Lives*, IV, translated by Bernadotte Perrin, London: William Heinemann Ltd, 1967, p. 120.

人类文明诞生于爱欲和必需(necessity);①对古人来说,文明(civilization)即是城邦生活(*civitas*:civil life),②而战争——无论是掠夺还是自卫的战争——则为城邦生活之必需。③ 例如,城邦必有卫城(作为城邦的中心,甚至就是城邦本身④),并始终处于战争状态。⑤ 与之相应,城邦的主人乃是城邦的守卫者,即最初的贵族,勇武——以及对勇武的热爱——则是城邦的最高德性。换言之,贵族(高贵者)之所以高贵,端在其英勇善战,即如科米纽斯所说,"勇武是最高的德性,拥有它的人无上光荣"(II. ii. 84-85:"valour is the chiefest virtue and/Most dignifies the haver")。

科里奥兰纳斯正是这种城邦德性或贵族精神的杰出代表。他自幼接受母亲的城邦德性教育(I. iii. 9-14 & 22-25),⑥以为城邦战斗以至于献身为荣。果不其

---

① Sigmund Freud:*Civilization and Its Discontents*,translated by James Strachey, New York:W. W. Norton & Co.,1962,p. 48. Cf. Lucretius:*De rerum natura*, V. LL. 958-1029.
② Cf. Aristotle,*Politics*,1253a.
③ 参见孟德斯鸠:《罗马盛衰原因论》第1章,婉玲译,商务印书馆,2009年,第1页、第4—5页。
④ 基托:《希腊人》第5章,徐卫翔、黄韬译,上海人民出版社,2006年,第62页、第64页。
⑤ Cf. Plato, *Laws* 626A-B.
⑥ 科里奥兰纳斯后来深情祝祷他的儿子——另一个马尔休斯和未来的科里奥兰纳斯(V. iii. 68-70:Volumnia:"This is a poor epitome of yours,/Which by the interpretation of full time/May show like all yourself.")"愿战神赋予你高贵的力量,在战场上屹立不倒"(70-76:"The god of soldiers…inform/Thy strength with nobleness, that thou mayst prove/to shame unvulnerable, and stick i'th'wars")云云,即是当年情景之再现。

然,科里奥兰纳斯成长为罗马-城邦的伟大战士(I. vi. 32:"flower of warriors")①:他热爱战争②并屡立战功,③如他的亲密战友、"至为勇武的"(I. ii. 14)拉尔休斯(Lartius)所说,"正是符合伽图(Cato)理想的军人"(I. iv. 56 - 61);甚至他的敌人也不得不承认他的"高贵"(V. vi. 125 - 126:"The man is noble, and his fame folds in/This orb o'th'earth.")。所谓"高贵",即拥有"勇武"的"德性":在这一点上,蛮族人与罗马人所见略同,恰是同道中人。④

不过也有反对的声音,它们来自城邦内部,而且为数众多:这就是罗马的平民(plebeians)——"野兽般的平民"(II. i. 94 - 95),以及他们的首领与"喉舌"(III. i. 22)——罗马护民官。⑤ 平民们不爱科里奥兰纳斯。首先,他们发现科里奥兰纳斯异常"高傲"(proud)⑥——他

---

① Cf. I. ix. 8 - 9:"we thank the gods our Rome has such a soldier."
② Cf. I. i. 223 - 225;Messenger:"The news is, sir, the Volsces are in arms." Martius:"I am glad on't; then we shall ha' means to vent/Our musty superfluity."
③ Cf. II. ii. 95 - 101;Cominius:"And in the brunt of seventeen battles since/He lurch'd all swords of the garland."
④ 在剧中,科里奥兰纳斯与奥非丢斯不共戴天而惺惺相惜——前者赞美奥氏的"高贵"(I. i. 220 - 231:"I sin in envying his nobility, /And were I any thing but what I am, /I would wish me only he."),而奥氏也对他的"高贵"深表爱慕(IV. v. 115 - 119)——便是明证。
⑤ 按:剧中出现的护民官 Brutus 和 Sinicius 正是罗马第一次平民脱离运动(494 BC)政治和解后最早选出的两名护民官(*Plutarch's Lives*, VII, *Coriolanus*, VII, p. 131)。
⑥ Cf. Sinicius:"Was ever man so proud as is this Martius?" Brutus:"He has no equal."(I. i. 251 - 252) 按:"proud"在剧中出现了 15 次,其中 12 次指向科里奥兰纳斯;"pride"出现了 10 次,其中也有 7 次指向科里奥兰纳斯。

的高傲甚至掩盖了他的勇武（I.i.257-258："He is grown/Too proud to be so valiant."）；更重要的是，他们感到自己不为后者所爱，后者"太过骄傲"而"与人民为敌"，甚至是"人民主要的敌人"（I.i.6-8 & 27-28, II.ii.5-6 & II.iii.90-92）。的确，科里奥兰纳斯"不爱"他们——岂止是不爱，简直是憎恨：他动辄辱骂平民，斥之是"无赖"（I.i.164）、"群鼠"（I.i.254）、"狗杂种"（I.i.167）、"下贱奴才"（I.v.166）、"多头的畜生"（IV.i.1-2）、非我族类的"蛮夷"（III.i.236）、"罗马的耻辱"与"祸患"（I.iv.31），甚至不顾他们的死活（这时后者正因饥饿而要求政府低价售粮），① 公然叫嚣"绞死他们"（I.i.189-199："Hang them! … I'd make a quarry with thousands of these quarter'd slaves"）。② 本来，平民们也都感谢科里奥兰纳斯为城邦所做的一切（尽管他们认为他这样做只是为了他的母亲，何况他已经"用高傲作为了自己的报酬"③），愿意接受他为城邦执政（Consul），并希望与他缔结友谊（II.iii.9-13 & 39-40, 103-104, 133-134）。④ 然而，科里奥兰纳斯并不领情：对于平民的友好表示，他不屑一顾，甚至故意挑

---

① Cf. I.i.248-249: "The Volsces have much corn; take these rats thither/To gnaw their garners."
② Cf. III.i.79-81: Brutus: "You speak o' th' people/As if you were a god to punish, not/A man of their infirmity."
③ I.i.29-33: Second Citizen: "Consider you what services he has done for his country?" First Citizen: "Very well, and could be content to give him good report for't, but that he pays himself with being proud."
④ Cf. II.ii.24-35.

衅引发仇恨。① 在他看来,平民总是仇恨高贵的人,②因此仇恨——平民的仇恨——正是自身高贵的标志。他高贵地捍卫了自己的尊严——但也为此付出了高贵的代价。

"城邦分裂了"

由于战功卓著,科里奥兰纳斯被元老院提名为执政人选。根据城邦传统,他须身着粗布衣服(以示谦卑),步行来至平民市场,向大众展示身上的战争伤痕(作为勇武即"德性"的标志),乞求他们的支持与认可。这虽是例行公事,却为必不可少的礼法程序。③ 科里奥兰纳斯对此制度(custom)深恶痛绝,④声称"我宁愿以自己的方式为他们效劳,也不愿以他们的方式当他们的主人"(Ⅱ.i.201-202),并一再告免(Ⅱ.ii.135-138)。这里说的"他们",指的是城邦的平民。在古代,平民并不等于"人民"(populus):"人民"是城邦的居有者和主人,最初的元老和贵族即从中产生;而平民只是外来的流民或依

---

① Cf. Ⅱ.ii.16-21;First Officer:"If he did not care whether he had their love or no, he waved indifferently 'twixt doing them neither good nor harm; but he seeks their hate with greater devotion than can render it him, and leaves nothing undone that may fully discover him their opposite."
② Cf. Ⅰ.i.175-176:"Who deserves greatness/Deserves your hate"; Ⅰ.ix.6-7;Cominius:"the dull tribunes …/That with the fusty plebeians, hate thine honors"etc.
③ Cf. Ⅱ.ii.139-140;Sicinius:"the people/Must have their voices."
④ Cf. Ⅱ.i.229-234.

附者(如逃奴、案犯、战俘、私生子、负债人),他们寄居在城外,无权参与城邦政治生活(包括服兵役),几同化外之人。① 自公元前6—5世纪以降,平民逐渐进入城邦生活而成为"人民"的一部分②——甚至是它的主体部分,也就是城邦的主人,如《科里奥兰纳斯》剧中"全体平民"所说:"人民就是城邦。"(III. i. 197 - 198)。③ 他们发现了自己的力量(I. i. 59 - 61:"They say poor suitors have strong breaths; they shall know we have strong arms too."),但是也看到了自己的不足(II. iii. 20 - 24:"our wits are so diversely coloured"etc.),因此他们并无意与贵族为敌,但求得到对方的承认和起码的尊重(友善),甚至只是要求"好好说话"而已(II. iii. 70 - 75:"The price is, to ask it kindly"etc.)。然而,科里奥兰纳斯——作为贵族的代表和未来的执政官——拒绝接受"他们"。不久之前,饥饿的平民要求政府开仓放粮,他就认为他们"不配"被救济而极力反对(III. i. 119 - 129):④如今作为执政候选人,他不得不去市场接受市民的审查并恳求他们的认可;他为此深感屈辱,忿然表示"宁肯死也不愿向他们祈求自己应得之物"(II. ii. 147 - 150 & II. iii. 112 - 113)。经母

---

① 库朗热:《古代城邦》,谭立铸等译,华东师范大学出版社,2006年,第223—227页、第256页、第273页。
② 库朗热:《古代城邦》,第269—287页。
③ 大约80年后(413 BC),雅典远征军将领尼西阿斯(Nicias, 470 - 413 BC)宣称"城邦就是人,而不是空无一人的城墙和战舰",亦同此意(参见修昔底德:《伯罗奔尼撒战争史》第7卷,谢德风译,商务印书馆,2006年,第625页),但时势有异,用心不同耳。
④ Cf. III. i. 41 - 44 & 130 - 138.

亲努力劝说，他忍辱负重来到市场，勉为其难地完成了任务。出人意料的是，在护民官的恶意唆使下，"反复无常的"（III.i.65）民众竟又收回了他们的支持。科里奥兰纳斯忍无可忍，当众发飙放言，指斥这是平民的夺权阴谋，如果纵容他们，城邦将从此分裂而难以为继云云（III.i.37 - 40 & 159 - 160）。听到此言，护民官正中下怀，当即宣布他是城邦的叛徒和敌人（III.i.161 - 162 & 170 - 175）并判处极刑（205 - 212）。接下来是一场秩序失控的混战：贵族与平民大打出手，将科里奥兰纳斯救回家中避难。他们通过弗伦尼亚劝他审时度势，暂向平民低头以图将来。他又一次违心地同意了。然而就在和解现场，"高贵的"科里奥兰纳斯不堪"独裁"和"叛逆"的无端指控（III.iii.63 - 66）而咆哮法庭，于是护民官再次宣布他为"人民与城邦之敌"（III.iii.118）而永远驱逐出境（93 - 105）。

在古代，被驱逐者将失去一切社会权利：他不再是城邦人（"自己人"），甚至不是真正的人。① 现在，科里奥兰纳斯失去了自己的城邦，也失去了他的爱欲对象。如其临去时向城邦平民、同时也是向平民的城邦（III.i.198：All Plebs："the people are the city"）所说（III.iii.127 -

---

① 库朗热：《古代城邦》，第 185—189 页。Cf. Aristotle：*Politics*，1277b - 1278a；*Plutarch's Lives*，I，*Romulus*，IX，p. 115；Livy：*Ab Urbe Condita*，I. 8. *Romeo and Juliet*，III. iii. 17 - 21：Romeo："There is no world without Verona walls，/But purgatory，torture，hell itself. / Hence banished is banish'd from the world，/And world's exile is death. Then ' banishment'/Is death misterm'd."

135）：

> 我因为你们而鄙视这个城邦。我走了，外面另有世界！

他怀着满腔仇恨走了。一时间，城邦风平浪静（IV. vi. 36 - 37："Rome sits safe and still without him"），人民（现在他们成了城邦的主人）安居乐业而歌舞升平（27 - 29："This is a happier and more comely time"etc.），护民官更是弹冠相庆、得意洋洋（4 - 9）。殊不知，此时罗马——即如敌人雇佣的罗马密探所见（IV. iii. 13 - 15 & 21 - 26）[①]——已然病入膏肓而危在旦夕：为了和平，城邦平民驱逐了科里奥兰纳斯；然而，这不但没有平息或阻遏、反却加剧了城邦的分裂。分裂（内战）之后，"除非反其道而行之"，否则就是死亡（III. ii. 27 - 32：Senator："There's no remedy／Unless by not so doing, our good city／Cleave in the midst, and perish."）。

分裂的罗马-城邦，今将何去何从？

"孤　　龙"

无论是作为罗马的英雄-爱人还是"人民与城邦之

[①] Cf. IV. vi. 103 - 106：Cominius："All the regions／Do smilingly revolt, and who resists／Are mock'd for valiant ignorance,／And perish constant fools."

敌",科里奥兰纳斯始终是孤介的存在。在战场上,他孤军奋战,几乎以一人之力扭转战局;①但是战后论功行赏,他却再三推辞,甚至不顾而去(II. ii. 66 - 77)。大家以为他谦逊(I. ix. 52 - 54:"Too modest are you"etc.),其实是高傲,所谓"众人贵苟得,欲语羞雷同"。性格即是命运:孤高自傲的天性②成就了他的——确切说是他母亲的——光荣与梦想,但也导致了他的放逐和败亡。③正如米尼纽斯所说(III. i. 253 - 255):"他的天性太高贵了,不适宜这一个世界:他不会曲意逢迎海神尼普顿或天神宙斯,即便可以获得他们一样的权力。"他拒绝为当选执政而向平民曲意示好(II. i. 201 - 202:"I had rather be their servant in my way/Than sway with them in theirs.")。一如既往,他期望得到母亲——这是他的精神导师和灵魂之友——的赞赏与支持(III. ii. 15 - 16),但是这一次——也许是他成年以来第一次——母亲并不认可他的做法。相反,她力劝科里奥兰纳斯讲求"策略"(policy),以退为进、委曲求全(III. ii. 39 - 43 & 58 - 61)。听到自己"最亲爱的母亲"(IV. i. 48)居然也这样说,科里奥兰纳

---

① I. iv. 51 - 52:1st soldier:"he is himself alone,/To answer all the city." Cf. I. viii. 8 - 9:"Alone I fought in your Corioles walls,/And made what work I pleas'd"etc. See also II. ii. 109 - 114 & V. vi. 113 - 116.

② Cf. III. ii. 129 - 130:"Thy valiantness was mine, thou suck'st it from me,/But owe thy pride thyself."

③ Cf. IV. vii. 35 - 48:Aufidius:"First, he was/A noble servant to them, but he could not/Carry his honours even./Whether t'was pride,[...] whether defect of judgment,[...] or whether nature,[...] but one of these [...] made him fear'd,/So hated, and so banish'd."

斯不禁深感惶惑(III.ii.7-8:"I muse my mother/Does not approve me further")。他几近绝望地求告母亲,不要让自己违反本性和做人的原则(III.ii.99-101,105-106 & 120-123),而弗伦尼亚的回答是:"你自己决定吧。"(III.ii.137:"Do your will.")说罢拂袖而去。这看似让步或同意,其实是最后通牒。科里奥兰纳斯屈服了:"不要生气了,母亲,我这就到市场去:别再说我了。"(III.ii.130-132)

这一刻,他经历了前所未有的精神危机和灵魂风暴:"走开,我的高傲天性,让娼妓的灵魂占据我的身体吧!"(III.ii.111-112)他的自我认同分裂了:他从此不再是自己——纯全、真实的自己,而是成为自我的异己存在,即我之非我(或非我之我)。①

事与愿违,降志辱身的科里奥兰纳斯并未得到平民的欢心;相反,由于护民官的妒忌陷害,②他被宣布为人民公敌而永远驱逐。如他后来投敌时所说:"人民"和"贵族"一起"抛弃"了他(IV.v.75-79);他被自己的"城邦母亲"遗弃而成为文明社会的孤儿-他者,或蛮荒世界(霍布斯所谓"自然状态"③)中的怪物-野兽。临行时,科里奥

---

① 科里奥兰纳斯自比"娼妓"、"阉人"、"无赖"、"乞丐"、"江湖骗子"(III.ii.110-120 & 132-134),即是他此时心意的外在投射(mind-image)。
② 他们这样做时,事实上已经成为城邦的僭主(Cf. Plato, *Republic*, 565E-567C)。
③ See *Leviathan*, in *The English Works of Thomas Hobbes*, edited by William Molesworth, London: John Bohn, 1839, Vol. III, p. 113: "In such condition, there is ⋯society; and which is worst of all, continual fear, and danger of violent death; and the life of man, solitary, poor, nasty, brutish, and short."

兰纳斯向母亲发誓,同时也是向"城邦母亲"放言:他将作为令人敬畏的"孤龙"而浪迹天涯(IV. i. 29 - 33)。不久,他投靠异族敌人并领兵反攻罗马,果然成了没有同类也没有爱欲的怪兽——"孤龙"。① 化身"孤龙"归来的科里奥兰纳斯一心与罗马为敌:如其所说,"我将用一切地狱魔鬼的怨毒和我的腐败城邦开战"(IV. v. 91 - 93)。② 而此时的罗马——"光荣"、"伟大"的罗马(III. I. 288 & 313)——已是外强中干,不堪一击③:眼看恶龙来袭(Cf. IV. vii. 21 - 24),除非奇迹发生,她已在劫难逃。④

爱欲与城邦

为了复仇,科里奥兰纳斯准备不惜一切代价毁灭罗

---

① Cf. V. iv. 12 - 14: Cominius: "This Martius is grown from man to dragon: he has wings: he's more than a creeping thing." See also IV. vii. 23 - 24: Aufidius: "… he bears all things fairly/And shows good husbandry for the Volscian state,/Fights dragon-like, and does achieve as soon/As draw his sword" etc.

② Cf. V. i. 13 - 15: Cominius: "He was a kind of nothing, titleless,/Till he had forg'd himself a name o'th'fire/Of burning Rome." 尤特罗皮乌斯告诉我们:科里奥兰纳斯是继"高傲者塔昆"之后第二个与自己城邦为敌的罗马贵族(《罗马国史大纲》I. 15,谢品巍译,上海人民出版社,2011 年,第 7 页)。科里奥兰纳斯曾在反击塔昆的复辟战争中建立首功,而今步其后尘,真可谓命运之反讽(Cf. IV. iv. 12 - 22: "O world, thy slippery turns!" etc.)矣!

③ Cf. IV. ii. Tribune: "Say their great enemy is gone and/They stand in their ancient strength." IV. vi. 100 - 101: Cominius: "He will shake/Your Rome about your ears." Menenius: "As Hercules/Did shake down mellow fruit."

④ Cf. IV. vi. 127 - 129: Cominius: "Desperation/Is all the policy, strength, and defence,/That Rome can make against them." V. ii. 70: Menenius: "All hope is vain" etc.

马。他拒绝了昔日挚友的求情,悍然宣称"我不认什么妻子、母亲和儿子"(V.ii.80-81),①并向新的盟友表示他将拒绝(罗马)城邦和朋友的任何请求(V.iii.17-19)②——话音未落,他的母亲妻儿来到了他的营中。

见到亲人,"孤龙"科里奥兰纳斯如遭电击,一时间心神大乱(V.iii.22-24 & 28-29)。他强自镇定,努力压抑内心涌动的亲情(24-26 & 34-37);但是"爱战胜一切",③他终于不能自持(40-42)。他走下座来,深情拥吻妻子,并向母亲下跪问安(44-45 & 49-52):此时此刻,他不再是高傲的"孤龙"和冷酷无情的复仇之神,而是作为儿子、丈夫和父亲的人,即有爱的城邦人。

随他母亲妻儿一同前来的,还有罗马城邦的女性代表——高贵的瓦勒莉娅(Valeria)。④ 与亲人相认或者说与亲情天性和解后,科里奥兰纳斯也向"她"亲切致意(64-67)。现在,他的亲人和城邦一起向他下跪,祈求和平(77-78 & 135-140);科里奥兰纳斯见状起身欲走,

---

① Cf. V.iv.16-17:Menenius:"he would not remember his mother now than an eight-year-old horse"
② Cf. V.i.8:Cominius:"He would not seem to know me."65-67:"I kneel'd before him;/'Twas very faintly he said ' Rise', dismiss'd me/Thus, with his speechless hand."
③ Virgil:*Eclogue* X.69:"*omnia vincit Amor*;*et noscedamus Amori*." Cf. V.iii. 33:Coriolanus:"Great nature cries, ' Deny not'."
④ 据普鲁塔克介绍,瓦勒莉娅是罗马共和第二任执政之一(另一位和首任执政是布鲁图斯)的普布利科拉(Publicola Valerius)的姊妹(*Plutarch's Lives*,IV,*Coriolanus*,XXXIII,p.201);普布利科拉(意为"人民之友")生前深得人民爱戴,身后备极哀荣,他的家族与后人亦广受尊敬(*Plutarch's Lives*,I,pp.565-567. Cf. Livy:*Ab Urbe Condita*,II.8)

但被母亲伸手拦住,并发出可怕的恳求(122–125,172 & 180–182):

> 我决不让你侵犯你的国家,除非你先从生养你的母亲身上踏过去。
>
> 这是我们最后的恳求……你下令吧:从此我将沉默,直到我们的城邦被战火焚烧,那时我另有话说。

她的恳求——或者说威胁,甚至是诅咒——奏效了。科里奥兰纳斯紧握着母亲的手,心中有千言万语,只是说不出口,沉默良久,终于化为一声长叹(185–189):

> 唉,母亲,我的母亲! 您为罗马赢得了幸运的胜利;可是相信我,唉,您的儿子,被您战败的儿子,却因此而有生命危险了。但是随它去吧。

"随它去吧"(let it come)——这是无奈的选择,也是无畏的决断。在这一刻,"孤龙"科里奥兰纳斯死去,而罗马之子科里奥兰纳斯复活了。

确切说,这是爱欲的复活。曾几何时,科里奥兰纳斯是罗马城邦的爱人,即有爱欲的城邦人。然而,他热爱自身的高贵即"勇武"的德性更甚于城邦本身[1](在他看

---

[1] G. Wilson Knight: *The Imperial Theme*, p. 168. Cf. IV. vi. 29–32: Brutus: "Caius Martius was/A worthy officer i' th'war, but insolent,/O'ercome with pride, ambitious past all thinking,/Self-loving."

来,城邦已经被平民侵蚀败坏)而以城邦为实现自身高贵之工具;但在城邦特别是城邦平民看来,"勇武"无论多么高贵,终不过是保障城邦和平或即人民安全的工具罢了。① 高贵的保护者——或者说他的高贵(nobility)——需要被保护者的承认和依从,但科里奥兰纳斯视平民若无物(nothing),甚至待如仇寇;民也不堪其命,于是有"奴隶"的起义和城邦的"革命"。"奴隶"胜利了:他们成了城邦的主人,而原先的"主人"被逐出了城邦(Cf. IV. i. 1 – 2:Coriolanus:"The beast/With many heads butts me away.");"主人"的高贵德性,即所谓"勇武",亦随之化为乌有(nothing)。更有甚者,一向自负的科里奥兰纳斯被生身之母兼精神父亲——或者说他的理想自我(超我)的雌雄同体化身——的弗伦尼亚所否定(III. ii. 39:"You are too absolute"etc.),而他的自我认同就此分裂。这是一场灵魂深处的"革命"或曰命运的"逆转"(revolution):经此变革,他变异为无城邦的(非政治的)、无爱欲的(非人的)神魔-怪兽②而与罗马母亲为敌;换言

---

① 柏拉图所谓城邦"卫犬"(*Republic*,375A – 376B)。Cf. III. i. 198:All Pleb:"The people are the city." IV. vii. 35 – 36:Aufidius:"First, he was/A noble servant to them";V. ii. 80 – 81:Coriolanus:"My affairs/Are servanted to others."

② 亚里士多德认为:外在于城邦生活者,非神即兽(*Politics*,1253a)。我们看到,科里奥兰纳斯兼有此超人之神(Cf. IV. vi. 91 – 93:Cominius:"He is their god. He leads them like a thing/Made by some other deity/than nature,/That shapes man better"; V. iv. 18 – 25:Menenius:"When he walks, he moves like an engine and the ground shrinks before his treading. … He wants nothing of a god but eternity, and a heaven to throne in.")与非人之兽("孤龙")的特性,是为神-兽合体之异形。

之,"儿子"对"母亲"的爱欲化作了弑父的冲动欲望。现在,他的母亲、妻子和同胞代表罗马城邦向他吁求和平,神-兽合体的异形战士在亲人幻化的城邦镜像中重新认出了自己——原先的自己,即以往的"超我"。他的人性-爱欲就此复苏:科里奥兰纳斯又一次背叛(或者说否定)自己——他的异化自我,作为欲望的主体——而重新成为了罗马(城邦)之子。

和平降临了。这是一个伟大的奇迹:它见证了爱欲和城邦的伟大胜利。① 按战争与和平是城邦生活(政治)的基本主题,也是人类文明的永恒悖论。即如剧中蛮族士兵所说(IV. v. 226 – 237):战争扼杀和平,同时也是和平的武器或工具;②和平终止战争,但也孕育了新的战争和死亡。作为罗马(城邦)之子,科里奥兰纳斯向往和平而热爱战争,既是死神③也是爱人:为了城邦和平,他在战场上奋勇杀敌、视死如归;也正是为了和平——贵族治下的城邦和平,他力主镇压不满现状、挑战城邦秩序的平民(III. i. 107 – 111):④最后,他甚至同意——尽管十分

---

① Cf. V. iii. 206 – 209:Coriolanus:"Ladies, you deserve/To have a temple built you. All the swords/In Italy and her confederate arms/Could not have made this peace."See also V. iv. 41 – 52 & 58; V. v. 1 – 7.

② Plato:*Laws*,628D-E. Aristotle:*Politics*,1333a & 1334a.

③ G. Wilson Knight:*The Imperial Theme*, p. 180. Cf. II. i. 159 – 160:Volumnia:"Death, that dark spirit, in's nervy arm doth lie,/Which, being advanc'd, declines, and then men die."

④ Cf. III. i. 115 – 117:"Though there the people had more absolute power—/I say they nourish'd disobedience, fed/The ruin of the state." 141 – 148:"This double worship [...] must omit/Real necessities, and give way the while/To unstable slightness."

勉强,但已经是难能可贵——向平民让步以维护城邦和平①。他用心虽苦,却不懂得——或者说不屑于,甚至是有意抗拒——伪装和表演②(这可是政治-政治人的"必须"③),终于激起民变而亡命于野,并因复仇心切——也可以说是一念之差④——异化为无城邦、无爱欲而空有勇武的杀人狂魔。魔(非我)本是人(我):面对母亲、妻子和同胞,他魔性消退而回归自我(超我),重新成为城邦的爱人和有爱的城邦人。作为有爱的城邦人,他应允了母亲-城邦的和平祈求,⑤并向一度志同道合的盟友、同时也是势不两立的敌人⑥宣布了自己的决定(V. iii.

---

① 如他进入或者说"下到"城邦"基层"的平民市场(market-place)前祈祷神灵维护城邦的"爱"、"正义"与"和平"(III. iii. 33 - 37:"The honour'd gods/Keep Rome in safety, and the chairs of justice/Supplied with worthy men, plant love among's, /Throng our large temples with the shows of peace/And not our streets with war."),即是他真实心声的表达。

② Cf. II. i. 52 - 53:Coriolanus:"What I think, I utter, and spend my malice in my breath." III. iii. 90 - 94:Coriolanus:"I would not buy/Their mercy at the mercy of one fair word" etc.

③ 参见马基雅维里:《君主论》第 18 节。在剧中,米尼纽斯、布鲁图斯、奥非丢斯甚至弗伦尼亚无不对此心知肚明而身体力行,虽然"不相与谋",恰是同道中人,除了克里奥兰纳斯一人。在这个意义上,克里奥兰纳斯是城邦-政治的外人/敌人(hostis)。

④ Cf. IV. i. 15:Coriolanus:"I shall be lov'd when I am lack'd." 51 - 53:Coriolanus:"While I remain above the ground, you shall/Hear from me still, and never of me aught/But what is like me formerly." IV. iv. 23 - 26:Coriolanus:"My birthplace hate I, and my love's upon/This enemy town. I'll enter; if he slay me/He does fair justice; if he give me way, /I'll do his country service."

⑤ V. iii. 131 - 140:Volumnia:"our suit/Is that you reconcile them [...] and each in either side/Give the all-hail to thee, and cry, 'Be bless'd/For making up this peace!'"

⑥ Cf. I. v. 10:"the man of my soul's hate, Aufidius."

190-191)。这是背叛的回归,也是致命的复活(V. vi. 48:Aufidius:"Therefore shall he die"):①科里奥兰纳斯终因背叛盟友—敌人而被杀害(V. vi. 84-130:"He has betray'd your business","Breaking his oath and resolution" etc)。然而,死亡即是拯救:通过肉体-小我的毁灭(同时也是灵魂-大我的重生②),罗马之子马尔休斯·科里奥兰纳斯最终实现了城邦(同时也是自身灵魂③)的和平,④从而完成了自己作为城邦爱人和高贵战士的德性⑤与命运。

---

① Cf. V. iii. 187-189.
② Cf. V. vi. 142-144:Lord:"Let him be regarded/As the most noble corse that ever herald/Did follow to his urn."153:Aufidius:"Yet he shall have a noble memory."
③ 柏拉图告诉我们:个人的灵魂是具体而微的城邦,而"合众为一"的城邦乃大而化之的灵魂(*Republic*,435B-C,544E&580D)。
④ Cf. V. vi. 79-84。黑格尔会说:和平——冲突和解后的和平——即"永恒正义"(参见《美学》3卷下,朱光潜译,商务印书馆,1981年,第87页)。
⑤ 斯宾诺莎:"和平不止是没有战争,而且也是建立在精神力量之上的德性。"(《政治论》第5章第4节,冯炳坤译,商务印书馆,1999年,第43页)用柏拉图的话说,此即以理(reason)统气(thumus)——或者说勇武(cf. Republic,544C-E&547D-548C)——克制欲望(desire)而"成为自己的主人"(431A&442A-B)。参见亚里士多德:《政治学》1254a(吴寿彭译,商务印书馆,2007年,第14页)。

城邦与诗人

在莎士比亚同时代的想象和认知中,"诗人"的话语-形象承载了当时人文主义(者)的光荣与梦想,而《凯撒》剧中的两位诗人,一者被逐,一者被杀,适构成文艺复兴时期"诗人"的反讽镜像。通过诗人的遭遇,"一切时代的诗人"莎士比亚隐身说法(在生活世界,则是现身说法),证示了"诗人"在"城邦"的存身之道。哈姆雷特临终遗言:"暂居世上艰难求活,把我的故事告诉世人。"这是莎士比亚作为"诗人"的自我期许,同时也是"诗人"对"城邦"他者的友爱-承诺。

当年蒙田(Montaigne)自云好读古人之书而欲知其为人,如布鲁图斯:"我曾千百次悲叹布鲁图斯《论美德》一文的失传",而普鲁塔克(Plutarch,46—120)的布鲁图斯亦不尽人意,因为"我想知道他在决战前夕和友人的帐中会谈更甚于次日他对士兵的战前演说,想知道他在自己家中的行止更甚于他在广场论坛和元老院的表现"

(《论书籍》,c. 1575)①。这里说的"布鲁图斯",即以刺杀罗马独裁者凯撒而名垂后世的马尔库斯·布鲁图斯(Marcus Brutus),事见普鲁塔克《名人传》以及苏维托尼乌斯(Suetonius,c. 70—160)《帝王传》、阿庇安(Appian,95—165)《罗马史》等书。

似乎心有灵犀,或竟是受此启发②,二十多年后(1599)莎士比亚创作《裘力斯·凯撒》(以下简称《凯撒》),即祖述前人(普鲁塔克-诺斯③)而踵事增华,分别在第2幕第1场、第4幕第3场向我们展示了布鲁图斯起事前在自家花园的沉思(II. i. 10 - 85)、与友人的室内密谋(86 - 228 & 309 - 334)、和妻子的私下交流(233 - 309),以及他在决战前夕与战友卡休斯(Cassius)的争执与和解(IV. iii. 1 - 122)。上述情节皆有所本,但加腾挪剪裁而更为生动鲜明,此不具论。

且说第4幕第3场。就在布鲁图斯和卡休斯激烈争吵后捐弃前嫌,准备明日战事安排之际,一名诗人违反禁令(IV. ii. 50 - 51:Brutus:"let no man/Come to our tent till

---

① Montaigne:*Essays*,II. 10. 参见《蒙田随笔全集》第2卷,马振骋译,上海书店出版社,2009年,第77—78页。
② 蒙田《随笔》英译本于1603年问世,译者是约翰·弗洛里奥(John Florio)。弗洛里奥与莎士比亚的保护人同是南安普顿伯爵(Earl of Southampton),今天学界认为他们有可能相互认识,并推测莎士比亚在1603年之前已看到弗洛里奥的《随笔》译文手稿。
③ 普鲁塔克《名人传》的法文译本于1559年问世(译者Jacques Amyot),1579年托马斯·诺斯爵士(Sir Thomas North)据此转译为英文出版并于1595年再版;莎士比亚的《凯撒》(以及后来的《安东尼与克里奥佩特拉》、《克里奥兰纳斯》等"罗马剧")即以此为蓝本。

we have done our conference.")闯进了营帐(IV. iii. 123 - 127)①:

> 诗　　人　让我进去见两位将军;他们彼此之间有些争执,不应该让他们单独在一起。
> 路西律斯　你不能进去。
> 诗　　人　除了死,什么都拦不住我。

卡休斯问他来意,诗人不答,却反问对方:"二位将军,你们想干什么?"随后高声吟哦(129 - 131):

> 汝等共举大事,便当互相友爱。
> 君等听我之言,因我更为皆长唧唧合适年长。

原来,他是专为劝解调停而来。卡休斯付之一笑,但布鲁图斯勃然变色,不由分说将诗人赶出了营帐(133 - 137):

> 布鲁图斯　滚开,你这无礼的家伙,出去!
> 卡 休 斯　不要生他的气,布鲁图斯,他就是这样。
> 布鲁图斯　如果他知道什么时候合适,我也会容忍他的奇怪做派。打仗和这些吟风弄月的

---

① T. S. Dorsch ed., *The Arden Shakespeare*: *Julius Caesar*, New York: Methuen, 1983, pp. 103 - 104. 按:本文所有引文,如无特别说明,皆为笔者所译。

>　　傻瓜有什么关系？滚开，伙计！
>
> 卡休斯　出去，出去，走开吧！

诗人退下了。他从登场到退场，一共说了五句话（包括两句诗），此后再无消息，不知所终。看起来，这位"诗人"不过是一个喜剧性的过场人物罢了。

然而，这并不是一个简单的过场。对照普鲁塔克的《名人传》（确切说是诺斯的译文），我们发现所谓"诗人"原非诗人，亦非无名之辈：他叫法奥纽斯（Marcus Phaonius）①，当年曾是小加图（Cato the Younger）的朋友和追随者；其人素以"哲人"自居，经常装疯卖傻、出言无状，但世人目为俳优滑稽，并不以为忤，甚且赞许纵容。这一次，布鲁图斯与卡休斯在帐内激烈争执以至于泣下、众人空自焦急而束手无策之际，法奥纽斯排闼直入，佯狂作态并高声朗诵荷马史诗《伊利亚特》中老将奈斯托尔（Nestor）劝解阿伽门农与阿基琉斯的诗行："长者发话，君等听从。"卡休斯见状大笑，但布鲁图斯不为所动，而是将他轰出门外，并说他是假冒的"狗哲"（Cynic，通译"犬儒"②）；

---

① 普鲁塔克《名人传》以及苏维托尼乌斯《帝王传》、阿庇安《罗马史》皆作"Favonius"。

② "Cynic"（希腊语"kynikos"）的词根"kyon"意为"像狗一样的"；一说其创始人 Antisthenes 在雅典城外"灰狗体育场"（Kynosarge）讲学，因此得名云。又巴利文三藏经部《中尼迦耶·中分五十经编·居士品·狗行者经》（Kukkuravatika sutta）中有所谓"塞尼耶"（Seniya），即效狗之行的苦修者（参见郭良鋆：《佛陀和原始佛教思想》，中国社会科学出版社，1997 年，第 227 页），或与"kynikos"有关，未知是否，录此以待方家考证。

不过双方也就此收场,停止了争吵①。当晚卡休斯宴请布鲁图斯一方,法奥纽斯亦赶来赴会,布鲁图斯余怒未消,故意不加礼遇,但他径自入席,与大众谈笑戏谑,其乐洋洋②。在《凯撒》剧中,莎士比亚略过宴会情节,同时隐去当事人姓名,于是"哲人"——确切说是"狗哲"——法奥纽斯变成了无名的"诗人"。

这一变动耐人寻味。据统计,在正式登场并有说白的全部 972 名莎剧人物中③,以"诗人"之名出现者不过两人:一为《凯撒》中的"诗人",一为《雅典中的泰门》中的"诗人"。后者晚出(c. 1608),且真伪难定,姑存而不论;《凯撒》剧中另有一名诗人,但以秦纳(Cinna)之名(和参与刺杀凯撒的秦纳同名)出现(第 3 幕第 3 场)。因此严格说来,"诗人"只有一位,即《凯撒》第 4 幕第 3 场中惊鸿一现的无名诗人。

作者如此安排,似非出于无意,其中或有寄寓。很可能,莎士比亚——作为"一切时代的诗人"(本·琼森)④——在此传达了微妙的深意。

在莎士比亚同时代人的想象和认知中,"诗人"的话语–形象充满了歧义,甚至是内在分裂的:一方面,其中沉

---

① Walter W. Skeat (ed.): *Shakespeare's Plutarch*, Macmillan, 1875, pp. 134 - 135, quoted from *The Arden Shakespeare*: *Julius Caesar*, p. 156.
② *Plutarch's Lives*, with an English translation by Bernadotte Perrin, VI, London: William Heinemann Ltd., 1961, p. 203.
③ 根据 David Chambers 统计(参见科尔奈留·杜米丘:《莎士比亚戏剧辞典》,宫宝荣等译,上海书店出版社,2011 年,序言第 1 页)。
④ *The Works of Ben Jonson*, vol. 3, London: Chatto & Windus, 1910, p. 288.

淀了古老的敌意和流俗的偏见；另一方面，它也承载了当时人文主义（者）的光荣与梦想。柏拉图的指控——诗人美言不信而危害城邦（《理想国》605b‑607a），锡德尼（Sir Philip Sidney）的悲叹——诗歌"名声狼藉"而成为"孺子的笑柄"（*The Defense of Poesy*, 1583）①，以及《亨利四世》第一部（1596—1597）中"热马刺"（Hotspur）亨利·珀西（Henry Percy）的讥讽（1 *Henry IV*, III. i. 125‑132）②：

> 我宁可做一只喵喵叫的小猫，也不想变成满口陈词滥调的诗人。我宁可去听车床车蜡台的吱嘎声，或者是车轮在干涩车轴上转动的声音。没有什么比咿咿呀呀的诗歌更让我浑身不自在了。

即为前者代表；而挺身为诗（人）声辩，称说诗歌古老神圣伟大，歌颂诗人为"人文始祖"、"上帝之亚、另一主宰"（a second deity, another god）③，则是后者的共识常谈。当时之人"不归杨则归墨"，概莫能外；作为"时代的灵魂"和"诗人的恒星"④的莎士比亚，又持何等立

---

① Philip Sidney: *The Defense of Poesy*, (ed.): by Albert S. Cook, Boston: Ginn & Co., 1890, p. 6 & p. 2.

② David Scott Kastan (ed.): *The Arden Shakespeare: King Henry IV*, Part 1, London and New York: Methuen & Co., 2002, p. 248.

③ Thomas Lodge, *Defence of Poetry* (1579), G. Gregory Smith ed., *Elizabethan Critical Essays*, Vol. 1, Oxford University Press, 1950, p. 75; Philip Sidney: *The Defense of Poesy* (1583), pp. 2‑9 & p. 23。

④ *The Works of Ben Jonson*, vol. 3, p. 287 & p. 289.

场呢？

1609年,莎士比亚的《十四行诗集》在伦敦出版。《诗集》共收录了154首诗,其中第1至126首献给一位年轻美貌的贵族友人——据说是南安普敦伯爵(Henry Wriothesley, Earl of Southampton, 1573—1624),或以为潘布鲁克伯爵(William Herbert, Earl of Pembroke, 1580—1630),后者可能性更大——据考证写作于1592—1595年之间①。在这里,莎士比亚作为诗人的自我意识第一次公开得到表达②。即以第18首为例:诗人赞美友人的韶华容颜,认为一切都会消逝,但是"美"或者说是"美"的记忆将通过文字即诗的艺术而永驻长存:

> 死神也无法吹嘘将你占有,
> 当你生活在永恒的诗篇中。
> 只要人能呼吸或者眼能视物,
> 这诗便会长存,令你永驻人间。

类似的表述,亦见于第15首、第17首、第19首、第60首、第63首、第81首、第101首、第105首、第107首等

---

① Katherine Duncan-Jones: *The Arden Shakespeare: Shakespeare's Sonnets*, London: Thomas Nelson and Sons Ltd, 1998, p.69.
② 莎士比亚在长诗《维纳斯与阿多尼斯》(c.1592/3)的献辞中声称这是自己的"头生子"(the first heir of my invention),时间或许更早,但非正式表达,且一语带过,几可忽略不计。

处。事实上,"人生短促,艺术永恒"(*ars longa*, *vita brevis*)是古代诗人反复咏叹的主题,如罗马诗人奥维德在《变形记》结尾处所说:

> 我的作品完成了。无论是朱庇特的狂暴、兵燹还是时间的吞噬,都不可能毁灭它。①

即为典型代表。文艺复兴以来的诗人-作家也继承了这一手法-主题,如莎士比亚的同时代人锡德尼在《为诗辩护》一文最后"代表所有诗人"诅咒诗的敌人"生前恋爱失意,死后湮没无闻"②,正话反说,堪称异曲同工。

使生命经验(记忆)永恒,这是诗歌的力量(power),同时也是诗人的能德(virtue)③。就此而言,诗是一种权力话语或话语权力,而诗人则是话语城邦(*res publica litteraria*)中的"能者"(King)④,甚至是现实城邦(政治社

---

① *Metamorphoses*, XV. 871 – 872:"*Iamque opus exegi, quod nec Iovis ira nec ignis/nec poterit ferrum nec edax abolere vetustas.*"参见奥维德《恋歌》(*Amores*)第1卷、第3卷终章:"即便我死去,肉体被焚化,但我的精神将永存"(1.15.41 – 42:"*Ergo etiam cum me supremus adederit ignis,/Vivam, parsque mei multa superstes erit.*")"我死之后,我的作品将永存!"(3.15.20:"*Post mea mansurum fata superstes opus!*")

② *The Defense of Poesy*, p. 58.

③ Cf. William Webbe: *Of English Poesie*, in *Elizabethan Critical Essays*, Vol. 1, p. 232. Francis Meres, *Of Poetry and Poets*, in *Elizabethan Critical Essays*, Vol. 2, p. 312.

④ 据考证,英语"王者"(king)一词源自"könning",意为能者(canning: able-man)。Thomas Carlyle: *Heroes, Hero-worship and the Heroic in History*, Cambridge University Press, 1924, p. 200.

会)中的"强人"(potentate)。仍以锡德尼为例:他认为诗能惩恶扬善、化性起伪,甚至可以儆诫人君①、防止叛乱(如凯撒一类的人物),因此诗人为"学术之王"(the monarch of all sciences)②。在这一点上,文艺复兴时期的"诗人"——作为基督教世界的"今人"代表——与前基督教时代的"古人"会心不远,几无二致。

这里说的"古人",并不包括柏拉图:他实在是"古人"中的异数,或者说古代世界的"今人"。柏拉图认为理想的城邦应当由"哲人王"统治而力主将"诗人"驱逐流放(《理想国》605b – 607a),其说惊世骇俗,后来成为西方诗学史乃至思想史上一大公案。然而,真正的"古人"并不这样想。例如,他的前辈、古希腊喜剧诗人阿里斯托芬在《蛙》(405 BC)中借悲剧诗人埃斯库罗斯和欧里庇得斯之口代"诗人"立言:

埃斯库罗斯　人们为什么称赞诗人?
欧里庇得斯　因为我们才智过人,能好言规劝,把他们训练成更好的公民。

---

① 锡德尼的这一观点受到意大利文艺复兴时期诗学——如特里西诺(Giangiorgio Trissino)《诗学》(*Poetica*, 1563)——的影响,同时也影响了他的同时代人和后来者,如帕腾讷姆(George Puttenham)、纳什(Thomas Nashe)、黑伍德(Thomas Heywood)等。事实上,这也是文艺复兴时期"诗人"的老生常谈。Cf. ClynP. Norton ed., *The Cambridge History of Literary Criticism*, Volume 3: *The Renaissance*, Cambridge University Press, 1999, p. 239.
② *The Defense of Poesy*, pp. 21 – 23 & p. 28. Cf. p. 13.

> 埃斯库罗斯　一位诗人应该这样训练人才对。试看自古以来,那些高贵的诗人是多么有用啊!①

如其所说,"高贵的诗人"——即真正的诗人,如埃斯库罗斯,而不是欧里庇得斯,更不是苏格拉底这样的哲人②——不仅是城邦的导师,也是城邦的救星和恩人:

> 狄奥尼索斯　我是下来迎接诗人的。
> 欧里庇得斯　为什么要迎接诗人?
> 狄奥尼索斯　为了挽救城邦,举行歌舞。

> 歌队长　地下的神灵啊,诗人正动身回到阳光里,
> 　　　　请赐他一路顺风,赐他高明的见解
> 　　　　为城邦造就莫大的幸福,今后我们
> 　　　　再不会有巨大的忧患和痛苦的交兵。③

更早的诗人、同时也是更古的"古人"赫希俄德(Hesiod)

---

① 《阿里斯托芬喜剧六种》,罗念生译,上海人民出版社,2007年,《罗念生全集》第4卷,第444页、第445页。
② 终场时阿里斯托芬特别通过歌队向观众(城邦)喊话:"你最好别和苏格拉底坐在一起,喋喋不休,放弃诗歌,放弃任何高雅的悲剧艺术。你这样在故作深沉的诗句里和没有意义的对话中浪费时间,真是再清楚不过的愚蠢行为。"(《阿里斯托芬喜剧六种》,第462—463页)在这里,"诗人"预先回敬了"哲人"的指控:如其暗示(他在18年前即公元前423年创作上演的喜剧《云》中说得远更激烈),应当逐出城邦的不是"诗人",而是"哲人"自己。
③ 《阿里斯托芬喜剧六种》,第460页、第463页。

在《神谱》(Theogony)序曲中首先赞美缪斯和她们的父亲、"诸神中最伟大的"宙斯,然后说道:

> 强有力的宙斯的女儿尊重每一位王者,让他拥有美妙动人的谈吐。(略)这是缪斯给予人类的神圣礼物。世上的歌手和琴师无不受教于缪斯和阿波罗,而王者受命于宙斯;缪斯钟爱的人是幸福的,美妙的言辞从他的口中流出。①

在这里,王者与诗人("歌手和琴师")都是通过"美言"——雄辩或音乐(诗)——感化-征服人心,实为同道中人,甚至是同一人:诗人王者或王者诗人。柏拉图说哲人立法者(哲人王)是真正的悲剧诗人(《法律篇》817b),其实正表达了同样的意愿。他和"古人"只是"路线"不同而"名相"有异,即一方认为"诗人 = 哲人(王者)",而另一方认为"哲人 = 诗人(王者)",但他们的根本目标是一致的,那就是通过"诗人"的教化——柏拉图称之为"对最好、最高生活的模仿"即"最好和最高的悲剧"(《法律篇》817b)——实现理想的城邦生活。因此,柏拉图驱逐了古代的诗人——败坏城邦生活的虚假诗人(《理想国》607a &《法律篇》935e),同时迎立了新的诗人——"真正的诗人",即作为哲人立法者的城邦

---

① Hesiod: *The Poems and Fragments*, translated by A. W. Mair, Oxford at the Clarendon Press, 1908, pp. 33 – 34.

诗人。

后世对此多有偏执误会,以至于"(柏拉图)驱逐诗人"之说深入人心而成为思维定式和话语原型。例如,我们在最后一代罗马"古人"、同时也是中世纪第一位经院哲人波爱修斯(Boethius, c. 480—524)的经典著作《哲学的慰藉》(此书在中世纪和文艺复兴时期影响极大)中,又一次看到"哲学"将"缪斯"也就是"诗(人)"驱逐出了城邦——不是外在的城邦,而是内在的心灵城邦。

> ("哲学"呵斥"诗歌":)走开,诱人走向毁灭的妖女,让我的缪斯来照料医治他!
> 这伙人受到呵斥后羞愧难言,垂头丧气地出去了。[1]

文艺复兴时期的"诗人"也继承了这一话语传统。例如英国作家托马斯·黑伍德(Thomas Heywood)在《美人诫》(*A Warning for Fair Women*, 1599)[2]第一幕以"悲剧"斥退"喜剧"和"历史剧"开场[3],即是这一传统的"重写"或者说原型再现。

---

[1] Boethius: *The Consolation of Philosophy*, translated by W. V. Cooper, London: J. M. Dent and Company, 1902, pp. 2 – 3.
[2] 此剧当时匿名出版,作者不详,后人考证为黑伍德。参见 Joseph Quincy Adams: *The Authorship of a Warning for Fair Women*, PMLA, Vol. 28, No. 4 (1913), pp. 594 – 620.
[3] Cf. *A Warning for Fair Women*, I. i. 70 – 73.

《凯撒》剧中"诗人"被逐一幕,亦可作如是观:在这里,身为政治领袖与哲人(确切说是斯多葛哲人①)的布鲁图斯将"诗人"驱逐出了他的战时城邦。然而,这并不是对柏拉图原型的简单摹写;毋宁说,它是作者别有用心而自出机杼的"发明"(*inventio*)②。

让我们再回到事件发生的现场。在"诗人"进来之前,布鲁图斯与卡休斯其实已经结束了争吵(这可以说是一场具体而微的城邦内战),尽管不无勉强(IV. iii. 109–117):

布鲁图斯　啊,卡休斯!和你共事的是一头羊羔,他的愤怒好像燧石里的火星,一打之下会发出火花,但是马上就变冷了。

卡　休　斯　难道卡休斯活到现在,就是为了给布鲁图斯心情不好时逗乐用吗?

布鲁图斯　我那么说的时候,我的脾气也是太不好了。

卡　休　斯　你这样说吗?把你的手给我。

布鲁图斯　还有我的心。

就在此时,"诗人"出现了。他意在劝说双方和解,由此

---

① Cf. IV. iii. 144–145.
② 作为古典修辞学术语,"*inventio*"意为找寻合适的题材(*topoi*)。这是准备论说的第一步,中国古人所谓"驭文之首术,谋篇之大端",然后是结构(*dispositio*)、修辞(*elocutio*)、记忆(*memoria*)和最后的表达(*pronuntiatio*)。

拯救城邦——从布鲁图斯与卡休斯的二人城邦（这是他们的"共同事业"的核心与基础）到全体罗马人民（虽然他们现在因凯撒之死分裂了）的共同城邦（res publica）；他用心虽好，但来非其时，甚至未来已成过去，预先失去了本来的意义。

他的"介入"已属失误，而他的"修辞"更是失策。就在刚才，布鲁图斯和卡休斯因一句话而情绪失控，几至反目成仇（30-37）：

卡休斯 　我是一个军人，经验比你丰富，处理事情的能力也比你强。
布鲁图斯　不，你不是，卡休斯。
卡休斯 　我是。
布鲁图斯　我说你不是。
卡休斯 　不要再逼我，否则我就忍不住了；你小心点，不要再刺激我。
布鲁图斯　走开，你这个小人！

我们看到，他们谁也不愿承认别人比自己优秀（Cf. I. ii. 205-207）；事实上，这也是他们当初反对凯撒的根本原因（Cf. I. ii. 133-136 & III. i. 10-34）。现在"诗人"自恃年长（在古代，年长意味着智慧和权威，即自然的优越），以前辈身份发话（130-131），无意间犯了大忌，结果"逢彼之怒"，当场被轰出账外，事与愿违不说，反而成为了大众的笑柄。

"诗人"的命运令人叹息。不过，和剧中另一位诗人即诗人秦纳的遭遇相比,他已经很幸运了。诗人秦纳是凯撒的朋友,但因与刺杀凯撒的秦纳同名,结果在去往凯撒葬礼的路上被狂热的市民寻衅杀害(III.iii.26-35):

> 市 民 丙　先生,你的名字?说实话。
> 诗人秦纳　说实话,我叫秦纳。
> 市 民 甲　撕碎他,他是叛党一伙的!
> 诗人秦纳　我是诗人秦纳,我是诗人秦纳!
> 市 民 丁　撕了他,他写坏诗。撕了他,他写坏诗。
> 诗人秦纳　我不是那个叛贼秦纳。
> 市 民 丁　无所谓,反正他叫秦纳。把他的名字从他的肚子里挖出来再放他去吧。
> 市 民 丙　撕了他,撕了他!

有道是"欲加之罪,何患无辞"①,甚至杀人不必有"辞":无辜的诗人就这样——居然这样!——成了暴力(确切说是政治暴力或暴力政治)的牺牲品②。

---

① 秦纳曾以九年之功完成小史诗《士麦那》(Smyrna),该诗以父女乱伦为主题,可以说"带着当时最不良的特色"(蒙森:《罗马史》第5卷第12章,李稼年译,商务印书馆,2014年,第508页)。就此而言,"第四位市民"的指控似非空穴来风;但他并不认识诗人,也不了解他的诗,却无端起哄而随意杀人,正是典型的流氓习气与暴民行径。
② 这一幕令人想起莎士比亚此前在《亨利六世》第2部对英国1450年流民暴动的描写(IV.iv.35-36 & viii.1-2)。事实上,这也是最早的城邦诗人俄耳甫斯(Orpheus)的命运:他曾以音乐-诗歌感化草木禽兽(比喻蒙昧的初民),但后来被狂热的酒神信徒(象征人性的野蛮)所杀。诗人秦纳之死即是这一原型的情景再现。

两位诗人,一位被逐,一位被杀,可谓"同是天涯沦落人"。即如《哈姆雷特》中罗森克兰茨(Rosencrantz)——他后来也遭受了同样的命运——所说(*Hamlet*, III. iii. 15 – 22)①:

> 君王之死像漩涡一样席卷周边事物同归于尽,又像是矗立山巅的巨大车轮,一旦陨落,无数零件亦随之分崩离散。

他们的不幸遭遇或者说失败,正代表了一般"诗人"在"龙战于野"、天地玄黄的后"凯撒"时代(同时也是无法无天的前"凯撒"或前政法时代)的普遍命运。这一认识与文艺复兴时期"诗人"的自我主张(self-assertion)相去甚远,甚且构成后者的反讽镜像。

这是诗人莎士比亚(the Bard)对"诗人"的反讽,即"诗人"的自我反讽,也是文艺复兴诗学精神的自我反讽。一如古典诗学(以亚里士多德的《诗学》、贺拉斯的《诗艺》为代表),文艺复兴诗学——它最初以复兴古典诗学为己任——本是政治诗学(political poetics)或者说诗的政治学(poetical politics):意大利、法国等皆是如此,而英国尤其典型②。例如,帕腾讷姆(George Puttenham)

---

① *The New Cambridge Shakespeare*: *Hamlet*, *Prince of Denmark*, edited by Philip Edwards, Cambridge: Cambridge University Press, p. 182.
② Cf. Clyn Norton (ed.): *The Cambridge History of Literary Criticism*, Volume 3: *The Renaissance*, Cambridge University Press, 1999, p. 94.

在《英诗的艺术》(The Arte of English Poesie, 1589)中强调"诗人"以美妙的言辞感动人心而和合众志,是为人类社会最早的"演说家"和"政治家"(第3—4章)①。在此之前,托马斯·威尔逊(Thomas Wilson)也在《演说术》(1553)前言中称赞"诗人"通过言辞说道(speech and reason)引导初民走出野蛮(自然状态)进入文明(民政状态),居功至伟,有如"智慧的海格里斯"(Hercules being a man of great wisdom),恩同再造,不啻为"半个上帝"(half a God)②。后来锡德尼、帕腾讷姆、纳什(Thomas Nashe)、黑伍德等人所说,与之一脉相承,在神化"诗人"(同时也是诗歌)的同时也成就了"诗人"的神话。

现在(确切说是在世纪末的1599年),莎士比亚终结了这一神话:在他笔下,"诗人"不但未能拯救城邦,甚至无法拯救自身——《凯撒》世界中"诗人"的被逐与"诗人秦纳"的被杀即是明鉴。

"神圣诗人"的时代结束了,即如《暴风雨》剧终时普洛斯彼罗(Prospero)——同时也是莎士比亚——向观众所说:"现在我的魔法已经消逝,只拥有自身的微薄之力。"(The Tempest, Epilogue, 1-2)这是"诗人"的"人间宣言":他就此"去魅"了(disenchanted)。但是他并未离

---

① Elizabethan Critical Essays, Vol. 2, pp. 7-9. Cf. William Webbe, Of English Poesie, in Elizabethan Critical Essays, Vol. 1, p. 228.
② Thomas Wilson: The Arte of Rhetorique, edited by G. H. Mair, Oxfordat the Clarendon Press, 1909, Preface.

去:他将继续留在城邦,开始新的生活。

1601年,《哈姆雷特》横空出世。这是莎士比亚在新世纪创作演出的第一部悲剧,也是他继《凯撒》之后完成的又一力作。在某种意义上,这部作品构成了《凯撒》的平行续集。在剧中,哈姆雷特和波洛涅斯有这样一段横生枝节的对话(III. ii. 87 – 92):

> 哈姆雷特　　大人,你说你读大学时演过戏?
> 波洛涅斯　　是的,殿下,而且还被看成是很好的演员。
> 哈姆雷特　　你演过什么?
> 波洛涅斯　　我演过凯撒。我在元老院被人杀了。布鲁图斯杀的我。

他们谈论的正是去年演出的《凯撒》。此时饰演哈姆雷特和波洛涅斯的演员——理查德·伯比杰(Richard Burbage)与约翰·海明(John Heminges)——当时饰演布鲁图斯和凯撒(后者被前者"杀"了两回),故有此"穿越"妙论。知情的观众听到此言,想必会心一笑。而在主题方面,两剧亦有相似之处。《哈》剧的主题是复仇,如哈姆雷特本人所说(V. ii. 63 – 68);《凯撒》的主题也是复仇——凯撒的复仇,如安东尼得知凯撒被杀后悲愤预言(III. i. 270 – 275):

> 凯撒的英魂将为了复仇而各处游荡,身边是来自地狱烈火的纷争女神,他以君王的声势向人世发

出绝杀之令,同时放出战争的猛犬,他们的弑君罪行将使大地血流成河而尸横遍野。

卡休斯和布鲁图斯后来兵败自杀,他们的最后遗言亦如出一辙(V. iii. 45 – 46 & v. 50 – 51):

> 卡休斯　凯撒,我用我杀你的刀剑为你复仇了。①
> 布鲁图斯　凯撒,现在你可以安息了;我杀你的时候,还没有现在一半坚决。

按布鲁图斯当初刺杀凯撒,号称是为了捍卫罗马人民的自由(平等)②,但其中未始没有个人复仇的隐秘动机。据史书记载,他的母亲(Servilia)是凯撒少年时的情人(按照苏维托尼乌斯的说法是凯撒最挚爱的情人③),凯撒甚至认为布鲁图斯是自己的亲生子(私生子)而格外优待④;但是作为"最高贵的罗马人"和"真正的男人"(V. v. 68 & 75),布鲁图斯内心深以为耻而有为父——同时也是为自己和家族,乃至为 *Patria Romana*(他的父系先祖 Lucius Junius Brutus 即是其人格化

---

① Cf. V. iii. 94 – 96.
② Cf. II. i. 10 – 12 & III. i. 99 – 110:"Let's all cry, ' Peace, freedom, and liberty!'" V. v. 69 – 72. See also *Antony and Cleopatra*, II. vi. 15 – 19.
③ 苏维托尼乌斯:《罗马十二帝王传》,张竹明、王乃新、蒋平等译,商务印书馆,1996 年,第 26 页。
④ *Plutarch's Lives*, VI, p. 135. Cf. *Julius Caesar*, III. ii. 183 – 184.

身)复仇①(同时也是弑父——名不正言不顺的"假父")之想②。就此而言,布鲁图斯可谓哈姆雷特的罗马原型,或者说另一个哈姆雷特。

反之亦然:哈姆雷特可以说是北欧世界的布鲁图斯,而《哈姆雷特》乃是中世纪-新世纪版的《凯撒》。在这里,莎士比亚继续思考"诗人与城邦的关系"问题,并得出了最后的结论。在第3幕第2场,他借哈姆雷特之口宣讲了自己的艺术理念和诗学理想(1–14:"Speak the speech …trippingly on the tongue"etc.),并特别指出(15–20):

> 任何过分的表演都背离了它的目的,那就是——它自始至终都是——像镜子一样模仿人性,展示美德与恶行的本来面目,并如实反映时代的精神风貌。

这里说到的"戏剧(诗歌)为自然(人性)之镜(模仿)"是一个古老的隐喻:柏拉图最早使用它来指斥诗歌(模仿艺术)的虚妄不实(《理想国》596D);4世纪时致力"研究第一艺的"③多纳图斯(Aelius Donatus)以此定义喜剧

---

① *Plutarch's Lives*, VI, p. 127 & p. 145. *Julius Caesar*, II. i. 51–58.
② 阿庇安:《罗马史》,谢德风译,商务印书馆,2003年,下卷第194页。
③ 但丁:《神曲·天国篇》第12章,田德望译,人民文学出版社,2002年,第81页。所谓"第一艺",指中世纪"七艺"之首的拉丁文法(*Grammatica*)。在但丁笔下,多纳图斯地位崇高,与先知拿单、圣奥古斯丁等"隐逸默想的灵魂"同在第七重天(土星天)享受至福。

(*Decomoedia*:"*imitatio vitae,speculum consuetudinis,imago-veritatis*"["an imitation of life,a reflection of daily habit,an image of truth"])①,其中并无贬义,而是意在肯定,可以说彻底反转了原来隐喻的价值取向。文艺复兴"诗人"沿用并发扬了后者开启的话语传统,莎士比亚即是其中之一;但与大多数人不同,他并未赋予诗(人)惩恶扬善、教化城邦的政治职能,而是采取了超然物外、静观自得的立场,即"诗人"只负责记录时代影像(II. ii. 462 – 463:Hamlet:"they are the abstract and brief chronicles of the time"),但不加评论(虽然隐含个人判断),更不实际介入(虽然身在其中),否则"代大匠斫者,希有不伤手矣"——《凯撒》中的无名"诗人"与"诗人秦纳"便是前车之鉴。

此即"诗人"存身之道②,亦是莎士比亚作为城邦——人类城邦——诗人的"作者之意"。历史证明了他的远见卓识:1591 年,贵族诗人沃尔特·雷利(Walter Raleigh)因私娶女王侍女被囚,几经周折后终于被杀(1618);1593 年,诗人克里斯多夫·马洛(Christopher Marlowe)因作品中有"异端思想"被法院传讯,数日后离奇遇刺身亡;诗人托马斯·基德(Thomas Kyd)同时被捕,

---

① 多纳图斯自称援引西塞罗之说,但查无实证;或是对相关论述(如《论演说家》第 2 卷第 9 章 36 节中"Historia vero testis temporum, lux veritatis, vita memoriae, magistra vitae, nuntia vetustatis"一段)的引申发挥,亦未可知。
② 参见《庄子·缮性》:"古之所谓隐士者,非伏其身而弗见也,非闭其言而不出也,非藏其知而不发也,时命大谬也。当时命而大行乎天下,则反一无迹;不当时命而大穷乎天下,则深根宁极而待:此存身之道也。"

出狱后穷愁潦倒,郁郁而终(1594);1601年,女王的宠臣埃塞克斯伯爵(Robert Devereux, Earl of Essex)因谋反被判处死刑(据说哈姆雷特即以其为原型)①,同党南安普敦伯爵(他也是莎士比亚的庇护人)侥幸逃过一死,但被判终身监禁(1603年改朝换代后方重见天日)……一时间"诗人"凋零(即便是谨慎的本·琼森②,也不免数度入狱),只有莎士比亚大隐于市朝之间,继续笑傲江湖,随时乘化而履险如夷,如其当年所说(Hamlet, III. ii. 56 & V. ii. 326-328):

> 就像一个历经磨难而浑若无事的人那样,
> 暂居世上艰难求活,把我的故事告诉世人。

这是莎士比亚作为"诗人"的自我期许,也是"诗人"对"城邦"的承诺(commitment)。"非知之难,行之惟艰":他见到了,说到了,也做到了(vidit, dixit, fecit)。

---

① 作为诗人,莎士比亚与埃塞克斯的关系非同一般:他曾在《亨利五世》等作品中热情颂扬这位"我们圣明女皇的将军"(Henry V, V. Prologue, 29-34),而埃塞克斯集团在起事前一天(1601年2月7日)也特请莎士比亚所在的宫内大臣剧团(Lord Chamberlain's Men)当晚演出《理查二世》(剧中国王理查二世被波林勃洛克即后来的亨利四世废黜并杀害)为发动政变呐喊造势,演出地点正在莎士比亚拥有十分之一年收入股份的环球剧场。不过事后演员并未受到牵连,而是很快(当月24日,就在埃塞克斯被斩首前一天)又进宫演出了。这若是在中国(时为明神宗万历29年),不知会有多少腥风血雨! 伊丽莎白一朝(1558—1603)文艺繁荣,固非偶然也。

② See Ben Jonson: Every Man out of His Humour, III. vi. 206-214.

凯撒的事业

凯撒壮志未酬,屋大维、安东尼和雷必达三分天下。现在世界虽大,却只能有一个"凯撒":在莎士比亚笔下,这不仅是屋大伟与安东尼之间的生死决斗,也是西方与东方(罗马-亚历山大)、"兄弟"(屋大维-安东尼)与"夫妇"(安东尼-克里奥佩特拉)之间的颠峰对决。最后的结局不仅是爱欲(夫妇之爱)对政治(凯撒事业)的胜利和超越,同时也是爱欲与政治的古老联姻(或者说"共和")的终结,从此罗马-政治(共和)成为"凯撒·奥古斯都"帝国一人的无情事业。

罗马自建城以来,连年征战攻略(如布匿战争、马其顿战争),渐成帝国霸业。至公元前二世纪,罗马——如古希腊历史学家波里比阿(Polybius, c. 200 BC—c. 118 BC)所见——几将"征服整个世界"而建立起前无古人的庞大帝国[①]。凯撒

[①] Polybius: *The Histories*, I. 1 & 2, translated by W. R. Paton, Harvard University Press, 1998, pp. 4-7.

一生(100 BC—44 BC),正应此"大事因缘"而来:他雄心勃勃,以亘古一人的亚历山大大帝(Alexander the Great,356 BC—323 BC)为榜样(甚至不无"影响的焦虑"①),亟欲战胜一切对手而称雄天下②,堪称"世界帝国精神"的"道成肉身"。作为"世界历史个人",他纵横捭阖、所向无敌(据说他仅在高卢一地即歼敌百万、生致俘虏百万③,战绩可谓辉煌④),帝国事业如日中天。不过造化弄人:公元前44年3月15日,他在自己世界帝国的心脏——罗马元老院前身中23刀,被刺身亡⑤。

凯撒的肉体消灭了,但他的"精神"没有死,而"凯撒"的事业仍将继续。在《凯撒》(*Julius Caesar*,1599)中,莎士比亚讲述了凯撒之死与他死后的复仇(如剧中安东尼所说,"凯撒的精神"将君临人间,以恐怖、战争和

---

① 普鲁塔克《凯撒传》(XI)记载:凯撒出任西班牙总督(一说副总督)期间,尝取读亚历山大传而慷慨泣下,从人惊问其故,答曰:"亚历山大在我之年已建功立业,而我一事无成,宁不悲哉!"(*Plutarch's Lives*,VII, translated by Bernadotte Perrin, London:William Heinemann Ltd.,1967,p.469.)

② *Plutarch's Lives*,IX,*Antony*,VI, p.153. 按普鲁塔克在此(而非《凯撒传》中)批判凯撒的权力意志,将其与亚历山大和大流士相提并论,正是这位共和主义史家"微而显、志而晦、婉而成章"的"春秋笔法"(《安东尼传》结尾一段亦是此意:在这里,普鲁塔克谈到"几乎断送了罗马帝国"的"凯撒"尼禄;作为安东尼的第五代后人和屋大维之后的第四任罗马皇帝,他戏剧性地见证了"凯撒事业"的失败)。

③ *Plutarch's Lives*,VII,*Caesar*,XV,p.479.

④ 杀业如此之重,难怪后世共和主义者(如哈林顿)为之扼腕,并通过笔下人物(大洋国首席执政)发出感叹:"伟大而光荣的凯撒是世间最杰出的人物,但他只能用人的兽性来统治。"(James Harrington:*The Commonwealth of Oceana*,London: George Routledge and Sons, 1887, pp.255 – 256.)

⑤ *Plutarch's Lives*,VII,*Caesar*,LXVI,p.599.

屠戮惩罚他们的罪行①);八年后,他在《安东尼与克里奥佩特拉》(1607)中继续讲述了"凯撒之子"的爱恨情仇、生死契阔,以及罗马-世界帝国的命运转折。

一

凯撒死后,他的帝国由屋大维、安东尼和雷必达三人继承分治。他们都是"凯撒之子",但都不是真正的"凯撒"——至少他们彼此不这样认为,特别是屋大维和安东尼。二子互不相能②:安东尼视对方为"未经阵仗"③的"小儿"(III. xiii. 17 & IV. xii. 48)④,屋大维则称安东尼是"轻狂放荡"⑤的"老匹夫"(IV. i. 4)。老实无能的雷必达"倾心凯撒(屋大维)"而"爱慕安东尼"、"对两人都大加赞美"⑥,着意弥合,但是无济于事。他在两雄之间无足轻重(如安东尼所说,"但供驱使,不堪大用"⑦),地位和影响甚至不如庞贝(前"三人执政"庞贝之子)。后者"无敌于海上",并向"凯撒"(屋大维)发起挑战⑧;如

---

① *Julius Caesar*, III. i. 270 – 275. Cf. V. i. 94 – 96.
② Cf. *Julius Caesar*, V. i. 15 – 20.
③ III. xi. 38 – 40. 本文征引皆依据 *The Arden Edition of the Works of William Shakespeare: Antony and Cleopatra*, edited by M. R. Ridley, London: Methuen and Co. Ltd, 1965。
④ Cf. *Julius Caesar*, III. i. 296 & IV. i. 18.
⑤ I. iv. 28 – 33.
⑥ III. ii. 4 – 19.
⑦ *Julius Caesar*, IV. i. 12 – 15 & 35 – 40.
⑧ I. ii. 181 – 192 & II. ii. 161 – 163.

其所说,屋大维和安东尼嫌隙日深,若不是大敌当前(庞贝对此评价甚为自得),他们早已兵戎相见①。果然,平定庞贝后,屋大维迅即解除了雷必达的兵权,并以通敌之名缉捕下狱②,同时先发制人向安东尼提出领土要求(其实是政治讹诈和战争威胁)③。现在双雄对峙,决战的时刻到来了(III. v. 12 - 14)。

二

古希腊哲人亚里士多德在讨论"城邦统治"时指出:城邦起源于宗族,宗族起源于家庭,而家庭包括夫妇、主奴、父子三伦;与之相应,"城邦统治"亦可分为主奴型(专制统治)、父子型(君主宪制)和夫妇型(共和宪制)三种(《政治学》1252a - b, 1253b, 1259a - b & 1278b - 1279a)④。我们发现,"夫妇(关系)"这个比喻并不十分确切:如其所说,"夫妇"中的"妇"不同于奴隶,她是"丈夫-主人"的平等合作伙伴(fellow citizen);但是另一方面,他又认为男性的"灵魂"(确切说是它的理智和德性部分)——力量自不待言——优胜于女性,根据"强者统治弱者"的自然法则(天然之理),男性(夫)当"治人"即

---

① II. i. 44 - 47.
② III. v. 4 - 12. See also III. vi. 32 - 34. Cf. Suetonius: *De Vita Caesarum*, II. xvi. 4.
③ III. vi. 32 - 37.
④ 亚里士多德:《政治学》,吴寿彭译,商务印书馆,2007年,第4—6页、第10页、第36—37页、第134—135页等处。

统治女性(妇),而女性(妇)当"治于人"即被男性(夫)统治(《政治学》1254b & 1260a)①。如此说来,"夫妇"不过是"主奴"的一个变体形式,而"共和宪制"无非是后世所谓的仁慈(或开明)专制罢了②。

当然,这并不是亚里士多德的本意。他其实是说:真正的统治即"共和宪制"(πολιτεία)是自由人的平等联合,仿佛夫妇之间的合作③,而非主人对奴隶的统治——此乃蛮夷之道,"中国"④不与焉(《政治学》1252b &

---

① 同上,第15页、第39—40页。
② 参见《奥德赛》第14卷中奥德修斯的牧猪奴欧迈奥斯(Εὔμαιος)的现身说法(62-64):"我主人对我关怀备至,赠我财产,给我房屋、土地和人们追求的妻子,好心的主人可能赐予奴隶的一切。"(王焕生译本,人民文学出版社,2013年,第256页)然而,仁慈的前提或说"底色"是家长专制(despotism),如奥德修斯父子消灭求婚者后残杀变节的女奴与牧羊奴(第22卷第440—477行)所示。
③ 在荷马史诗《伊利亚特》第4卷中,我们看到了西方古人对"夫妇政制"最初的神话-表述(mythos)。在56—63行,作为女性-妻子代表的赫拉告诉她的男人宙斯:"你强大得多……你是全体永生的天神当中的统治者。让我们为这事互相谦让,我让你,你让我,其他的永生的天神自然会跟随我们。"(王焕生译本,人民文学出版社,2008年,第79页)关于夫妇在家政(economics)或家庭事务中的合作,参见色诺芬:《经济论》第7—9章(张柏健、陆大年译,商务印书馆,2014年,第24—37页)。在这里,丈夫更像是他的妻子的人生导师(他比妻子至少年长一倍),后者对此则是信之不疑而欣然接受。
④ 公元前5世纪的雅典人自诩居天下之中(此前希腊人以太阳神阿波罗神庙所在地德尔斐为世界中心,参见斯特拉博:《地理学》9.3.7,李铁匠译,上海三联书店,2015年,第620页),是希腊乃至世界文明教化的中心(参见修昔底德:《伯罗奔尼撒战争史》第2卷第5章,谢德风译,商务印书馆,2006年,第150页、第168页;色诺芬:《经济论雅典的收入》,张伯健、陆大年译,商务印书馆,2014年,第74页),即中国古人所谓"中国"。参见《战国策·赵二》:"中国者,聪明睿知之所居也,万物财用之所聚也,贤圣之所教也,仁义之所施也,诗书礼乐之所用也,异敏技艺之所试也,远方之所观赴也,蛮夷之所义行也。"

1279a）。或者我们可以用"兄弟"代替"夫妇"：所谓"燕尔新婚，如兄如弟"，在古代世界，同胞的"兄弟"原比异姓（性）的"夫妇"更为亲近；就城邦政治而言，"兄弟情谊"甚至比"夫妇之爱"更加具有"自然的正当"（natural right）。

这一点尤其适用于古罗马。故老相传：特洛伊陷落后，宗子埃涅阿斯（Aeneas）率领族人辗转流亡至拉丁姆（Latium）地区，与当地首领拉丁努斯（Latinus）结盟，并在战胜异族对手图尔努斯（Turnus）、为同盟"兄弟"帕拉斯（Pallas）复仇之后，娶拉丁努斯之女拉维尼亚（Lavinia）为妻，从此特洛伊人与拉丁人"合二姓之好"而共治家国①，后来的罗马民族即由此滥觞。在这里，"兄弟之盟"是"婚约"的前提基础，而"婚约"为"兄弟之盟"的后续加强。

罗马建国的历史（或者说神话）再度见证了"兄弟-夫妇"政治的"出场"——只是这一次，"兄弟联盟"不免"手足相残"——孪生兄弟罗慕罗斯（Romulus）和雷慕斯（Remus）始建罗马，罗慕罗斯杀死雷慕斯后自立为王，同时招降纳叛（他们被称为"大地之子"，即无父无母之人），并选出百名平等的"兄弟"即所谓"父老"（*patres*）共掌政权；而"夫妇欢好"源自"联盟兄弟"的阴谋暴力——罗慕罗斯和众家"兄弟"定计，以举办丰收赛会（*Consualia*）为由，强抢

---

① Livy: *Ab Urbe Condita*, I. 1. 9 & 2. 4; Virgil: *Aeneid*, 12. 195 – 215, 791 – 842 & 919 – 952.

邻族(萨宾人)少女为妻,事后两族交战,经双方妻女(她们同时是罗马人的妻子和萨宾人的女儿)阵前调解,大家最终化敌为友而建立共和(双王制)①。

斗转星移。五百年后,罗马帝国方兴未艾,而罗马共和(res publica romana)已是明日黄花。当此入死出生、方死方生之际,"世界历史个人"凯撒壮志未酬,"凯撒之子"继起争雄:屋大维、安东尼和雷必达结为兄弟之盟(Triumvirate)三分天下,雷必达未几失势,"帝国"乃成屋大维与安东尼二人主宰的世界。世界虽大,却只能有一个"凯撒"(V. i. 39 – 40:Caesar:"we could not stall together,/In the whole world."):决战(抉择–决断)的时刻到了。在莎士比亚笔下,这不仅是屋大维与安东尼之间的生死决斗,也是西方与东方(罗马–亚历山大)、"兄弟"(屋大维–安东尼)与"夫妇"(安东尼–克里奥佩特拉)之间的巅峰对决。

三

《安东尼与克里奥佩特拉》五幕第一场,"凯撒"屋大维——在剧中他被称为"凯撒",但是直到这时他才真正成为"天下一人"(V. ii. 119:Cleopatra:"Sole sir o' the world")的"凯撒"——得知安东尼兵败自杀,不禁怅然

---

① Livy:*Ab Urbe Condita*, I. 4. 1 – 13. 1. Plutarch:*Romulus*, IX – XX. Cf. *Plutarch's Lives*, I, *Romulus*, IX – X, XIII – XIV, XIX – XX.

若失,随后悲从中来而泪洒当场(V. i. 27 – 28 & 37 – 48)。屋大维与安东尼一时瑜亮,彼此知心;他此刻连呼安东尼"我的兄弟"、"手足"、"战友",正是惺惺相惜的真情流露①。

不过,这并不是事情的全部。此一"事情",即"凯撒"的"帝国事业"(res imperii)。对此"事情(业)",屋大维和安东尼有不同的理解与筹划:屋大维以"兄弟"经营一己之"帝国事业",而安东尼则以"帝国"供养"夫妇"的二人世界。

我们先来看屋大维。他甫一出场,即为安东尼沉醉埃及温柔乡中、忘却罗马"旧盟"而深致不满(I. iv. 3 – 10)。尽管如此,他仍希望昔日战友(I. iv. 3)能以国事为重,迷途知返重新回到"兄弟"身边(I. iv. 3 – 10, 72 – 73 & 55 – 56)。经过一番思想斗争②,安东尼到底回来了:为了应对庞贝的盛气挑战,同时也是为了料理亡妻富尔维亚的后事(I. iii. 41 – 56)③。在罗马,"三执政"兄弟重逢;屋大维兀自意气难平,当面指责安东尼背弃"旧盟"(II. ii. 81—3),气氛顿时紧张。经众人劝解说和,特别是在屋大维得力干将阿格里帕的倡议下(这很可能是屋大维本人的意思),安东尼与屋大维结为郎舅之亲,因天伦

---

① Cf. V. i. 33 – 35.
② I. ii. 113 – 114, 125 – 127 & 175 – 177. 看来安东尼当时确有斩断情丝、重振雄风之想(Cf. II. vi. 50 – 52),不过他很快就变卦而做出了相反的决断。
③ Cf. I. ii. 85 – 127 & 175 – 194.

（姐弟）-婚姻（夫妇）而重敦"兄弟之好"（II. ii. 115 - 153）。然而，即如剧中人物埃诺巴布斯（Enobarbus）与麦纳斯（Menas）背后议论时所说（II. vi. 112 - 129），这不过是政治的联姻或"帝国"的爱欲修辞罢了。

不出所料，"兄弟情谊"的爱欲纽带果然很快就成了"手足相残"的仇恨导索。婚礼当天，安东尼向屋大维亚——同时也是向她的兄弟和他的"兄弟"屋大维——保证今后将"正派行事"（II. iii. 6 - 7）；临别时（他将赴雅典作战），屋大维特别叮嘱他善始善终、勿生变故（III. ii. 28 - 31），他也满口应承。言犹在耳，安东尼的心却早已飞向了埃及：在那里，他的"尼罗河小花蛇"（I. v. 25）、精灵古怪并风情万种的克里奥佩特拉正等着他来欢会呢（II. iii. 37 - 39）！

安东尼的离去（他同时遣归了屋大维亚），不啻是对屋大维本人及其策划主导的"兄弟联盟"的第二次背叛①。不过，这一结局也许正在屋大维料中②；事实上，为成就唯我独尊的一人"帝国"，他此刻正需要"兄弟"的背叛，正如他先前需要"兄弟联盟"一样。现在，安东尼既然背信弃义在先（而这次的性质也更加恶劣：他同时背叛了"兄弟"和"夫妇"），屋大维随即以"爱"和"正义"之名，向安东尼和他的东方帝国报复宣战（III. vi. 85 - 89）。我们看到，这

---

① 不过，事实上正是屋大维本人首先背叛了他们与庞贝的"兄弟联盟"（II. vii. III. iv. 3 - 4）并随后抓捕雷必达而破坏了"三人执政"的"兄弟共和"。

② Cf. II. ii. 112 - 114.

不仅是西方与东方的武力对决,同时也是"兄弟"与"夫妇"的爱欲之争(III. iv. 30 – 32 & vi. 76 – 78)。

四

安东尼回到了埃及亚历山大,他的帝国首都和爱欲故乡①。亚历山大(Alexandria)是当年亚历山大大帝远征东方时(331 BC)亲自设计建造并以自己名字命名的第一座城市②,这座城市承载了它的"作者"的光荣梦想,同时见证了"世界历史"的永恒青春③。亚历山大任命自己的部下托勒密(Ptolemy, c. 367 BC—283 BC)为埃及国王,史称托勒密一世;此时统治埃及的就是他的直系后裔、托勒密王朝的末代女王克里奥帕特拉(69 BC—30 BC),史称克里奥帕特拉七世。安东尼在塔苏斯城(Tarsus)居得努斯(Cydnus)河上初会克里奥帕特拉(II. ii. 191—234),一见

---

① 普鲁塔克告诉我们(*Plutarch's Lives*, IX, *Antony*, LVIII, p. 269 & p. 271):安东尼曾立遗嘱(他交由罗马维斯塔圣女保管,因此外人无从得知),要求死后归葬埃及亚历山大。这在当时(即古代晚期)可谓离经叛道、惊世骇俗之举,几同"大逆",难怪屋大维据此以为其叛国罪状(不过,他私自拆阅和公开安东尼的遗嘱本身已经侵犯了神圣的礼法)。关于西方古代世界的丧葬观念(略同中国之"叶落归根"、"入土为安"、"慎终追远"、"死者为大"),参见库朗热:《古代城邦——古希腊罗马祭祀、权利和政制研究》1卷第1—2章,谭立铸等译,华东师范大学出版社,2006年,特别是第6—7页前后。
② Arrian: *The Anabasis of Alexander*, translated by E. J. Chinnock, London: Hodder and Stoughton, 1984, p. 142.
③ 黑格尔认为古希腊是世界历史的青年阶段,它始于"诗歌的理想青年"阿喀琉斯(Achilles)而终于"现实的理想青年"亚历山大;参见《历史哲学》,王造时译,上海书店出版社,1999年,第231—232页。

倾心①,并随往亚历山大同居,从此沉醉爱河,难以自拔②。

尽管他们都已不再年轻。二人初会时(41 BC),安东尼已人过中年(四十二岁),克里奥佩特拉虽稍年轻(二十八岁),但也是几经沧海的半老徐娘,即如后来安东尼兵败之余见克里奥佩特拉向屋大维含情示好而怒不可遏大发雷霆时所说(III. xiii. 105 & 116 - 120),而克里奥佩特拉本人也在惘然——同时亦不无自得——回忆少年往事(I. v. 66—75)时证实了这一点(I. v. 27 - 34)③。尽管如此,他们均被对方深深吸引,欲罢不能,仿佛重新焕发了青春——或者说真正激发了爱欲并由此发现了真正的自我。

特别是安东尼。安东尼是伟大的战士——"天下无敌的英雄"(I. iii. 38)④、"巨灵战神"(I. i. 4 & I. v. 23)、"罗马的海格里斯"(I. iii. 84)⑤;但他也是任性多情的酒神英雄(我们知道,原始悲剧的主人公或者说最初的悲剧英雄即是酒神狄奥尼索斯⑥,罗马人称为巴库斯⑦)。在古代神话中,酒神具有双重体性(*biformis*),代表繁殖(死亡-新

---

① II. ii. 186 - 187 & 222 - 226.
② Cf. II. ii. 233 - 234.
③ Cf. II. ii. 226 - 228 & II. vi. 70. 按:克里奥佩特拉与凯撒育有一子(Caesarion),后被屋大维所杀(*Plutarch's Lives*, IX, *Antony*, LXXXII, p. 321)。
④ Cf. II. i. 34 - 35 & III. i. 30 - 31.
⑤ Cf. IV. iii. 15 & IV. xii. 43 - 44.
⑥ 参见尼采《悲剧的诞生》第 10 节(孙周兴译本,商务印书馆,2013 年,第 76 页):"最古形态的希腊悲剧只以狄奥尼索斯的苦难为课题,在很长一段时间里唯一现成的舞台主角正是狄奥尼索斯。"
⑦ 莎士比亚在剧中仅一两处明确提到"巴库斯"(II. vii. 112 - 115 & 103 - 104)。意味深长的是,在这场兄弟情深的酒神狂欢中(105 - 107),唯独屋大维始终保持清醒不为所动(118 - 125)。

生)、享乐(自我放纵以至于迷乱)和欲望(原始生命力的勃发,同时也是理性的软弱被动,即无丈夫气①);可以说,他象征了人性——(虽/因)软弱而强大的人性(非理性)。在莎士比亚笔下,"荒淫无度的安东尼"(II. i. 38)正乃"今世的狄奥尼索斯"(the New Dionysus)②,如剧中人物(他们无论敌友,几乎众口一词)所说。不过,古老的酒神沉迷于酒,而"今世的狄奥尼索斯"——安东尼则是沉迷于爱欲:安东尼征服了他的世界(东方帝国)③,但是爱欲征服了安东尼④。为了爱,他——"当世最伟大的君王"(IV. xv. 54 - 55)甘心曲己事人⑤,以至于忘情(I. i. 6 - 8)变性⑥而"丧我"(I. i. 57 - 59),包括他的帝国。现在,爱

---

① 因此,他在古代文学艺术作品中常常被表现为具有女性面容和阴柔气质的美少年(Cf. Ovid: *Metamorphoses*, III. 605: "virginea puerum … forma")。阿里斯托芬喜剧《蛙》(405 BC)的开篇(酒神以海格里斯的装束出场)即是对此传统——它至少可以上溯到荷马(Cf. *The Iliad*, 6. 133 -137)——的反讽模仿。

② 普鲁塔克在他的传记中一再明言(或暗示)安东尼仿佛"今世的狄奥尼索斯"(*Plutarch's Lives*, IX, *Antony*, IX, XXIV, XXVI, XXVIII, LX, LXXV, pp. 159, 189, 195, 197, 275 & 309),为莎剧所本。又,普鲁塔克记叙安东尼决战前夕亚历山大城中隐约有酒神乐起,渐行渐远,将至高潮时顿然沉寂,国人以为安东尼"依奉之神"已弃他而去(*Antony*, LXXV);莎士比亚沿用了这一细节,但把酒神改为了海格里斯(IV. iii. 11 -16)。这一改动亦有所本,即安东尼自称并被认为是海格里斯的后裔(*Antony*, IV),如亚历山大然(Arrian: *The Anabasis of Alexander*, II. 5 & III. 3)。

③ III. xi. 64 & V. i. 17 -19.

④ III. xi. 56 -61 & 65 -68.

⑤ Cf. I. i. 11 -13.

⑥ 他的易服(变形)——无论是醉中被动(Cf. II. v. 21 -23)还是醒时主动(参见阿庇安:《罗马史》第17卷 I. 11,谢德风译,商务印书馆,2013年,下卷第430页)——即为其"变性"之征。Cf. I. iv. 5 -7.

欲就是他的世界和帝国；在这里，他像孩子①一样尽情玩乐（I. i. 33 - 35 & 46 - 47）。

这实在是迟来的幸福。在此之前，安东尼的爱欲一直未曾得到满足，可以说是爱欲的缺失者（并因此是爱欲的寻求者）。他热爱凯撒②，情同父子③，既而凯撒遇刺身亡，他痛失亲爱④；为了复仇，他与屋大维同仇敌忾，义结金兰，但是后来分居东西⑤，最终"兄弟"反目而"手足相残"。他的婚姻也不尽如人意：他的第一任妻子富尔维亚个性极为强悍⑥，安东尼对她心怀敬畏而

---

① I. iv. 30 - 33.
② *Julius Caesar*, II. i. 156 & 184；III. i. 194 - 210.
③ Cf. *Julius Caesar*, I. ii. 1 - 10 & 188 - 211. 在这里，我们看到安东尼是凯撒最信任和的亲近朋友，甚至是唯一的朋友（当然这只是莎士比亚的"小说家言"，事实并非如此，参见 *Plutarch's Lives*, IX, *Antony*, XIII, p. 167）。另外，凯撒生前在埃及被视为 Osiris 在世（与之相应，他此间的配偶克里奥佩特拉被视为 Isis，他们的儿子凯撒里昂被视为神子 Horus），他死后（他的死也恰似 Osiris 之死，即被刺杀身亡），安东尼作为复活转世的狄奥尼索斯（相当于埃及的 Osiris）继承了他在埃及的神圣政治人格和事业，通过"父子"——同时辅以"夫妇"——实现了神话与政治、历史与现实的无缝对接。
④ III. ii. 54 - 56. Cf. *Julius Caesar*, III. i. 159 - 162, 204 - 210 & 254 - 275. 此处的安东尼令人想起后来（c. 1601）为父复仇的哈姆雷特（Cf. *Hamlet*, IV. iv. 31 - 65），尽管颇有不同：前者诉诸复仇——为凯撒复仇——的必然性（在他看来，复仇行为必然而合法），而后者沉思（确切说是怀疑）复仇——既是为父复仇，也是复仇行为本身——的正当性和终极意义。
⑤ 安东尼与屋大维亚成婚后，自觉受制于人（屋大维）而出走-重返埃及亚历山大（II. iii. 14 - 39），同时遣返屋大维亚（III. iv. 24 - 28）。如前所说，这一"兄弟（夫妇）分居"事件直接引发了后来作为"凯撒之子"最后决战的"兄弟之战"。
⑥ 例如，她曾兴兵与安东尼的兄弟（Lucius）作战，后又临联手反对屋大维（II. ii. 42 - 43. 参见 *Plutarch's Lives*, XXX, *Antony*, XIII；阿庇安：《罗马史》第 17 卷 III. 19）。

无可奈何①;他的第二任妻子屋大维亚庄静肃穆,但是缺乏情趣,亦非安东尼意中之人②。他的"帝国事业"一路凯歌,而他的情感世界却是一片荒芜。这时——幸或不幸——克里奥佩特拉出现了。如我们所见,克里奥佩特拉仿佛(或者说就是)在世的爱神③;在她身上,安东尼发现了自己的灵魂旧友(Anima)和"异性自我"(alter ego)。他的爱欲终于得到释放,安东尼——作为"爱人"的安东尼——复活了。

五

新生的"狄奥尼索斯"安东尼在东方(埃及亚历山大)④

---

① I. ii. 115 & 119 & II. ii. 61 – 71 对此普鲁塔克有妙语评说:克里奥佩特拉应当感谢富尔维亚,后者为她调教好了安东尼,因此才被她轻易拿下(*Plutarch's Lives*, IX, *Antony*, X, p. 161)。
② II. vi. 119 – 123. Cf. III. iii. 19 – 21, IV. xv. 27 – 28 & V. ii. 54 – 55.
③ 莎士比亚对此在剧中多有明言(II. ii. 191 – 205)或暗示(I. ii. 144 – 145)。Cf. *Plutarch's Lives*, IX, *Antony*, XXVI, p. 195.
④ 事实上,埃及位于罗马-意大利东南(说"南方"也许更适合),但传统上一向被视为东方——欧罗巴、亚细亚和利比亚即"世界"(希罗多德:《历史》第 2 卷第 16 节、第 4 卷第 42 节,王以铸译,商务印书馆,2013 年,第 116 页、第 280 页);又,希罗多德在此批评"那些把全世界区划和分割为利比亚、亚细亚和欧罗巴的人",其中一定有阿那克西曼德)之外的"异域"东方:质言之,它是界分三者、作为"世界"之内在区隔的第四域(《历史》第 2 卷第 16 节),既是亚细亚-东方世界(波斯帝国)的西极前哨,也是西方(如马其顿-亚历山大、罗马-凯撒)进军东方的首发站(Tenney D. Frank: *Roman Imperialism*, New York: The Macmillan Company, 1914, p. 350)。在莎士比亚笔下,(托勒密-克里奥佩特拉的)埃及更被赋予类似波斯、阿拉伯或印度(按英国东印度公司于 1600 年 12 月 31 日正式成立)的东方身份和异域想像:剧中克里奥佩特拉被称为"东方之星"(V. ii. 307),再如安东尼临别前赠她"东方明珠"(I. v. 39 – 47)以为爱情信物,即此"东方想象"的表征意象。

建立了他和克里奥佩特拉的爱欲帝国,同时引入了新的帝国秩序(我们不妨称之为"亚历山大体制"),如他向克里奥佩特拉表白心迹时所说(I. v. 45 – 47)。就安东尼而言,帝国乃至世界不过是爱欲的乐园;但在屋大维看来,"亚历山大体制"(它以"夫妇之爱"为基础并借助"父子关系"展开)根本是对他代表的罗马世界帝国(它以"兄弟联盟"为基础而辅之以"夫妇之爱")的亵渎、背叛和挑战(III. vi. 1 – 19 & 66 – 68)。他挥师南下,志在必得;安东尼也不甘示弱,自信迎战①。本来二人势均力敌②,鹿(帝国)死谁手并未可知,但是安东尼今非昔比:由于沉湎爱欲,他已从英雄刚毅的"海格里斯"③蜕变(当然,在另种意义上也可以说是进化)为儿女情长的"狄奥尼索斯"。甚至身临战场,他也依然故我(尽管此"故我"非彼"故我"④——但是安知其非"真正之

---

① Cf. III. iv. 26 – 27. 如我们所见,安东尼常昧于自知而见事不明,此处即是一例。
② 当时安东尼拥有 500 艘以上战船(其中多为八至十排桨的大型战舰)、100000 名步兵和 12000 名骑兵,而屋大维则拥有 250 艘战船、80000 步兵以及数量和敌军大致相等的骑兵(*Plutarch's Lives*, IX, *Antony*, LXI, p. 275 & p. 277)。
③ 如剧中屋大维所说,安东尼当年行军作战异常艰苦而不以为意(I. iv. 56 – 71)。这正是古人特别是斯多葛哲人盛称的"海格里斯精神"(*The Discourses of Epictetus*, I. vi, *The Works of Epictetus*, translated by Thomas Wentworth Higginson, Boston: Little Brown and Company, 1865, p. 22),与古罗马人所说的"德行"(*virtus*, see *Plutarch's Lives*, IV, *Coriolanus*, I, p. 123)多有契合,但更强调"坚忍"(基督教所谓"fortitude/patience")与"克制"(古希腊人所谓"σωφροσύνη")。古人以苏格拉底为海格里斯之徒(Epictetus: *The Discourses*, II. xviii, *The Works of Epictetus*, p. 155),正缘此也。
④ 安东尼的罗马(西方)"眷属"对此无不叹息,视为英雄之殇(Cf. I. i. 1 – 13 & 57 – 59, I. iv. 55 – 71);但其埃及(东方)"眷属",如克里奥佩特拉,并不作如是想。

我"?),听命于"爱欲"而将个人成败和帝国事业置之度外:他长于陆战①,但为博爱人欢心,他决定海上作战(Ⅲ. vii. 26–70),令手下将士大失所望②;交战未久,克里奥佩特拉——她此前执意"御驾亲征",声称要"像男子一样驰骋疆场"(Ⅲ. vii. 16–18)——临阵脱逃(Ⅲ. x. 10–15),安东尼紧随其后撤出③,登时阵脚大乱,以至于一败涂地④。事后他羞愧难当,但也只是自怨自艾(Ⅲ. xi. 49–50)⑤,并未责怪对方,而且看到爱人落泪,便马上言归于好,恩爱如初(Ⅲ. xi. 65–71)。特别是听到爱人"永不变心"的誓言(Ⅲ. xiii. 156–167)后,他大受鼓舞,准备为了爱(确切说是为了捍卫"夫妇之爱")——这时"帝国"已不重要——和对手(也是当年为了"共同事业"而结盟联姻的"兄弟")决一死战(Ⅲ. xiii. 192–194 & 175–176)⑥。当年的安东尼似乎又回来了⑦。可是正当他全力准备反攻之际,却意外传来克里奥佩特拉向屋大维投降变节的消息(Ⅳ. xii. 9–13: "This foul Egyptian hath betrayed me" etc.)。他勃然大怒,也伤心至极⑧,恨不能与之同归于尽(Ⅳ. xii. 47–49)⑨。克里奥佩特拉见他情绪激动而不可理喻,于是暂时避让并假传死讯试

---

① Ⅱ. vi. 24–27.
② Ⅲ. vii. 41–49 & 68–70.
③ Ⅲ. x. 18–24. Cf. Ⅲ. xi. 56–61.
④ Ⅲ. x. 6–8.
⑤ Cf. Ⅲ. xi. 1–24.
⑥ Cf. Ⅳ. ii. 42–44.
⑦ Cf. Ⅳ. viii. 19–22.
⑧ Cf. Ⅳ. xiv. 15–20 & 24–29.
⑨ Cf. Ⅳ. xii. 13–17.

探爱人心意(IV.xiii.6-9)。安东尼信以为真,不觉万念俱灰:他为爱欲牺牲了一切,同时也在爱欲中拥有了一切;现在爱人既死,存在也就失去了意义。他决定自杀殉情,与爱人在另一世界(那将是他们新的爱欲帝国)相会(IV. xiv. 35-36,99-101 & 50-54):

  放下武器吧,爱洛斯(Eros),日间的漫长劳作已经完成,我们得睡了。

  爱洛斯,我来了! 我的女王——爱洛斯——等等我! 在灵魂栖息于花间的地方,我们将携手为伴……狄多(Dido)和她的阿涅阿斯(Aeneas)将无人追随,而我们将拥有一切而随处徜徉。①

---

① 安东尼在此提到"狄多和她的埃涅阿斯",视之为忠贞爱人的典范并以此自况。事实上(如维吉尔《埃涅阿斯纪》中记叙)埃涅阿斯为家国大业毅然割舍情缘(*Aeneid*, 4.331-361),狄多哀求未果而羞愤自杀(4.584-692);后来他在阴间"伤心之原"(*lugentes campi*)见到狄多,后者余恨未消,未交一言而顾而去(6.450-476)。在但丁笔下,阿涅阿斯与古代异教圣哲英雄如荷马、柏拉图、凯撒等人同在地狱第一层的"灵泊"(Limbo),而"因为爱情自杀的对希凯斯的骨灰背信失节的"狄多则与"淫荡的克里奥佩特拉"、海伦、阿喀琉斯等人一道被罚在地狱第二层(《神曲·地狱篇》第4章、第5章,田德望译,人民文学出版社,2002年,第22页、第28页),两人并不在一起;因此莎士比亚的说法可谓别开生面。又,"在灵魂栖息于花间的地方"(IV. xiv. 51: "Where souls do couch on flowers")似指"福地"而言(Cf. *Aeneid*, 4.638-639 ff.):在维吉尔笔下,"美好时代的仁人志士"(*Aeneid*, 6.649:)栖居于此(诗人 Museaus、埃涅阿斯的父亲 Anchises 也在这里),类似但丁的"灵泊",不过更像荷马史诗中海老人(Proteus)所说的"埃琉西昂之原"(Elysium):它地处"世界的边缘",四季如春,为冥判(Rhdamanthus)所居,(转下页注)

等他得知真相,为时已晚;不过他心事既了(那就是:克里奥佩特拉爱他,而且只爱他而不是别人①),更无遗憾,在爱人怀中平静辞世(51-69:"a Roman, by a Roman/Valiantly vanquish'd" etc.)②。但是克里奥佩特拉痛悔莫及,如丧天日(IV. xv. 9-11):一生"以爱为业"(II. v. 2)的她,在失去真爱后,终于真正懂得了爱(IV. xv. 59—68)——同时也坚定了死的意志(IV. xv. 80-82 & 90-91)。很快,她的"决断"(resolution)就经受了严峻的考验:如我们所见,这将是"爱欲"和"政治"、"夫妇"和"兄弟"、"亚历山大(东方)"和"罗马(西方)"的最后交锋。

六

事实上这一"终极考验"在安东尼生前即已启动。

(接上页注)英雄墨涅劳斯(Menelaus)与妻子海伦后亦来此居住(*Odyssey*, 4. 563-568;参见《奥德赛》,王焕生译,人民文学出版社,2013年,第74页),或赫西俄德所说的"福岛"(Hesiod: *Works and Days*, 166-169, translated by Hugh G. Evelyn-White, Harvard University Press, 1914, p. 5)。莎士比亚笔下的安东尼(如其自云)死后与爱人"携手"徜徉花间福地,这是爱情诗人的赞美和祝福,也是政治诗人的反讽和警示:罗马的始祖舍弃爱欲(夫妇之爱)而成就了未来的帝国,但是他的后人、同时代人中"最高贵的"安东尼(IV. xv. 54-55 & IV. xv. 59)却因沉迷爱欲而断送了已有的帝国。

① IV. xv. 45-46.
② 安东尼一生喜好醇酒妇人,此时"人之将死",竟大有斯多葛哲人气派(Cf. IV. xiv. 136-138 & IV. xv. 14-17),与往日宿敌布鲁图斯不谋而合(Cf. V. v. 128)。

初战告捷后,屋大维乘胜追击,直至亚历山大城下;这时他自觉胜券在握(IV. vi. 1 - 3),放言"普世和平"即将到来(5 - 7)①。此前安东尼派人求和②,他不屑一顾,并派人传话克里奥佩特拉,要她驱逐安东尼出境或者就地处决,以为和谈条件(III. xi. 19 - 24)。他内心的想法是从安东尼手中夺过他的爱人(尽管他对克里奥佩特拉并无爱意),以此羞辱对方并从他的痛苦中取乐,如其派使前去游说——其实是明目张胆地欺骗(III. xii. 31)——克

---

① 他确实做到了:如但丁笔下君士坦丁大帝的在天(水星天)之灵所说,象征罗马帝国主权的"鹰旗"在"后继的旗手"即屋大维手中发扬光大,它"使布鲁图斯和卡休斯一起在地狱中怒吼,使摩德纳和佩鲁贾悲痛(按:此指安东尼)"而"悲惨的克里奥佩特拉仍在为此哭泣"(参见《神曲·地狱篇》第 5 章),并最后"促使世界遍处于和平状态"(《神曲·天堂篇》第 6 章,田德望译本,第 37 页)。关于屋大维时代的"罗马和平"(*Pax Romana*),当时文人如维吉尔(*Aeneid*, 6. 791 - 801)、奥维德(*Metamorphoses*, XV. 830 - 839)多有赞颂(虽有过情之嫌),后来史家亦不乏肯定者(如 4 世纪的时 Eutropius,见其《罗马国史大纲》VII. 9 - 10,谢品巍译,上海人民出版社,2011 年,第 73—74 页;Suetonius 也可归在其中,参见 *De Vita Caesarum*, II. xxii),此不具述。值得注意的是,意在"扬人之善"(*Plutarch's Lives*, II, *Cimon*, II, p. 411)的普鲁塔克对此保持沉默,而自云"无喜无怒"秉公纪事的塔西陀则极言其不幸后果(事实上这正是他著史立言的根本动机,参见塔西陀:《编年史》第 1 卷第 2 章,王以铸、崔妙音译,商务印书馆,2005 年,第 2—3 页),以为罗马堕落之始。
② III. xii. 12 - 15. 按:安东尼少时曾赴希腊学习雄辩术,倾心希腊(雅典)文明,成为执政后对希腊格外亲善,以至于被称为"希腊之友(Philhellene)"、"Philathenian(雅典爱人)";他与屋大维亚成婚后,同往希腊-雅典居住,装束一如当地人(*Plutarch's Lives*, IX, *Antony*, II, XXIII, XXXIII, p. 141, p. 187 & p. 211);甚至他与克里奥佩特拉坠入爱河后,在亚历山大共筑爱巢,期间服饰起居亦如雅典人(阿庇安:《罗马史》第 17 卷 I. 11)。"服"(装)者,"服"(文化认同)也;雅典可以说是他的另一精神家园或第二灵魂故乡,他失败后向屋大维请求(如果不能留在埃及,则退求其次)终老雅典,也是情理之中。

里奥佩特拉时所说(id.,26-27 & 34-36):

> 把克里奥佩特拉从安东尼手中夺过来,无论她提出什么要求,你都以我的名义答应下来,并随机应变额外满足她的请求……密切观察安东尼的一举一动,看他如何气急败坏地做出反应。

这是何等深刻的仇恨,又是何等残忍的报复!这与其说是昔日"兄弟"的愤怒,莫若说是当年"爱人"的怨毒①。现在安东尼已死,他的怨恨——作为另一种刻骨的相思——转向了死者的"未亡人",他本人的身后代表,也是他留在世间的爱欲象征——克里奥佩特拉。他派亲信(即安东尼临终前告诉爱人将来唯一可以信任的普罗库雷乌斯②)前去安抚对方(此时克里奥佩特拉已逃入王陵),并在临行前交代方针(V.i.61-66):

> 好好安慰她,免得她由于王者的高傲自寻短见

---

① 在此他分明表现出某种施虐(sadism)和窥私(voyeurism)倾向,可以说是一名爱欲缺失-心理变态的双料患者。
② IV.xv.48.对此克里奥佩特拉的回答是:"我只相信我的决断和自己的双手;我不相信凯撒身边的任何人。"(IV.xv.49-50)事后证明普罗库雷乌斯并不可信(他只是忠于屋大维,参见 V.ii.9-70),倒是未见提起的多拉贝拉(Dolabella)——据普鲁塔克记载,安东尼当年反对他继凯撒出任执政官,为此二人失和 *Plutarch's Lives*, IX, *Antony*, XI, p.161)——在关键时刻帮助了克里奥佩特拉(V.ii.109-110 & 197-203)。以此而论,安东尼可谓陋于知人,一如其宿敌布鲁图斯(Cf. *Julius Caesar*, II.i.155-165 & 181-189; III.i.143)。

而阻碍我们的计划。将她生擒活捉带回罗马,这将成为我们胜利的不朽见证。

这看似对生者的宽大为怀,其实是对死者的追加报复①。为了达到目的,他甚至亲到王陵会见克里奥佩特拉,与她话讲当面(V. ii. 125 - 132)。他恩威并施,以子女性命相要挟(须知母爱是最强大的爱欲本能,何况其中还有她和安东尼的爱情结晶),又许以"关怀和怜悯"与"不变的友情"②,本是万无一失,然而克里奥佩特拉此时内心早有决断。不错,她(如其失去爱人后自称)"不过是一个女人"(IV. xv. 73),一个妖娆可爱③、狡黠任性的女人(I. ii. 143)④,甚至是一切女性的化身(正如安东尼是"男人中的男人"⑤),并因此具有一切女性的弱点⑥,但她同时也是一位王者——东方帝国的当代女性传人(V. ii. 325 - 326)⑦,并因此不得不为祖先和后代的基业——这是她的"凯撒事业"——着想而与敌人(西方世界的强权-男性,如凯撒、庞贝、屋大维,安东尼是唯一的例外)曲意周旋⑧。

---

① 否则安东尼当初也就不会那么气急败坏了(IV. xii. 32 - 42)。
② V. ii. 178 - 189.
③ I. i. 49 - 51.
④ Cf. V. ii. 250 - 252.
⑤ I. v. 72.
⑥ 她藏匿珠宝被侍从揭发后,即如此向屋大维自嘲请求宽恕(I. v. 121 - 123)。
⑦ Cf. III. xi. 3, IV. xv. 70 & V. ii. 71. 克里奥佩特拉是埃及托勒密王朝的末代君主,她死后(其子凯撒里昂此前亦已被杀)埃及降为罗马帝国的行省,而古代世界就此终结。
⑧ Cf. III. xii. 16 - 19 & V. ii. 18 - 21.

因此,当胜利的屋大维派来使者劝降时,她立刻表示归顺①,以致引起爱人(以及旁人②)的误会。她这样做时,内心其实充满了——同时作为女人、王者和母亲的——屈辱和恐惧,如她向垂死的爱人倾诉心声时所说(IV. xv. 22 - 23)③:

> 亲爱的夫君,原谅我:我不敢,我怕被他们抓走……

现在爱人安东尼已死,她不再是女王,甚至不再是女人;对她来说,"一切归于虚无",而死亡是唯一的归宿(IV. xv. 78 & 80 - 82)④。她后来中计被擒,更下定决心以死捍卫自己的尊严⑤——同时也是她和安东尼的爱欲帝国(V. ii. 227 - 228);这时,屋大维的一切说辞——无论多么巧妙或可怕——都已无济于事(V. ii. 190 - 191 & 237 - 240)⑥。她假以辞色、虚与委蛇⑦,只是为了争取从容赴死的时间。她成功了:与"古老的尼罗河之蛇"克里奥佩特拉相比,罗马之狼、"伟大的凯撒"屋大维毕

---

① III. xiii. 60 - 62 & 75 - 78. Cf. III. xii. 16 - 19.
② Cf. III. xiii. 63 - 65.
③ Cf. V. ii. 55 - 57, 109 & 207 - 222.
④ Cf. IV. xv. 45 - 47.
⑤ Cf. V. ii. 35 - 62.
⑥ IV. xv. 23 - 26.
⑦ V. ii. 133 - 135.

竟还是年轻①(V. ii. 305 – 307):尽管老谋深算②,他的报复——或者说"最后的计划"(V. i. 43:"In top of all design")——终于失败了③。

克里奥佩特拉用乡人伪装进献的"可爱致命小虫"(V. ii. 242 – 243:"the pretty worm of Nilus there,/That kills and pains not")结束了自己的生命。在死前的迷离恍惚中,她似乎听到在另一世界等候她的爱人的深情呼唤;仿佛新婚的少女④,她满怀憧憬与欢喜(V. ii. 279 – 280, 282 – 283 & 286):

> 把我的王袍给我,给我戴上王冠……我好像听见安东尼在呼唤我……我的夫,我来了。

安东尼死后(对克里奥佩特拉来说,此间世界亦随之寂灭⑤),她曾梦见爱人复活——在另一世界,并作为这个世界的主人,甚至他本身就是这个世界(V. ii. 76 – 92)。现在克里奥佩特拉化作清风净火⑥,

---

① Cf. I. i. 21. 按:克里奥佩特拉年长屋大维六岁,但是因为凯撒的缘故(Cf. III. xiii. 82 – 85),可说是他的父执长辈。屋大维对她居高临下(甚至深怀敌意,因为后者与凯撒所生的凯撒里昂对他作为凯撒正统传人的地位直接构成了威胁),全无当年亚历山大大帝在东征途中认卡雷亚(Caria)女王阿达(Ada)为义母并让她继续作为女王统治当地的气度(Arrian:*The Anabasis of Alexander*, I. 23),从而错失了以"(母子)爱欲"建构(重构)亚欧共和-世界帝国的机会。
② V. i. 61 – 65. Cf. V. ii. 328 – 331.
③ Cf. V. ii. 322 & 332 – 335.
④ V. ii. 226 – 228. Cf. IV. xiv. 99 – 101.
⑤ Cf. IV. xv. 10 – 11 & IV. xiv. 106 – 107.
⑥ Cf. *Henry V*, III. vii. 20 – 21.

在新的世界①——一个更好的世界,一个超-非政治的爱欲世界——与爱人重新会合了(id,288-289 & 310-311)②:

> 我是清风净火;其余的,我委诸尘世……像香膏一样甜蜜,像轻风一样温柔。哦,安东尼!

这是爱欲(夫妇之爱)对政治(凯撒事业)的胜利和超越:即如诗人所说,"爱战胜一切"(Omnia vincit amor)③——它甚至得到了"凯撒"本人的同情礼赞④。然而,它同时也是爱欲与政治的古老联姻(或者说"共和")的终结:"兄弟"(屋大维-安东尼轴心)与"夫妇"(安东尼-克里奥佩特拉轴心)同归于尽,从此政治——它本义是"城邦全体公民"的"共同事务"($πολιτεία$)⑤,即"共和"(res publica)——成为"凯撒·奥古斯都"⑥帝国

---

① I. i. 13-17.
② Cf. IV. xiii. 6-9. 我们看到:她当初言不由衷的爱情和死亡谎言,现在以一种反讽的——同时也是最为严肃本真的——方式实现了。
③ Virgil: *Eclogae*, X. 69. 一千四百多年后,这句话又出现在乔叟《坎特伯雷故事集》中女修道院长的念珠饰针上(*The Canterbury Tales*, Prologue 162),不过此"爱"(amor)已非当年之爱,而是指(对)上帝的爱(amor Dei)。
④ V. ii. 356-361.
⑤ 参见梅耶:《古希腊政治的起源》,王师译,华东师范大学出版社,2013年,第8—9页、第260页、第291页。
⑥ 公元前27年,罗马元老院上屋大维尊号"奥古斯都"(Augustus),意为"神圣、威严"(至此,他的全名为 Imperator Caesar Divi Filius Augustus)。莎士比亚以屋大维强调"高度秩序"与"整肃"(V. ii. 364:"High order, in this great solemnity.")结束全剧,正为其传神写照。

一人(V. ii. 119:"Sole sir o' the world")①的无情事业(anerotic enterprise),即非(城邦)政治的(apolitical)个人权力工具②,而世界历史亦随之进入了一个新的时代:"古代"之后、"中世纪"之前的去魅"现代"③。

---

① 公元前23年,屋大维获得最高权力(imperium proconsulare maius)而成为事实上的罗马皇帝,但为掩人耳目,仍自称"第一公民"或"元首"(Princeps Civitatis)。
② 这意味着"政治"因"强力"胜出而隐沦,如后人所见:"罗马人有许多才能,其中却没有从事政治的","共和国的成就无非是给罗马造就一个日益贫困的群氓群体……而罗马帝国的成就则是接受如下事实:政治生活不再可能,取而代之的是将一切变为一部机器。"(基托:《希腊人》第6章,徐卫翔、黄韬译,上海人民出版社,2006年,第89—90页)参见蒙森:《罗马史》第4卷,李稼年译,商务印书馆,2014年,第60页、第62页。
③ 即如剧中克里奥佩特拉所说(很可能这也是诗人——"一切时代的诗人"——莎士比亚的真实想法),"苍穹之下,从此更无一物足观"(IV. xv. 65-68):随着"帝国一人"治下的"罗马和平"的降临,一个"奴才"和"侏儒"的时代(参见塔西陀:《编年史》第1卷第2章、第7章,王以铸译本,第2页、第7页;Longinus: *On the Sublime*, XLIV. 5, translated by H. L. Havell, London: Macmillan & Co., 1890, p. 84)——据说这是一个新的"黄金时代"(Virgil: *Eclogae*, IV. 4-17)——开始了。在这个意义上,"凯撒"的胜利归来(V. ii. 361-363)正为罗马-世界帝国城邦引入了新的"特洛伊木马":"第二个特洛伊"——罗马也从此沦落了。

第二歌

莎士比亚的意图

莎士比亚一生创作了十部英国历史剧:他首先讲述了这个故事的后半部分(第一四联剧),然后追述了它的前半部分(第二四联剧),并且在中间插入了一个新的开端(《约翰王》)而重新演绎了这个"英国故事"(其中"亨利三部曲"同时构成了它的孪生故事),最后以《亨利八世》结束了这个一波三折的"英雄故事"。现在,这十部英国历史剧首尾环合为一部完整的以英格兰国家为主人公、以"都铎神话"为核心的英国史诗;而讲述它的成长历程和最后胜利,即构成了戏剧诗人-政治哲人莎士比亚的"作者之意"。

众所周知,莎士比亚一生创作了十部英国历史剧,它们是:

序号	作品名称	写作年代
1	《亨利六世》上	1590
2	《亨利六世》中	1590—1591
3	《亨利六世》下	1592
4	《理查三世》	1592—1593
5	《理查二世》	1595—1596
6	《约翰王》	1596
7	《亨利四世》上	1596—1597
8	《亨利四世》下	1598
9	《亨利五世》	1598—1599
10	《亨利八世》	1612—1613

这十部戏剧分别以英国金雀花王朝、兰开斯特王朝、约克王朝和都铎王朝的七位君主命名,这七位君主的在位年代分别是:

序号	君 主	在位时期	朝 代
1	约翰王	1199—1216	金雀花王朝
2	理查二世	1377—1399	金雀花王朝
3	亨利四世	1399—1413	兰开斯特王朝
4	亨利五世	1413—1422	兰开斯特王朝
5	亨利六世	1422—1461	兰开斯特王朝
6	理查三世	1483—1485	约克王朝
7	亨利八世	1509—1547	都铎王朝

与之相应,上述十部作品按历史时代排序就是:

序号	作品名称	创作顺序
1.	《约翰王》	6
2.	《理查二世》	5
3.	《亨利四世》(上)	7
4.	《亨利四世》(下)	8
5.	《亨利五世》	9
6.	《亨利六世》(上)	1
7.	《亨利六世》(中)	2
8.	《亨利六世》(下)	3
9.	《理查三世》	4
10.	《亨利八世》	10

其中,《亨利六世》(上中下)和《理查三世》被称为"第一四联剧",而《理查二世》、《亨利四世》(上下)和《亨利五世》则被称为"第二四联剧"。这十部英国历史剧构成了一个相对独立的单元,并体现了连贯统一的创作意图。

根据美国新批评的"意图谬误"(Intentional Fallacy)理论,作品意蕴自足,作者的意图不足以作为评判作品的标准。的确,作者的意图并不等于作品的意蕴(如塞万提斯的《堂吉诃德》、曹雪芹的《红楼梦》即证明了这一点),但作者的意图是否等于作品的意蕴是一回事,而是否存在作者的意图则是另一回事。事实上,认为"作者的意图不等于作品的意蕴"已然预设了作者意图的存在。不仅如此,作者的意图和作品的意蕴都是理解活动的产物,因此理解作者的意图等于理解作品的意蕴,至少也是理解作品的重要途径之一。

因此我们不妨追问:莎士比亚英国历史剧的创作意

图是什么？换言之,我们应当怎样理解莎士比亚英国历史剧的整体意义结构和主题内涵呢？

都铎神话

有论者指出:莎士比亚时代的历史剧无法根据戏剧形式(dramatic form)来界定,更重要的是剧作家的意图;在历史剧中,戏剧意图和历史意图密不可分①。所谓历史意图,其实也就是作家的政治意图。

我们知道,莎士比亚时代的英国历史剧直接继承了都铎王朝的史书传统,而后者是都铎王朝的一项国家意识形态工程。1501年,意大利学者波利多尔(Polydore Vergil,约1470—1555)应亨利七世之邀赴英以拉丁文撰写英国国史(*Anglica Historia*),用时二十八年完成(1505—1533),并于1534年出版。虽然亨利七世不尽满意,如他自居亚瑟王再世,而波利多尔却在书中质疑亚瑟传说的真实性(本书因此而推迟出版)②,但波利多尔在记叙理查二世至亨利七世这一段英国历史时,却有意无意迎合了亨利七世本人始作俑者的都铎神话(the Tudor myth)③。

---

① Irving Ribner: *The English History Play in the Age of Shakespeare*, Princeton University Press, 1957, p. 9 & p. 14.
② Id, p. 5.
③ E. M. W. Tillyard: *Shakespeare's History Plays*, New York: The MacMillan Company, 1946, p. 38.

所谓都铎神话,不仅是一种王权神话,也是一种国家神话:它宣称埃涅阿斯(Aeneas)的后代布鲁特(Brutus)是英国(当时尚叫不列颠)最早的国王①,中世纪的传奇英雄亚瑟王即为其后裔;作为亚瑟王的直系传人②,亨利·都铎(即亨利七世)入主英格兰而弥合了不列颠人和撒克逊人的夙怨,同时他作为兰开斯特家族的后人③迎娶约克家族的伊丽莎白(爱德华四世之女)而化解了两个家族之间的世仇;古人预言亚瑟将重归故土而开启英国的黄金时代,现在亨利·都铎就是再来的亚瑟,他奉天承运为英国涤除了前代罪孽(这一罪孽源于亨利四世的弑君自立,此后约克家族的叛逆更加重了这一罪孽,至理查三世则恶贯满盈),英国由此走向新生④。

波利多尔之后的历史作家继续了这一政治-历史神话。1548年,霍尔(Edward Hall,约1498—1547)的遗著《约克与兰开斯特两大名门望族的结合》(*The Union of*

---

① Cf. Geoffrey of Monmouth: *Historia Regum Britanniae*, I. 1 – 18; Edmund Spencer: *The Faerie Queene*, 3. 9. 33 – 51.
② 亨利·都铎的父系来自威尔士的安格尔西家族(Anglesey family),这个家族自称是古不列颠末代国王Cadwaladr(约633 – 682)的后裔(J. D. Mackie: *The Earlier Tudors*: 1485—1558, Oxford: Clarendon Press, 1962, p. 47),亨利·都铎因此自视为亚瑟王的继承人。
③ 亨利·都铎的父亲埃德蒙·都铎(Edmund Tudor)是亨利五世的遗孀卡特琳(Catherine of Valois)与欧文·都铎(Owen Tudor)再婚生子(因此也是亨利六世的同母异父兄弟),他的母亲玛格丽特(Margaret Beaufort)是爱德华三世第四子兰开斯特公爵约翰·冈特(John of Gaunt)与其第三任妻子凯瑟琳(Katherine Swynford)非婚生子约翰·博夫特(John Beaufort)的孙女。
④ Irving Ribner: *The English History Play in the Age of Shakespeare*, p. 48 & p. 108. E. M. W. Tillyard: *Shakespeare's History Plays*, pp. 29 – 31.

the two Noble and Illustre Famelies of Lancaster and Yorke)出版:这部 27 卷本著作(它主要译自波利多尔的《英国史》,因此称译著或许更加恰当)讲述了自理查二世至亨利八世的英国历史,霍尔将之描述为一段罪与罚和拨乱反正的历史,并通过大力渲染亨利七世和爱德华四世之女伊丽莎白(同时也是兰开斯特家族和约克家族)的"天作之合"而进一步坐实了都铎神话[1]。

1577 年,霍林希德(Raphael Holinshed,1529—1580)的《英格兰、苏格兰和爱尔兰编年史》(*Chronicles of England, Scotlande and Irelande*)出版。该书经修订后于 1587 年再版,并就此引发了英国历史剧的创作热潮[2](据 Schelling 统计,1586—1606 年间上演了不下一百五十部英国历史剧[3])。霍林希德在记叙理查二世至亨利七世这段英国历史时,主要依据了霍尔(并因此是波利多尔)的讲述;通过霍林希德,霍尔(波利多尔)的叙事模式和历史哲学成为了英国历史剧的内置核心话语。因此,这一时期的英国历史剧不仅是一种文学-历史书写,也是一种政治-哲学书写;与之相应,它们的作者,如马洛(Christopher Marlowe)、皮尔(George Peele)、格林(Robert Greene)等人,与其说是戏剧诗人,不如说是政治哲人。

---

[1] E. M. W. Tillyard:*Shakespeare's History Plays*,p. 42 & p. 45.
[2] Dominique Goy-Blanquet:*Elizabethan historiography and Shakespeare's sources* in Michael Hattaway (ed.):*The Cambridge Companion to Shakespeare's History Plays*, Cambridge Uniuversity Press,2002,p. 63.
[3] J. A. R. Marriot:*English History in Shakespeare*, New York:E. P. Dutton & Company,1918,p. 11.

我们看到,莎士比亚也是其中之一——而且是最杰出的一个。

第一四联剧

莎士比亚的英国历史剧在很大程度上是对都铎神话的戏剧再现和改写。这项工作并非"意在笔先"的一气呵成,而是因势利导的"继而成之";在此过程中,莎士比亚的政治-历史哲学——同时也是他的创作意图——几经修正而最终成形。

在《亨利六世》三部曲中,莎士比亚的政治-历史哲学首次得到了表述。他以霍尔(波利多尔)和霍林希德的著作为蓝本,戏剧再现了从1422年11月7日亨利五世下葬到1471年约克家族取得仇克斯伯里(Tewkesbury)战役胜利并随后杀害亨利六世这一段历史。作为随写随演的"连台本戏",《亨利六世》三部曲因时间跨度大、涉及人事繁多而显得结构松散①,时间、人物和情节的错乱(有些是沿袭了霍尔-霍林希德的讹误)所在多有。尽管如此,《亨利六世》仍不失为一部完整的作品。这三部戏剧具有统一的主题,这就是英国的堕落:由于亨利四世弑君自立,英国受到上天惩罚,亨利五世英年早

---

① 论者所谓"片段式结构"(episodic structure)。《亨利六世》受到中世纪神迹剧(miracle drama)、道德剧(morality drama)和塞内加悲剧(Senecan Tragedy)的影响,而片段式结构正是神迹剧的特点(Irving Ribner: *The English History Play in the Age of Shakespeare*, pp. 100 - 105)。

逝，嗣君（亨利六世）暗弱，外畏于强敌（贞德-法国），内受制于权臣（温彻斯特大主教、约克公爵等），上下交征而战乱频仍（流民造反、玫瑰战争），最终弑君悲剧重演，国家命运危在旦夕……这几乎是基督教人类堕落故事（history）的一个世俗历史版，只不过故事的主人公由人类（亚当-夏娃）变成了以国王为人格象征的英格兰民族国家。

如果说《亨利六世》讲述了英国的堕落，那么《理查三世》则讲述了英国的恶贯满盈和否极泰来。作为亡国之君，尽管"纣之不善，不如是之甚也"，理查三世在胜利者书写的历史中不可避免地成为众恶所归的渊薮（这也是国家神话的题中必有之义）：从托马斯·莫尔的《理查三世》(*Historie of Kyng Rycharde the Thirde*, 1513）到波利多尔、格拉夫顿（Richard Grafton）①、霍尔和霍林希德的历史，再到莎士比亚时代的历史剧——如莱格（Thomas Legge）的拉丁文《理查三世》(*Ricardus Tertius*, 1579/80）三部曲和无名氏的《理查三世》(*The True Tragedie of Richard the Third*, 1588/89），理查三世一直被妖魔化为暴君的典型和邪恶的化身，而莎士比亚的《理查三世》即是这一传统的光荣殿军。

---

① 格拉夫顿于1543年出版了约翰·哈丁（John Harding）的诗体英国史（*Chronicle*），他本人续写了1436年以后的历史，其中理查三世部分即以莫尔的《理查三世》为底本，后被霍尔采用于《约克与兰开斯特两大名门望族的结合》一书，并经过霍林希德而直接影响了莎士比亚的创作。

莎士比亚笔下的理查三世不仅是恶魔(Vice)的化身,从而与善良无能的亨利六世形成鲜明对照,同时他们一道构成了理想君主的两极偏离。我们知道,伊丽莎白时代的历史写作深受意大利人文主义特别是马基雅维里政治哲学的影响①;而通过《理查三世》,戏剧诗人-政治哲人莎士比亚向世人演示了马基雅维里主义的失败。在马基雅维里看来,理想的君主须同时效法狐狸和狮子②,集诈力于一身,此即人君之能事(virtù),而他为达到目的完全可以不择手段,所谓"只要结果为善,行为总会得到宽宥"③。莎士比亚笔下的理查三世正是(至少在时人看来是如此)一名典型的马基雅维里式君主④:在剧中,他倒行逆施、无恶不作,以至于人神共愤、众叛亲离,最后死于亨利·都铎之手——确切说是上帝假后者之手诛灭了这个暴君。事实上,恶魔理查和天使亨利都是上帝的工具:前者作为上帝的工具促成了有罪的英国的恶贯满盈和死亡,而后者作为上帝的工具实现了净罪后的英国的新生与蒙福⑤。就此而言,他们合

---

① Irving Ribner: *The English History Play in the Age of Shakespeare*, pp. 15 – 21.
② 马基雅维里:《君主论》第18章,潘汉典译,商务印书馆,2005年,第83—84页。
③ 马基雅维里:《论李维》第1卷第9章,冯克利译,上海人民出版社,2005年,第71页。
④ 在《亨利六世》第三部中,理查(当时还是格洛斯特公爵)宣称自己将使马基雅维里相形见绌(*3 Henry VI*, III. ii. 193: "set the murderous Machiavel to school")。按:这是一处明显的时代错误(anachronism),盖亨利六世(1421—1471)死前两年马基雅维里(1469—1527)才出生,而他的《君主论》(1513)更在理查三世(1452—1485)死后二十八年才问世。
⑤ Irving Ribner, *The English History Play in the Age of Shakespeare*, pp. 225 – n2.

力实现了英国的拯救——净罪之后的拯救。而净罪和拯救(或者说恶贯满盈而否极泰来),正是第一四联剧的核心命意所在。

第二四联剧

莎士比亚在第一四联剧中讲述了故事的后半部分,现在他进而讲述故事的前半部分,这就是第二四联剧。有人认为第一四联剧和第二四联剧各成体系而互不相属①,其实不然。第二四联剧是第一四联剧的前传,而第一四联剧是第二四联剧的后续:如果说第一四联剧讲述了英国的恶贯满盈和否极泰来,第二四联剧则追叙了原初的堕落或罪孽的发生;两部四联剧共同讲述了一个完整的"英国故事",而罪与罚、堕落与拯救即构成了这个故事的意义结构和主题内涵。

在《理查二世》中,莎士比亚追溯了近代英国的原罪,即英国自波林勃洛克(即后来的亨利四世)弑君篡位至理查三世败死博斯沃斯(Bosworth)这一段不幸历史(1399—1485)的起源。理查二世是英国王权的正统传人(确切说是英国中世纪王权正统的最后传人②),即所谓"合法君王"(king *de jure*),但他并不是一个合格的君王③。与之相反,波林勃洛克是一个合格而不合法的君

---

① Ibid, p. 160 & p. 191.

② Ibid, p. 161. Cf. E. M. W. Tillyard: *Shakespeare's History Plays*, p. 253.

③ Cf. *Richard II*, II. i. 235 – 262.

王。自信"天命在予"的理查二世①失败了,他的死象征了英国中世纪的终结;"不言而行"②的波林勃洛克取得了胜利,但这胜利同时也是失败:由于弑君自立的罪行,亨利四世并没有成为真正的国王,而只是一名成功的篡位者(king *de facto*),他的成功为英国带来了罪孽③,他本人固然未能幸免④,而其后继者——从亨利五世到理查三世——也都延续并分有了这一罪孽。

《理查二世》是第一四联剧的起点和完成:在这里,莎士比亚讲述了罪孽的起源,从而完成了他在第一四联剧中开始讲述的"英国故事"。在接下来的"亨利三部曲"——《亨利四世》和《亨利五世》中,莎士比亚讲述了另一个"英国故事":这个故事是前一故事的孪生故事,也可以说是同一个故事的不同版本。

这个故事同样以《理查二世》为起点。在《理查二世》中,我们看到了两个国王,同时也没有看到一个国王⑤。理查二世和亨利四世都不是真正的国王。王者是国家的灵魂,所谓"朕即国家"⑥,君而不君,则国将

---

① Cf. *Richard II*, III. ii. 54 – 62.
② Alexander Leggatt: *Shakespeare's Political Drama*, London: Routledge, 1988, p. 71.
③ Cf. *Richard II*, IV. i 136 – 149.
④ *Richard II*, V. vi. 45 – 50. *2 Henry IV*, IV. v. 184 – 186 & 218 – 219. Cf. *Henry V*, IV. i. 292 – 294.
⑤ Alexander Leggatt: *Shakespeare's Political Drama*, p. 67.
⑥ 中世纪政治神学认为国王有两个身体:他(作为个人)的自然身体(the body natural)和他(作为国王)的政治身体(the body politic),后者即是国家(Ernst H. Kantorowicz: *The King's Two Bodies: A Study in Mediaeval Political Theology*, Princeton: Princeton University Press, 1997, pp. 7 – 23)。用今天的话说,国王是国家的法人代表,而国家是国王的实体。

不国①。那么,什么是真正的王者呢?

有研究者指出,"兰开斯特四联剧"(即第二四联剧)旨在"描绘不同类型的王者并指出理想王者的特性"②。事实上,莎士比亚在第一四联剧中已经向我们展示了一系列不同的王者形象:软弱无能的国王(亨利六世)、有勇无谋的摄政(格洛斯特公爵),阴险狡诈的王位挑战者(约克公爵)、小丑跳梁的草头王(杰克·凯德)、穷凶极恶的暴君(理查三世)……和理查二世、亨利四世一样,他们都不是真正的王者。真正的王者迄今只是惊鸿一瞥③。

什么是真正的王者?古人和今人(前者以柏拉图为代表,后者以马基雅维里为代表)分别给出了不同的答案,而他们都寄希望于教育,这样问题的重心就从"什么"转向了"怎样":怎样是真正的王者?我们看到,莎士比亚的"亨利三部曲"即是对这一问题的正面回答。

"亨利三部曲"的主人公是同一个人:他就是《亨利四世》中的哈里王子和《亨利五世》中的亨利五世。但他们也不是同一个人:亨利五世是一名真正的王者,而哈里王子只是一名预备王者④。作为未来的王者,哈里一开始几乎不被任何人看好:他的父亲为他忧心自责,而他的

---

① Cf. *2 Henry IV*, III. i. 38-40.
② Irving Ribner: *The English History Play in the Age of Shakespeare*, p. 160.
③ Cf. *3 Henry VI*, IV. vi. 65-76; *Richard III*, V. ii. iii. & v.
④ "亨利三部曲"中的亨利具有三重身份:哈里王子是一名合格而不合法的国王(亨利四世)的最初显得不合格但最终证明合格的合法继承人,亨利五世是一名合法而合格的英国国王,最后他又成为一名不合格但合法的法国国王(查理六世)的不合格继承人。

敌人(包括他的狐朋狗友)却因此欢欣鼓舞①。他们都看错了:王子混迹无赖(如其自承)只是为了韬光养晦,以便将来一鸣惊人②。他没有说谎(尽管他欺骗了周围所有的人):通过与福斯塔夫等人的交往,哈里了解并克服了自身的恶或阴影人格(以他战胜同名对手霍茨波、弃绝旧时腻友福斯塔夫为标志③)——这是一个自我教育的过程④,也是一个自我救赎的过程⑤——而成为了真正的自己⑥、真正的人(fully developed man)⑦和真正的王者⑧。随着王者归来,莎士比亚的政治理想终于修成正果而道成肉身⑨。

但是故事还没有结束。如果说《亨利四世》的主线是未来王者的(自我)教育,那么《亨利五世》则旨在讲述理想君主的功业实践⑩。通过后者,莎士比亚圆满回答了"怎样是真正的王者",并由此完成了另一个版本的"英国故事":在前一个故事中,亨利七世拯救了恶贯满

---

① Cf. *Richard II*, V. iii. 1 – 12. *1 Henry IV*, I. i. 78 – 90; II. iv. 398 – 417; III. ii 1 – 91, 97 – 99 & 121 – 128. *2 Henry IV*, IV. iv. 54 – 66; V. iv. 122 – 125 & 135 – 138.
② *1 Henry IV*, I. ii. 195 – 217.
③ Cf. *1 Henry IV*, V. iv. 63 – 77; *2 Henry IV*, V. v. 47 – 71.
④ Cf. *2 Henry IV*, IV. iv. 68 – 73.
⑤ Cf. *1 Henry IV*, III. i1. 132 – 134 & V. iv. 48 – 50.
⑥ Cf. *2 Henry IV*, V. v. 56 & 58.
⑦ E. M. W. Tillyard, *Shakespeare's History Plays*, p. 276. Cf. *1 Henry IV*, I. ii. 195 & II. iv. 92 – 95.
⑧ Cf. *Henry V*, I. i. 22 – 69 & II. Chorus 6.
⑨ E. M. W. Tillyard, *Shakespeare's History Plays*, p. 269 & p. 291.
⑩ 就此而言,《亨利五世》可以说是中世纪英雄史诗的回光返照,而《亨利四世》则是后世教育小说(学徒小说)的嚆矢先声。

盈的英格兰;而在后一个故事中,干父之蛊①的亨利五世领导英格兰走向了光明。

亨利五世攘外安内,以数年之功完成了前无古人(包括爱德华三世父子在内)的事业,被国人誉为"所有基督教君主的楷模"②。然而,他并没有真正拯救英格兰:即如剧终时分致辞人(Chorus)所说,这位"英格兰之星"仗"机运之剑"斩获了"世上最美的花园",但是好景不长("small time"),一代雄主英年早逝③,继位者年幼,英国(如《亨利六世》三部曲所示)在短暂中兴之后重新陷入了更加严重的内忧外患之中。就此而论,亨利五世其实是一名失败的王者;他的未竟事业将由后来的亨利七世完成,或者说它已经由《理查三世》中的亨利七世完成了④。

在《亨利五世》的华彩乐章中,莎士比亚结束了第二四联剧和迄今为止全部英国历史剧的写作。现在,他对这个话题失去了兴趣,开始转向以个人(而不是国家)为中心的"纯正悲剧"(authentic tragedy)——如《裘力斯·凯撒》、《哈姆雷特》和《麦克白》⑤。因此,《亨利五世》将

---

① Cf. *Henry V*, IV. i. 295 – 302.
② *Henry V*, II. Chorus 6.
③ 亨利五世 1415 年入侵法国,在阿金库尔(Agincourt)大胜法军,1419 年征服诺曼底,1420 年迫使法王签订城下之盟,成为法国王位继承人并迎娶凯瑟琳公主,1422 年病逝,时年 35 岁。
④ 如前所说,第一四联剧和第二四联剧是"英国故事"的一题两作;就此而言,亨利五世和亨利七世不过是同一主人公——英国的拯救者——的前后化身罢了。
⑤ E. M. W. Tillyard, *Shakespeare's History Plays*, pp. 313 – 314 & pp. 320 – 321.

是莎士比亚英国历史剧的压卷之作——如果没有后来的《亨利八世》的话。

《约翰王》

完成《理查二世》之后,莎士比亚并没有马上投入写作"亨利三部曲",而是先创作了《约翰王》。《约翰王》是莎士比亚英国历史剧中的一个孤品另类:它不仅纪事久远(1199—1216),距离最近的《理查二世》(1398—1399)也有近两百年的间隔,而且和前后两部四联剧都没有直接必然的联系,甚至还打乱了既有的叙事节奏和谋篇布局。既然如此,莎士比亚为什么要写这部戏呢?

有论者认为,《约翰王》是一部旨在借古讽今的作品,例如约翰王隐喻伊丽莎白一世,亚瑟王子隐喻玛丽女王,而约翰与法王腓力(King Philip)、红衣主教潘杜尔夫(Cardinal Pandulph)的冲突则隐喻了英国与法国、罗马教会的政治博弈关系等等①。的确如此;但是这也几乎适用于莎士比亚时代的一切英国历史剧。莎士比亚中途转向写作《约翰王》,一定还有特殊的考虑。

很可能,莎士比亚是在为他的"英国故事"寻求一个新的开端。

《约翰王》剧终时分,庶子(Bastard)理查爵士慨然致

---

① J. A. R. Marriot: *English History in Shakespeare*, p. 36 & p. 58. *The Arden Edition of the Works of William Shakespeare: King John* (edited by E. A. J. Honigmann, Harvard University Press, 1962), Introduction xxvii – xxix.

辞:"英格兰从来没有也永远不会拜倒在征服者的脚下,除非它先伤害了自己……只要英格兰忠于自身,那么就没有任何事情能让我们心生悔恨!"①这番话仿佛是全剧的结语(Epilogue),又仿佛是莎士比亚全部英国历史剧的导言(Prologue)。作者这样安排,显然大有深意。

我们知道,自"诺曼征服"以来,英国的统治者——从诺曼王朝的威廉一世到金雀花王朝的理查一世——都是法国人(无论是血缘还是文化认同),他们在宗主国拥有大片领地(如诺曼底、安茹),确切说是法国的英国国王(French Kings of England)或法国领主兼英国国王。约翰王即位后,情况发生了变化:由于和法国作战失败,他失去了全部大陆领地(他因此得名"失地约翰")而被迫退守英伦,成了一名光杆的英国国王。然而,约翰的败退同时却是英国的胜出:正是以此为契机,英国有了自己的国王和独立的身份(national identity),从而开始了近代民族国家化的进程②。

如果我们把近代英格兰民族国家的形成视为一出历史剧,那么它的第一幕就是"约翰王的失败",而它的第一个主人公也就是约翰王本人。事实上,英国的第一部英国历史剧就是约翰·贝尔(John Bale)的《约翰王》(*Kynge Johan*,1538/9)③。作为他那个时代的戏剧诗人-

---

① *King John*, V. iii. 112 – 114 & 117 – 118.
② J. A. R. Marriot: *English History in Shakespeare*, p. 34.
③ Irving Ribner: *The English History Play in the Age of Shakespeare*, p. 37 & p. 39.

政治哲人代表,莎士比亚想必对此深有会心。我们猜想,莎士比亚在完成《理查二世》之后转向创作《约翰王》,正是为他的英国历史剧——包括已经完成的和将来写作的——寻求一个新的开端,而这个新开端将赋予他的"英国故事"以新的意义。

和《理查二世》一样,这个新的开端也是一个不幸的开端。在这里,莎士比亚向我们揭示了近世英国一切动乱的根源:脆弱的王权。作为英国王权的代表,约翰得国不正(剧中对此多有提及,几乎众口一词①),已使王权蒙羞,而他杀害侄儿亚瑟(作为英国王权的真正代表,亚瑟之死象征了英国的陨落②),更使王权——被他亵渎和伤害的英国王权——成为众矢之的;穷途末路的约翰王不得不向法国③与罗马教廷屈服(这同时也是英国向异族的屈服),不久后中毒身亡,但把气息奄奄的王权-英国留给了后人。

约翰王的死结束了莎士比亚"英国故事"的开端。如前所说,这是一个不幸的开端,但是这个不幸的开端有一个还算幸运的结局:约翰王生前忏悔了自己的罪行④,至死是一个纯粹的英国人,他为他的继承人、现在的英国王权代表(亨利王子和庶子理查爵士)留下了自觉的(尽

---

① Cf. *King John*, I. i. 9 – 11; 39 – 41; 112 – 114; 119 – 120; II. ii. 60 – 61.
② Cf. *King John*, IV. iii. 144 – 147.
③ 在伊丽莎白一世时代的英国人眼中,法国代表了反复无常、宗教战争和政治阴谋(E. M. W. Tillyard: *Shakespeare's History Plays*, p. 162);莎士比亚笔下的法国人(如《亨利六世》中的贞德)即是这种社会总体想象的产物。
④ Irving Ribner: *The English History Play in the Age of Shakespeare*, p. 126. Cf. *King John*, IV. ii. 103 – 105 & 245 – 248.

管是受伤的)英国心(English conscience)和英国身份(English identity)①。王权和英国将从这里浴火重生;而叙述这一重生过程,即是莎士比亚此后英国历史剧——从亨利三部曲到《亨利八世》——的新的主题。

《亨利八世》

1613年,莎士比亚的《亨利八世》在伦敦环球剧院上演。这是他的最后一部英国历史剧作品,距离上一部作品《亨利五世》已经有十三年。如果说《约翰王》是莎士比亚英国历史剧的序幕,那么《亨利八世》就是它的终曲:在这里,莎士比亚为他的"英国故事"画上了完美的句号。

然而,莎士比亚并非《亨利八世》的唯一作者。据斯佩定(James Spedding)、希克森(Samuel Hickson)等人考证,他只写了《亨利八世》的第一幕第一、二场、第二幕第三、四场、第三幕第二场前204行以及第五幕第一场,其余皆出自约翰·弗莱彻(John Fletcher)之手②。职是之故,后来学者(如 Tillyard)往往将《亨利八世》视为"下真迹一等"而摈除于"正经"之外③。另一方面,也有学者

---

① *The English History Play in the Age of Shakespeare*, p. 126. Cf. *King John*, II. i. 202: "England, for itself"; III. i. 96 – 97: "Yet I alone, alone do we oppose/Against the pope"; V. iii. 117 – 118: "Nought shall make us rue,/If England to itself do rest but true."
② *The Oxford Shakespeare*: *King Henry VIII* (edited by Jay L. Hallo, Oxford University Press, 1999), p. 19.
③ E. M. W. Tillyard: *Shakespeare's History Plays*, Preface viii.

提出不同意见,认为合作之说不足为信,而《亨利八世》是大师真迹无疑①。孰是孰非,正不易言也。

但这并不是问题的关键。莎士比亚早年曾与马洛等人合作《爱德华三世》(*Edward III*,1589)、《托马斯·莫尔爵士》(*The Booke of Sir Thomas More*,1600/1601)②,但这种合作更像是打工实习或"友情赞助"③,与他功成名就之后与人(假定此人是弗莱彻)合作——确切说是带领后辈(他比弗莱彻年长十五岁)写作——《亨利八世》不可同日而语。我们认为,莎士比亚即便不是《亨利八世》的唯一执笔作者(这是很可能的),也是它的创意作者或真正作者。换言之,无论是独力完成还是与人合作,《亨利八世》都体现和贯彻了莎士比亚本人的创作意图④。

---

① J. A. R. Marriot:*English History in Shakespeare*, pp. 259 - 261. Irving Ribner:*The English History Play in the Age of Shakespeare*, p. 290. Alexander Leggatt:*Shakespeare's Political Drama*, Preface xii.
② 该剧从未上演,其中有三页据考证出自莎士比亚之手,主要内容是宣扬都铎王朝的消极服从(passive obedience)学说,相似表述亦见于《亨利六世》(中)、《裘力斯·凯撒》、《特洛伊罗斯和克瑞西达》等剧(Irving Ribner:*The English History Play in the Age of Shakespeare*, pp. 210 - 214)。
③ 耐人寻味的是,莎士比亚参与写作《爱德华三世》之后开始了自己的英国历史剧创作,而他参与写作《托马斯·莫尔爵士传》则是在完成《亨利五世》(如前所说,这原本是他的最后一部英国历史剧)之后。
④ 另一方面,《亨利八世》也不完全是"莎士比亚的"。在此之前,至少已经有两部以亨利八世为主人公的戏剧作品问世:一部是约翰·斯盖尔顿(John Skelton)1519年创作的《雄才大略》(*Magnyfycence*),这是英国第一部反映现实政治问题的道德剧,也是英国历史剧的最初萌芽;另一部是塞缪尔·罗里(Samuel Rowley)1603/4年间(即斯图亚特王朝建立当年或次年)创作的《见我即知》(*When You See Me, You Know Me*),它属于英国最后一批"历史正剧"(the serious historical drama),也是《亨利八世》的直接先驱。(Irving Ribner:*The English History Play in the Age of Shakespeare*, p. 36 & p. 284.)

在《亨利八世》中,国王、王权和国家三位一体,战胜了一切世俗与宗教对手:他处死了白金汉公爵(比较《理查二世》中的波林勃洛克、《亨利六世》中的格洛斯特公爵和约克公爵),离弃了凯瑟琳王后(比较《亨利六世》中的玛格丽特王后),废黜了红衣主教伍尔习(比较《约翰王》中的潘杜尔夫和《亨利六世》中的博夫特)……他甚至征服了时间:亨利八世留下了光荣的后代(比较亨利五世)——伊丽莎白公主,后者将继承他的事业而(如终场时克兰默大主教所说)"为这片土地带来无量福祉"①。不仅如此,亨利八世宣称自己会在天堂继续关注"这个孩子"②,这意味着他死后成为英国的保护神;事实上,当他居高临下地教导克兰默大主教(此时后者拜倒在他脚下而感激涕零不已)、俯瞰"下界"枢密大臣伽登纳等人与克兰默的争端并随后"从天而降"(rex ex machina)③解救后者时,他俨然已经成为"地上的神"(god on earth)④和"活的上帝"(mortal god)⑤。

---

① Henry VIII, V. iv. 19.
② Henry VIII, V. iv. 67 – 68.
③ Alexander Leggatt: Shakespeare's Political Drama, p. 229.
④ 作为英国都铎时期神学政治学的话语表述,"地上的神"(god on earth)一词最早出现于威廉·鲍德温(William Baldwin)为《长官宝鉴》(A Mirror for Magistrates)撰写的献辞(1559),后在莎士比亚的《理查二世》(V. iii. 134: "A god on earth thou art.")和《托马斯·莫尔爵士》(II. iv. 126 – 128: "[God] … hath not only lent the king his figure,/His throne and sword, but gyven him his owne name,/Calls him a god on earth."——这段话据说出自莎氏手笔)等戏剧作品中陆续出现。
⑤ Hobbes: Leviathan, Oxford: Basil Blackwell, 1955, p. 112. 就此而言,亨利八世可以说是近代"利维坦"国家的最初"作者",而霍布斯只是它的"述者"罢了。

如果说这一幕画龙点睛地再现了"王者-亚瑟归来"的都铎神话①,那么终场时克兰默大主教向世人预言婴儿伊丽莎白——作为英国的象征——的辉煌未来、她的死和继任者詹姆士一世的光荣统治②,则是"英国故事"的最后完成③。它是剧中人的预言,也是作者和观众的回顾和展望;在这里,过去的未来和现在的过去同时定格于当下,历史转向了未来(预言),而莎士比亚的英国历史剧就此完美谢幕。

结　语

从《约翰王》到《亨利八世》,莎士比亚的十部英国历史剧讲述了一个完整的"英国故事"。如前所说,这个故事并非一蹴而就,而是几经修正后最后成形:莎士比亚首先讲述了这个故事的后半部分,即有"第一四联剧"之称的《亨利六世》三部曲和《理查三世》,然后续写(追叙)

---

① 在莎士比亚的"英国故事"中,少年亚瑟(《约翰王》)和理查二世(《理查二世》)之死代表了亚瑟-王者的殒灭和消逝,此后"亨利三部曲"中的哈里王子-亨利五世是亚瑟-王者的第一次归来和中道崩殂,亨利·都铎(《理查三世》)是亚瑟-王者的再次归来(但只是一笔带过),而《亨利八世》中的亨利八世-伊丽莎白-詹姆士一世则是亚瑟-王者的最后降临和真正归来——虽然,"吾犹昔人,非昔人也"。Cf. Joseph Alulis and Vickie Sullivan (ed.), *Shakespeare's Political Pageant*, Rowman & Littlefield Publishers, Inc., 1996, p. 98. Alexander Leggatt: *Shakespeare's Political Drama*, p. 52.

② *Henry VIII*, V. iv. 17 – 62. Cf. Alexander Leggatt: *Shakespeare's Political Drama*, pp. 234 – 235.

③ J. A. R. Marriot: *English History in Shakespeare*, p. 10.

了它的前半部分，即《理查二世》、《约翰王》和有"亨利三部曲"之称的《亨利四世》（上下）与《亨利五世》；其中《理查二世》和"亨利三部曲"又称"第二四联剧"，它与"第一四联剧"共同演绎了第一版"英国故事"，这个故事以《理查二世》开端，以《理查三世》结束；与此同时，莎士比亚在《理查二世》和"亨利三部曲"之间插入写作了《约翰王》，后者为"英国故事"提供了新的开端和向度，从而引出一个新的"英国故事"，这个故事以"亨利三部曲"为核心，具有双重开端（《约翰王》-《理查二世》）和双重结尾（《亨利五世》-《理查三世》）；英国改朝换代（1603）后，"都铎神话"成为前朝往事，于是莎士比亚又续写了《亨利八世》，作为他的"英国故事"的第三结尾和最后完成。至此，他的十部英国历史剧首尾环合为一部完整的英国史诗，这部史诗以英格兰国家为主人公，而讲述它的成长历程和最后胜利，即构成了戏剧诗人-政治哲人莎士比亚的"作者之意"。

王者的漫游

在莎士比亚"亨利三部曲"和第二四联剧的殿军作品《亨利五世》中，亨利五世作为完美的英雄王者而出现于公众视野。但在第四幕第一场，莎士比亚揭示了这位王者的秘密困境。他和自己的父亲一样，试图通过军事征服证明王权的合法性；这是一场非此即彼的冒险，它正义与否，直接取决于它能否成功，所谓"结果证明手段"；然而战争本身就是罪孽，而罪孽无法通过罪孽洗白。亨利年轻时曾为逃避罪责而出走漫游，但是现在他已无路可走，只能铤而走险。他成功了，但这成功同时即是沉沦，他从此承负有罪的王权而失去了拯救的希望。

> 伸冤在我,我必报应。
>
> 《罗马书》12:9
>
> 不可试探主你的神。
>
> 《马太福音》4:7

作为"亨利三部曲"和第二四联剧的最后一部,《亨利五世》同时也是莎士比亚英国历史剧的集大成与收官之作。在剧中,"英格兰之星"(Epilogue,6)亨利五世始终以高大全的完美王者-英雄的形象示人,唯有一处例外:在这里,莎士比亚向我们(当时的观众和后代的读者)揭示了完美王者-英雄的另一面——真实和私密的一面。

这一转折-启示发生于高潮即将到来之前的第四幕第一场。经过三幕(甚至更久)时间的等待,① 亨利五世终于来到法国的阿金库尔(Agincourt)荒原。现在已是凌晨(确切说是1415年12月25日凌晨):数小时后,决定双方命运的战役将在这里打响。决战在即,亨利突然屏退左右,独自微服出巡。② 临行前,他吩咐手下:"我要和自己的内心争辩一番,在此期间我不希望身边有人。"(IV. i.

---

① 从浪子(Cf. *Richard II*, V. iii. 1-22;*1 Henry IV*, V. ii. 70-71)到"基督教君王的典范"(*Henry V*, II. Chorus,6),天才的政治家亨利让他的观众等待了十四年(1399—1413);而为了展示这一过程,天才的戏剧家莎士比亚也让他的观众等待了三年时间(1595/6—1598/9)。

② 这一情节和塔西陀记叙的古罗马大将日耳曼尼库斯(Germanicus Caesar)与凯路斯奇人(Cherusci)决战前夕微服巡营一事(《编年史》2卷13章,王以铸、崔妙因译,商务印书馆2005年版,第76—77页)颇为类似。这或许只是巧合(毕竟,我们无法确认莎士比亚读过此书并受其影响),但我们正因此获得了某种互文性(其中不乏反讽的张力)的"前理解"。

31)"英格兰之星"隐入了暗夜,而剧情就此正式展开。

一

王者亨利开始了漫游。事实上,这已经是他生命中的第二次漫游。他的第一次漫游,是在他父亲亨利四世的统治时期(1399—1413)。这是一次灵魂的漫游,确切说是王者的灵魂在尘世的漫游:在此期间,他从叛逆堕落的少年王子成长为了雄才大略的青年君主。

在《理查二世》第5幕第3场,我们第一次听到亨利(哈利)的消息。在这里,新登基的亨利四世痛心疾首地说起哈利(1-12):"我那不争气的儿子的情况没有人能报告我吗?我已经足足三个月没有见到他了。若是我头上还悬着什么未来的祸害,那便是他。"近臣的报告更加证实了他的担忧(13-20),但他仍安慰自己(20-22):"不过,从他这两个特点我倒看出了几星希望的火花,成人之后也许侥幸能得到发展。"[1]作为人子与未来的国王,哈利表现得很不像样,仿佛不是自己,而是另外一个人。[2] 可以说,他出离了自身,化身"非我"而漫游于自我的阴影或暗夜之中。这是一场生命的冒险,最后结果如

---

[1] 《莎士比亚全集》第3卷,孙法理译,译林出版社,2013年,第567—568页。
[2] Cf. *1 Henry IV*, I. i. 86-90; King: "O that it could be prov'd/That some night-tripping fairy had exchang'd/In cradle-clothes our children where they lay,/And call'd mine Percy, his Plantagenet! /Then would I have his Harry, and he mine."

何，无人知晓，包括王子本人。不过，哈利知道自己在做什么，以及为什么这样做。如他在第一次出场后的独白中所说(*1 Henry IV*, I. ii. 195 – 217):①

> 你们是些什么样的人我全知道。你们这些闲得无聊的胡闹我暂时也表示支持。在这件事上我要学学太阳。它听凭带着瘴疠的乌云迷雾遮蔽它的魅力，不让世人看见，正是为了在需要露出真面时好去冲破那仿佛缠死了它的阴云，让人瞠目结舌，大出意外。……我要把放荡不羁当作一种手段，好在人们最意外时改恶从善。②

原来，一切都是伪装/表演！就此而言，亨利四世并没有看错：知子莫如父——或者说有其父必有其子：亨利四世本人就是一名出色的伪装/表演大师。③ 然而，哈利的伪装/表演更青出于蓝：他欺骗了整个世界，④甚至骗过了自己的父亲。

因此，哈利表面上依然故我，不但没有好转，反而变本加厉了。伤心以至于愤怒的亨利四世单独召见哈利，声色俱厉地斥责他是"上天对自己的惩罚"、"最亲近的敌人"(*1 Henry IV*, III. ii. 4 – 17, 85 – 91, 93 – 96 & 122 – 128)云云。⑤ 哈利表示悔改，发誓重新做人(92 – 93 &

---

① Cf. *Henry V*, I. i. 24 – 69 & II. iv. 29 – 40.
② 《莎士比亚全集》第4卷，第16—17页。
③ Cf. *Richard II*, I. iv. 20 – 36; *1 Henry IV*, III. ii. 39 – 59.
④ Cf. *1 Henry IV*, I. iii. 230 – 232; IV. i. 95; V. ii. 70 – 77. Cf. *Henry V*, II. iv. 26 – 29.
⑤ Cf. *Henry V*, II. iv. 398 – 417.

129-159),①并且通过实际行动(如在战场上奋勇救父和杀死同名对手②)向世人证明了自己。③但他依旧和福斯塔夫等狐朋狗友往来厮混,这又让亨利四世心存疑虑,④"到底意难平",直至生命将终,仍不能完全释怀。⑤

哈利已非原来的哈利,但他还不是、甚至抗拒成为真正的亨利。"王者归来"的喜剧并没有马上发生;相反,他选择了继续逃避(逃避自我)和延宕(延宕回归)。事实上,直到他正式加冕⑥为国王、特别是在游行庆典中戏剧性地斥退——或者说用言辞"杀死"——福斯塔夫(这是他的另一个父亲,他少年时代的精神父亲和人性导师⑦)的那一刻,⑧他(亨利)才正式结束了自己(哈利)的漫游。

哈利的行为令人困惑:他为什么要这样做呢?哈利自称是"效法太阳",暂且韬光养晦,等待时机"奥伏赫

---

① Cf. *Henry V*, V. ii. 51-68.
② *1 Henry IV*, V. iv. 39-101.
③ *1 Henry IV*, V. ii. 51-68.
④ Cf. *2 Henry IV*, IV. iv. 13-16, 54-66 & 79-80.
⑤ *2 Henry IV*, IV. v. 60-79 & 92-137.
⑥ 我们知道:在亨利四世病重昏迷不醒时,哈利已经为自己加冕了(*2 Henry IV*, IV. v. 43)。
⑦ Cf. *2 Henry IV*, V. v. 61-62.
⑧ *2 Henry IV*, IV. v. 47-72: "I know thee not, old man. Fall to thy prayers. / How ill white hairs become a fool and jester! / I have long dreamt of such a kind of man, / So surfeit-swell'd, so old, and so profane; / But being awak'd, I do despise my dream. / …Presume not that I am the thing I was, / For God doth know, so shall the world perceive, / That I have turn'd away my former self; / So will I those that keep me company. / …Till then I banish thee, on pain of death" etc. Cf. *Henry V*, II. i. 88 (Hostess: "The King has killed his heart.") & 121—126. Cf. *1 Henry IV*, II. iv. 446-481.

变"、一鸣惊人,这话究竟有几分可信?如果只是为了制造戏剧效果(这是一个多么天真的想法!),那么他在战场上救父杀敌立功,已经"人皆仰之"而天下归心,又何必继续伪装呢?这时伪装已失去意义,甚至适得其反,影响了先前"浪子回头"和最后"王者归来"的戏剧效果。或者,他是为了(如沃里克伯爵所说)观察人性以完善自我(*2 Henry IV*, IV. iv. 68-78)?然而,他早就冷眼看清了这个世界:"你们"——他指的是福斯塔夫、波因斯(Poins)这些人,①也包括"从亚当时代到今天此刻半夜十二点整"的所有人②——"我都了解"(*1 Henry IV*, I. ii. 195)。既然如此,到底是什么原因让哈利"近乡情怯",在回归途中继续漫游(逃避)呢?

二

让我们再回到法国阿金库尔的荒原。在这里,亨利开始了自己的第二次漫游。事实上,他在登基之初谋划远征法国时,③已经开始了新的人生漫游。后者仿佛是前者的继续和重演,而其中最具象征性的一幕,即是王者

---

① Cf. *1 Henry IV*, II. iv. 14-15: "all the good lads in Eastcheap" etc.
② *1 Henry IV*, II. iv. 92-95: "I am now of all humors that have show'd themselves humors since the old days of goodman Adam to the pupil age of this present twelve o'clock at midnight."
③ *2 Henry IV*, V. v. 105-108: Prince John: "I will lay odds that, ere this year expire, /We bear our civil swords and native fire/ As far as France. I heard a bird so sing, /Whose music, to my thinking, pleas'd the King."

王者的漫游　159

亨利在阿金库尔荒原的隐身①漫游。

决战前夕,亨利走访各营房哨所,亲切慰劳将士并鼓舞大家的士气(IV. Chorus. 28－47),②宣称敌人是"我们外在的良心",他们的存在教导"我们"为战斗做好准备,因此根本上是一件好事(IV. i. 1－12)。他(如序幕歌队所说)"如太阳般"(IV. Chorus. 43)温暖和照亮了每个人的心灵,但他自己——唯独他自己——却滞留于"内自讼"的精神暗夜。此时此刻,亨利的最大敌人并不是法国,而是他自身分裂的"内在良心"。为此他出走荒原,开始了一个人的漫游和幽暗的心灵之旅。

在漫游中,隐身的王者——或者说"内自讼"的王者之心——与他"外在的良心"不期而遇了。首先,亨利和先前野猪头旅店的老相识、现已从军出征的皮斯脱(Pistol)狭路相逢,③只是"儿童相见不相识",后者热烈地赞美国王(44－48),却完全没有认出他来。亨利自称是威尔士人④"哈利·

---

① 我们看到,他出发前借穿了手下一名将领的外袍(*Henry V*, IV. i. 24),后来与士兵交谈(35－51)时自称是威尔士人哈利·勒洛瓦(Harry le Roy),甚至以无名者出现(92－94),始终未以真面目示人。
② Cf. *Henry V*, III. i. 1－34.
③ 我们记得,他从军之前曾发出豪言壮语:"伙计们,咱们到法兰西去,像蚂蟥一样不停地吸血!"(*Henry V*, II. iii. 54－56;"Let us to France, like horse-leeches, my boys,/To suck, to suck, the very blood to suck!")比较亨利五世决意出兵时的誓词(II. ii. 182－193),可知前者是后者的戏仿(parody),甚至二者互为戏仿。
④ Cf. *Henry V*, IV. vii. 104－108; Henry: "I wear it for a memorable honour;/For I am Welsh, you know, good countryman." Fluellen: "All the water in Wye cannot wash your majesty's Welsh plood out of your pody, I can tell you that."

勒洛瓦"(Harry le Roy),①三言两语,轻松过关了事。

接着,亨利暗中听到两名军官——高尔(Gower)和弗赖伦(Fluellen)的一番对话(64 - 82)。弗赖伦(他倒是真正的威尔士人)感慨今人作战全不似古人(如"伟大的庞贝")整肃有礼,②并大声指责高尔说话声音太响。亨利暗自嘉许弗赖伦的"小心和勇气"(care and valor),然后继续潜行——这时,他真正的"外在良心"出现了。

这是三名普通的士兵:约翰·贝茨(John Bates)、亚历山大·科特(Alexander Court)和迈克尔·威廉斯(Michael Williams)。按"John"(约翰)源于古希伯来语,意为"上帝的仁慈";"Bates"(贝茨)为盎格鲁-撒克逊姓氏,源自人名"Bartholomew"。"Alexander"(亚历山大)源自古希腊人名"Alexandros",意为"人类的保护者";"Court"(科特)是盎格鲁-撒克逊姓氏,源于"王庭"(Court)一词。"Michael"(迈克尔)本是古希伯来男子名,意为"(谁)像上帝";"Williams"(威廉斯)是威尔士姓氏,源自日耳曼人名"Willihelm/Willelm",意为"威廉

---

① 我们知道,亨利曾是威尔士亲王,而"勒洛瓦"(le Roy)法语意为"国王"(英语:"the King")。在这里,他实际上暗示(同时也是隐匿)了自己的真实身份。
② 弗赖伦论兵厚古而薄今,但这并不妨碍他后来把亨利五世比作亚历山大大帝(*Henry V*, IV. vii. 23 - 50)。这意味着亨利乃是未来的"古人"(他在剧中先后被比作布鲁图斯、亚历山大和凯撒,都是古代世界中的英雄),即自我作古、垂范后世的立法者(Cf. V. ii. 268 - 272: "We are the makers of manners" etc.)。又,弗赖伦感叹今人(他指法国人)作战违反古来(中世纪)"兵礼"(the laws of arms)或战争法则(IV. vii. 1 - 2),但亨利五世下令屠杀战俘(IV. vii. 63 - 65 & 8 - 10),恰恰破坏了这一传统法则;这样说来,他又是古代世界中的"今人"了。

之子",1066年诺曼征服后一度成为英国最常见的人名（如莎士比亚即名"威廉"）。作者这样命名,似乎寓有深意:莫非"迈克尔·威廉斯"即是作者威廉·莎士比亚在剧中的代言化身？

话说这三人正在谈论即将到来的战斗(85—91)。科特首先发问:"约翰·贝茨兄弟,那边天是不是已经亮了？"贝茨没好气地回答说:"我想是吧;不过我们可没有重大理由盼望天亮哟。"威廉斯更是对"明天"感到悲观:"我们看到了天亮,可是永远看不到这一天的结束了。"正说话间,他们发现了亨利,喝问他是何人;亨利自称是托马斯爵士(就是借他外袍的那位)的部下,也加入了他们。

在接下来的谈话中(96-229),亚历山大·科特(他的名字意谓"国王/宫廷")始终保持沉默:他的位置被隐身/伪装的王者亨利取代了。威廉斯首先问来者:"托马斯爵士怎么看大家现在的处境？"亨利回答说:"就像一个人沉船搁浅,等待下次来潮水把他冲走。"贝茨接着又问:"他没有把他的想法告诉国王吧？"一言触动心事,亨利借机抒发胸臆,声称"国王也不过是人,和我一样",面对危险,他同样会感到恐惧,只是不能流露在外,[①]以免动摇军心云云。对于他的说法,贝茨嗤之以鼻:"他尽可以表现他的勇敢;不过我相信,就在今夜这样的冷天,他宁肯在泰晤士河里,哪怕水淹到脖子;但愿他在那儿,我

[①] Cf. 2 *Henry IV*, II. ii. 1-5.

也在旁边,不管有多危险,只要我们能离开这里。"亨利正色道:"说真的,我要为国王的良心说句话:我想他现在除了这个地方,哪里也不想去。"贝茨随即接言:"那么我希望他一个人在这里;这样他可以赎身保命,而许多可怜人也就免得送死了。"

现在,谈话变成了争论:士兵——亨利口中的"兄弟、朋友和同胞"(IV. Chorus,34)①——或者说民众与国王的争论,甚至是民众对国王的审判。王者以民众之心为心,②因此民众的审判也就是王者之心的"内自讼"。面对良心(自我意识)的审判,亨利将如何为自己辩护呢?

亨利决定用"爱"和"正义"的修辞为自己辩护。他反问贝茨:"我敢说你不会那么不爱他,竟希望他一个人在这里吧?"并以自己为例——当然,是作为"非我"的无名战士而不是他本人——现身(其实是"隐身")说法:"我觉得无论死在哪里,只要和国王在一起,我就心满意足了:他的事业是正义的,他的战斗是光荣的。"对于他的这番说辞,大家的反应很冷淡。威廉斯的回答就一句

---

① Cf. *Henry V*, IV. iii. 60 – 63: Henry: "we band of brothers" etc. See also II. i. 11 – 13: Bardolph: "I will bestow a breakfast to make you friends, and we'll be all three sworn brothers to France." 105 – 116: Pistol: "friendship shall combine, and brotherhood. / I'll live by Nym, and Nym shall live by me." III. ii. 44 – 45: Boy: "Nym and Bardolph are sworn brothers in filching" etc.
② Cf. *Hamlet*, I. iii. 23 – 27: "on his choice depends/The safety and health of this whole state;/And therefore must his choice be circumscribed/Unto the voice and yielding of that body/Whereof he is the head."

话:"那我们就不知道了。"贝茨也随声附和:"是啊,这些我们也管不了;我们只要明白自己归国王管就行啦。就算他的事业不正义,我们效忠国王,也就免去罪责啦。"——"但是",威廉斯马上又接过话头,"如果不是正义的事业,那国王本人可就欠下一大笔债了",因为"打仗死的人恐怕没有几个是好死的",他们服从王命而不得好死,①这样"把他们领向死路的国王就有罪了"(134-146)。②

国王有罪:这真是一个惊心动魄的指控!隐身的王者亨利,或者说他隐匿的良心,一下子被击中了。

三

这一刻,亨利也许想起了父亲临终前和自己的秘密谈话。当时,亨利四世刚从临终前的昏迷中醒来,他发现哈利(亨利)拿走了自己的王冠,不由得大为震怒和伤心(*2 Henry IV*, IV. v. 63-79 & 92-137):"哈利,你觉得我活得太久,让你生厌了。你果然是那么急于填补我的空位,竟然不等时机成熟就把我的荣冠戴到你的头上了吗?啊,愚昧的青年!你所追求的权力会把你压垮的。"③哈利急忙为

---

① 在这里,威廉斯特意描述了"日后"("at the latter day")——他虽未明言,但一定是指亨利死后(在地狱?)接受最后审判的那一天——这些亡灵号哭索债的悲惨和恐怖景象(135-141)。
② Cf. *Henry V*, III. iii. 5-14 & 32-41.
③《莎士比亚全集》第4卷,第189页。

自己辩解,声称刚才是在谴责这个"杀父凶手",此外并无他想(138 – 176)。① 听到此言,亨利四世马上原谅了儿子(他甚至表示为此感到欣慰),并最后一次面授机宜,向哈利讲述了王冠的秘密(177 – 224):原来,当年他通过武力和阴谋(fraud and force)废黜理查二世,卡莱尔主教即斥为大逆不道,并预言英格兰从此将走向罪恶和败亡的深渊(*Richard II*, IV. i. 114 – 149),他已心中有愧而无言以对;后来理查被杀害,②他更觉良心不安,声称要投身圣战(*Richard II*, IV. iv. 49 – 50),③以"洗去自己手上的罪恶之血"。④但事与愿违,⑤此后国家多难,⑥他疲于应付而心力交瘁,终于一病不起。⑦ 现在,他把这顶带血的王冠——或者说国王的罪责,以及"内自讼"的良心——传给了哈利(*2 Henry IV*, IV. v. 187 – 190, 197 – 201 & 218 – 219):

> 我很明白它压在我头上时给了我多少烦恼。……现在我死了,这场戏的情调也就变了。……但愿上帝宽恕我获得这王冠的手段,准许

---

① Cf. *Henry V*, III. iii. 21 – 47.
② 凶手(Piers Exton)声称是奉上意行事(*Richard II*, IV. iv. 1 – 10 & vi. 37),但亨利坚决否认(vi. 34 – 36 & 38 – 40),并对理查之死表示真诚哀悼(45 – 48: "Lords, I protest my soul is full of woe/That blood should sprinkle me to make me grow" etc)。正是:假作真时真亦假,无为有处有还无!
③ Cf. *1 Henry IV*, I. i. 18 – 30; *2 Henry IV*, III. i. 106 – 108; IV. iv. 1 – 10.
④ *Richard II*, IV. iv. 45 – 50. Cf. IV. i. 240 – 242; *2 Henry V*, III. i. 72 – 74.
⑤ Cf. *2 Henry IV*, IV. v. 232 – 240.
⑥ Cf. *2 Henry IV*, III. i. 38 – 40.
⑦ *1 Henry IV*, I. i. 1 – 4; II. iv. 358 – 359. *2 Henry IV*, IV. iv. 117 – 120 & 130; IV. v. 67 – 68 & 158 – 164.

它跟你一起安享真正的和平！①

最后，他密授哈利"安内必先攘外"之策（202－215）：

> 我的王业在我的身上似乎是巧取豪夺所得的荣誉。有许多活着的人还在斥责我借助他们取得了它，这类斥责每天每日都在发展成为争执和流血，伤害着仿佛存在的和平。……我最初是靠了他们残暴的努力才登位的，因此我有充分的理由担心被他们的力量再次取代。为了避免这种情况，我剪除了他们的兵力，现在还打算把许多人带到圣地去，以免他们因宴安无聊而过分追究起我称王的资格。因此，我的哈利，你的办法是到国外去行动，让心怀叵测的人忙于境外的争执，消磨掉他们对往日的记忆。②

原来，发动圣战并不是为了良心的救赎，而根本是为了巩固有罪的王权！

现在哈利必须做出选择：面对父亲交予的王冠（同时也是罪孽），接还是不接？就在刚才，他望着（他误以为已经）死去的父亲和他的王冠，暗自沉吟（21－37）：

> 王冠是令人烦恼的睡伴……啊，光华煜煜的烦

---

① 《莎士比亚全集》第4卷，第191页。
② 《莎士比亚全集》第4卷，第191页。

恼,黄金铸就的忧患!①

哈利深知,这是一顶被诅咒的王冠:②它与其说代表了王权的尊严和荣耀,不如说是有罪的良心的象征。他曾试图逃避它——事实上,这正是他当年自甘下流、混迹无赖,甚至在回归(回归作为"超我"的自我)中仍然选择漫游(逃避自我)的深层心理或根本动机。这是有意的自暴自弃,也是本能的自我保护-拯救;所谓"韬光养晦"云云,不过是自欺欺人罢了。然而,"灵台无计逃神矢"——他最终接受了命运的安排,③毅然为自己戴上了王冠(41-47):④

> 它直接从您的地位和血统传到了我的头上。……即使把全世界的力量集中到一只巨大的臂膀上,也无法从我头上取走这世袭的荣耀。它还将由我传给我的子孙,正如由您传给了我。⑤

现在,他正式从父亲手中接过了王冠(同时也是罪孽),并向父亲郑重宣誓——同时也是向自己宣判(220-224):

---

① 《莎士比亚全集》第4卷,第187页。
② Cf. *2 Henry IV*, IV. v. 163-164: "But thou, most fine, most honour'd, most renown'd,/Hast eat thy bearer up."
③ Cf. *Hamlet*, I. iii. 20-21: "his will is not his own;/For he himself is subject to his birth."
④ 参见博丹《共和六书》(1576)第1卷第8章:"国王从来都不会死去;国王肉体一旦死亡,他最亲近的男性子嗣在加冕前就已经取得王国的统治权"(《主权论》,李卫海、钱俊文译,北京大学出版社2008年版,第89页)。
⑤ 《莎士比亚全集》第4卷,第187页。

你夺得了这王冠交我承继,
它必须属于我不容置疑。
我定要奋勇做超人的努力,
向世界维护我合法的权利。①

从这一刻起,他成为了自己的父亲:有罪的王者亨利。

四

和父亲一样,亨利试图通过军事征服证明自身统治(王权)的合法性;但不同于父亲,他的目标不是圣地耶路撒冷,而是世俗的法兰西②——"世界上最美的花园"(《亨利五世》,II. Chorus,7)。这是一场非此即彼的冒险:它是否正义,直接取决于它是否成功,所谓"结果证明手段"。然而,战争本身即是罪孽,而罪孽并无法通过罪孽洗白。亨利宣称"他的事业是正义的,他的战斗是光荣的",这不过是他的政治修辞或者说宣传罢了。③ 现

---

① 《莎士比亚全集》第4卷,第192页。
② Alexander Leggatt:*Shakespeare's Political Drama*, London:Routledge,1988, p.135.
③ 出征法兰西之前,亨利与教会暗通款曲结成利益同盟(*Henry V*,I. i. 1 - 22 & 69 - 89),坎特伯雷大主教对此心领神会而投桃报李,援引(其实是歪曲)历史和《圣经》(《旧约·民数记》第27章)证言萨利继承法(the Salic Law)对亨利无效,并"以灵魂担保"他可以"名正言顺、问心无愧地"向法兰西提出王位要求(I. ii. 4 - 121),亦可作如是观。事实上,亨利此前已然向法国提出了王位要求(Cf. I. ii. 4 - 6 & 246 - 248);由此而论,他的"廷议"根本是一场精心策划的表演。

在，威廉斯和他的战友——亨利的"兄弟、朋友和同胞"一致认定"国王有罪"，这让亨利情何以堪，又将何言以对呢？

事到如今，亨利必须为自己的事业和良心进行辩护。面对茫茫大荒，他神色凝重地开始了语言-修辞的远征。

"假如，"亨利正色道，"父亲派儿子外出经商，结果儿子不幸死在海上，照你的说法，这要怪他的父亲；或者主人命仆人去送钱，结果路上遇到匪徒，来不及忏悔就被杀死了，你会说是他的主人让他下了地狱。但事实并非如此。父亲和主人不必为儿子和仆人的死负责，国王对他的士兵也一样：因为这不是他们的本意。"（147 - 158）我们发现，这个比喻并不恰当，因为战争毕竟不等于经商①或者差旅；但亨利另有解释：这些士兵原非善类，他们或曾奸淫，或曾偷盗，或曾杀人，如今为躲避法律制裁而参军入伍；但是"神目如电，插翅难逃"，现在战争就是上帝对他们的审判和惩罚，国王只是替天行道，不但无过，甚至有功；"各人的灵魂各自负责"，他们死了，是罪有应得而死得其所，如果侥幸活了下来，则可以见证上帝

---

① 亨利似乎确实认为战争是一种商业活动，例如他后来应勃艮第公爵之请与法国停战和谈，提出的条件就是"你们必须完全按照我们的正当要求购买这份和平"（*Henry V*, V. ii. 70 - 71："you must buy that peace/With full accord to all our just demands"）。他没有意识到（或者是意识到而没有明言）商业活动的目的是经济利益，而战争——特别是他的战争——的目的是政治利益。尽管如此，就追逐个人利益而言，二者完全是一致的；有如是想法者，也不止亨利一人——《约翰王》中的庶子（Bastard）就是他们的精神先父和共同原型（Cf. *King John*, II. i. 561 - 586）。

的伟大,并教人如何正视死亡(158－185)。①

亨利的说辞产生了效果。威廉斯首先发言:"的确,有罪的人自作自受,国王不必对他的死负责。"贝茨也表态说:"我不想让他为我负责,但我决定为他卖力。"亨利察言观色,见他们语气松动,马上趁热打铁:"我亲耳听到国王说,他宁肯战死沙场,也不会为了活命向敌人献上赎金。"②听到这话,威廉斯一声冷笑:"是啊,他这么说,好让我们高高兴兴地为他卖命;可是等我们被敌人杀死,他也许就会献上赎金,而我们永远都不会知道了。"显然,他并不相信亨利的说辞。情急无奈之下,亨利使出了最后一招——国王的信用:"如果我活着看到这种事情发生,那我今后永远也不会相信他的话了。"——"那你就等着倒霉吧!"威廉斯终于忍不住爆发了:"我们小民就算不满,又能拿国王怎么样? 你今后永远也不会相信他的话了:这真是一句蠢话!"(186—202)

亨利的话语远征失败了。他知道,他的"兄弟、朋友和同胞"知道他在说谎。③ 他没能说服他"外在的良心",也说

---

① 我们后来看到:无辜的"少年"(Boy)在战争中被杀,而无赖皮斯脱却活了下来;如其所说,他回到伦敦后将以拉皮条和偷窃为生(*Henry V*, V. i. 81－89)而非"教人如何正视死亡"。此亦"莎士比亚反讽"之一例。
② Cf. *Henry V*, IV. iv. 79－125. See also IV. iii. 91 & 123－125.
③ 如前所说,日耳曼尼库斯在决战前夕微服巡营,听到士兵私下的议论后备感欣慰:"原来这时人们不管是说正经话还是开玩笑,都在称颂统帅的高贵身世,或是赞扬他的风采,但大多数的人则是推崇他的耐性、他的礼貌;他们都说他们必须在战场上报答他对他们的恩情,同时他们还必须使背信毁约的敌人成为光荣和复仇之下的牺牲品。"(塔西陀:《编年史》2 卷 13 章,王以铸、崔妙因译本,第76—77 页)就此而言,亨利的遭遇仿佛是前者的反讽再现(parody);只要认真倾听,我们不难发现其中的微妙声音(voice)。

服不了自己的内心。在良心的荒原上,他将何去何从?

五

亨利已经无路可走,只有绝地反击。他怫然变色,沉声道:"你的指责太过分了,要不是现在不方便,我就对你不客气了。"威廉斯也不示弱,提议明日战后"我们就做个了断,如果你还活着的话"。亨利爽快地答应了:"只要我活着,一定奉陪。"①说罢,他们不欢而散(203-229)。

威廉斯和他的战友们消逝在了暗夜之中。然而,亨利兀自伫立当场,心绪难平(230—236):

> 国王负责! 让我们把我们的生命、我们的灵魂、我们的债务、我们发愁的妻子以及我们的罪过,都交给国王负责吧! 我得承担一切。啊,好艰难的处境!②

我们记得,亨利四世当年曾因忧心国事而夜不能寐(如其所说,"头戴王冠的人不得安眠"③);现在,亨利五世也罹受了同样的命运(236-284):④

---

① 当然,亨利后来并未认真践约:他命弗赖伦代他会见威廉斯,而后者替他挨了威廉斯的耳光(*Henry V*, IV. vii. 119-164 & viii. 1-61)。这也符合他的一贯风格:隐身(并寻求替代)和推卸(转嫁责任)。
② 《莎士比亚全集》第4卷,第288页。
③ *2 Henry IV*, III. i. 4-31. Cf. IV. v. 21-37 & 158-164.
④ Cf. *2 Henry IV*, IV. v. 96-97: "O foolish youth! /Thou seek'st the greatness that will overwhelm thee."

> 你这妄自尊大的梦幻,你是在对国王的安睡进行狡猾的玩弄。……他所高踞的宝座,以及拍打着这个世界的高岸的荣华富贵浪潮,不,所有这一切都不能让你睡在君王的御榻上,像卑贱的奴隶睡得那样酣畅……①

事实上,失眠只是政治失范的外在表征②,良心的败坏与失落才是"亨利问题"的根本症结所在。对此亨利有充分的自觉。他试图通过漫游(出走)逃避罪责和良心的责难;但现在他已无路可走,只能铤而走险,以生命作注,与命运豪赌一场。③

天将拂晓,亨利必须回去了——"白天、众人和所有的事都在等着我"(309)。在回归(同时也是背弃)自我之前,孤独的王者④亨利跪倒在荒原上,狂热而绝望地祈祷上帝(289-305):

> 啊,战神哪,让我的士兵们都像钢铁一样坚强起来,千万不要使他们心里充满恐惧!……别在今天,啊,上帝!啊,别在今天想到我父亲在谋朝篡位中所犯下的罪过!我已经把理查的遗体重新安葬,而且

---

① 《莎士比亚全集》第 4 卷,第 289 页。
② Cf. *2 Henry IV*, III. i. 38-40: Warwick: "It is but as a body yet distempered,/ Which to his former strength may be restored/With good advice and little medicine."
③ Cf. *Henry V*, II. ii. 193: "No king of England, if not king of France!" See also I. ii. 222-233 & III. vi. 153-165.
④ *Shakespeare's Political Drama*, p. 132.

在那上面撒下的忏悔眼泪比他当初被杀时流出的鲜血还要多。……我还要多做善事。不过我所做的这一切并没有多大价值,因为,说到最后,我自己还要忏悔,恳求上天宽恕。①

在这最后的祈祷中,亨利袒露了内心深处的隐秘欲望(或者说恐惧)。首先,他祈求作为"万军之主"的上帝(God of battles)让他的战士无知无畏而奋勇杀敌。亨利知道,他必须赢得这场战争,这将是他最后的救赎希望;为了赢得战争,他必须让自己的战士相信"他的事业是正义的,他的战斗是光荣的";而为了让他们相信这一点,就必须欺骗他们。但是事与愿违:就在刚才,他的士兵向他质疑这场战争的合法性,认为国王的说辞并不可信,甚至直言国王有罪。亨利的良心被彻底击中了。此时此刻,他再也无法伪装和隐藏,只能裸身(appear in his true likeness)②——作为王者,也作为罪人——求告上帝。他自知罪无可逭,但他辩解说这是"父亲的过错",而他已为此忏悔谢罪,并许诺将来会做更多善功"以求宽恕"。亨利所谓"将来"(after all),是

---

① 《莎士比亚全集》第 4 卷,第 290 页。
② 亨利五世向凯瑟琳公主求爱时这样描述自己(*Henry V*, V. ii. 290: "he will appear in his true likeness");而我们知道,这不过是谎言——又一句谎言(Cf. IV. i. 110: "in his nakedness he appears but a man")。当年福斯塔夫惯用此伎俩(Cf. *1 Henry IV*, III. iii. 14 - 19: "I was as virtuously given as a gentleman need to be, virtuous enough" etc; II. iv. 417 & 427 - 430),现在被亨利继承并发扬光大了。就此而言,亨利(哈利)实在是福斯塔夫的精神后裔和血脉传人。

指战争胜利之后,①这意味着上帝必须宽恕而且赞助他的罪行。亨利声称"上帝掌管一切"(III. vi. 169),但他内心希望(甚至认为)上帝可以收买;就此而言,他的上帝无非是功利主义的"经济人"上帝(*Deus economicus*),而他的忏悔和许诺不过是试探和谈判的筹码罢了。这是绝望的交易,也是最后的赌博:他或者失去一切而拯救自己的良心和灵魂,或者战胜这个世界而良心-灵魂永远沉沦。在前一种情况下,上帝拒绝他的请求而接受他本人;在后一种情况下,上帝接受他的请求而拒绝他本人。无论如何,必须做出选择,而选择的权利和责任皆归上帝。

上帝做出了选择:亨利赢得了战争(同时也是赌赛)的胜利(IV. vii. 86 – 91 & viii. 39 – 56)。他将这一胜利完全归功于上帝(IV. vii. 87 & 106 – 123):②

> 啊,上帝,您在这儿显示了威力!这一切,靠的不是我们自己,而要归功于您的神威!……接受吧,上帝,这光荣完全属于您!③

这并非出于谦逊,因为归功同时也就是委过:亨利希望通

---

① 比较威廉斯所说的"日后"(*Henry V*, IV. i. 137)。
② Cf. *Henry V*, V. Chorus 17 – 22: "his lords desire him to have borne/His bruised helmet and his bended sword/Before him through the city; he forbids it, /Being free from vainness and self-glorious pride; /Giving full trophy, signal and ostent/Quite from himself to God."
③ 《莎士比亚全集》第4卷,第311页。

过这种方式使自己与上帝同在,或者说使上帝成为自己的同谋。① 在世人看来,他成功了,而且是空前的成功;②但是亨利自己心里明白,这成功意味着什么。世俗的成功暂时延缓了上帝的惩罚,但它并未消除、反而加重了最后的罪行。不妨说,成功就是罪恶(或者说罪恶的重演)③,同时也是罪恶满盈的判决(verdict)。亨利为自己的成功付出了惨重的代价④:他将和该隐(Cain)⑤一样,在心灵的暗夜中,在生命的荒原上,绝望地流浪,直至永远:

> 你的报酬是负罪的良心,
> 而不是我的嘉奖与宠信。
> 到幽冥去和该隐一起流浪,
> 永远不许出现在这个世上。⑥

---

① Cf. *1 Henry VI*, I. i. 28 – 32; Winchester: "He was a king bless'd of the King of kings. /Unto the French the dreadful judgment-day/So dreadful will not be as was his sight. /The battles of the Lord of Hosts he fought;/The Church's prayers made him so prosperous. "
② *Henry V*, IV. vii. 23 – 33 & V. Chorus. 25 – 28. Cf. *1 Henry VI*, I. i. 6 – 16.
③ 在法国,亨利重演了父亲当年在英国犯下的罪行。就此而言,亨利四世临终前的担忧(*2 Henry IV*, IV. v. 119 – 135: "Up, vanity, /Down, royal state!" etc.)反讽地应验了。
④ Cf. *2 Henry IV*, II. ii. 142 – 143: Harry: "we play the fools with the time, and the spirits of the wise sit in the clouds and mock us. "
⑤ *Genesis*, 4:8 – 12: "You will be a fugitive and wanderer on earth"; 4:16 – 17: "Then Cain went away from the presence of the Lord, and settled in the land of the Nod, east of Eden… and he built a city"etc.
⑥ *Richard II*, V. vi. 41 – 44. Cf. *Hamlet*, III. iii. 40 – 73; Claudius: "what form of prayer/Can serve my turn? /' Forgive me my foul murder'? /That cannot be, since I am still possessed/Of those effects for which I did themurder;/…/Try what repentance can. What can it not? /Yet what can it when one cannot repent? /O wretched state! O bosom black as death! /O limed soul, that, struggling to be free, /Art more engaged!"

莎士比亚的乌托邦

从最初的《亨利六世》到最后的《亨利八世》,"乌托邦"的主题贯穿了莎士比亚的戏剧创作而构成"莎士比亚诗教"的一处关键。这一主题意象或者说莎士比亚的乌托邦理想具有双重面向:首先它是以完美王者为人格代表的理想国家及其对立面,即反乌托邦的政治狂欢人物与场景;其次是以花园和森林意象为代表的、与宫廷和城市生活相对的自然生活或生命的自然状态。在莎士比亚笔下,他们互为镜象并最终成为自身的空置反讽。就此而言,莎士比亚既是欧洲中古乌托邦文学传统的最后传人,也是现代反乌托邦主义的源初作者。

在世人眼中,莎士比亚并不是一个自觉或重要的乌托邦文学作家,虽然他曾与人合作撰写《托马斯·莫尔爵士》(*The Booke of Sir Thomas More*,1600/1601)[①],后来

[①] 本剧的主要作者为 Anthony Munday 和 Henry Chettle。据后人考证,其中似有三页出自莎士比亚之手,在此"托马斯·莫尔"向友人宣讲了都铎王朝时代的臣民消极服从(passive obedience)学说(Irving(转下页注)

还在《亨利八世》(1613)中通过剧中人之口称说莫尔的"博学"和"正直"①,但他对后者的《乌托邦》(1516)似乎一无所知,至少是从来没有使用过"乌托邦"这个词②。

尽管如此,作为"一切时代的诗人",莎士比亚并未放弃对人类"乌托邦"理想的关注与探求:从最初的《亨利六世》(1589)到最后的《亨利八世》,"乌托邦"的主题音乐贯穿始终,事实上成为"莎士比亚诗教"(Shakespearean μουσική)——哈罗德·布鲁姆所谓"世俗宗教"③和"(现代)人性的发明"④——的一处关键。我们将在下文举证分析:这一主题意象或莎士比亚的乌托邦理想(Shakespearean Utopianism)具有双重聚焦的两副面相,它们互为对照镜象并最终成为自身的空置反讽。

(接上页注) Ribner: *The English History Play in the Age of Shakespeare*, Princeton University Press, 1957, p. 214)。

① *Henry VIII*, III. ii. 394 – 400: Cromwell: "Sir Thomas More is chosen/Lord Chancellor in your place." Wolsey: "That's somewhat sudden./But he's a learned man. May he continue/Long in his Highness' favour, and do justice/For truth's sake and his conscience, that his bones,/When he has run his course and sleeps in blessings,/May have a tomb of orphans' tears wept on him."

② 考虑到莎士比亚的巨大词汇量(确切数字为28829,参见 http://www.opensourceshakespeare.org/stats/),同时也考虑到《乌托邦》的第一个英译本——虽然晚于法译本、意大利语译本和荷兰语译本——已于1551年问世(译者为 Ralph Robinson)并在本世纪结束前两次再版(1556年和1597年),这一事实多少有些令人感到好奇。

③ Harold Bloom: *Who Else Is There?* in Susannah Carson (ed.): *Living with Shakespeare*, New York: Vintage Books, 2013, p. vii.

④ Harold Bloom: *Shakespeare: The Invention of the Human*, New York: Penguin Group (USA), Inc., 1998, p. 13. Cf. pp. 2 – 3, p. 426, p. 487 & p. 545.

一

莎士比亚的第一个乌托邦,或者说莎士比亚乌托邦主义的第一副面相,是以完美王者为其人格代表的理想国家(莫尔所谓"the best state of a commonwealth"①)——在莎士比亚笔下,它往往就是英格兰,即如《理查二世》(*Richard II*,1595)中国王的叔父冈特的约翰(剧中径直称为"冈特")所说(II.i.40 – 58):

> 这一个君王们的御座,这一个统于一尊的岛屿,这一片庄严的大地,这一个战神的别邸,这一个新的伊甸——地上的天堂,这一个造化女神为了防御毒害和战祸的侵入而为她自己造下的堡垒,这一个英雄豪杰的诞生之地,这一个小小的世界,这一个镶嵌在银色的海水之中的宝石(那海水

---

① 原文为拉丁语:"*optimo statu rei publicae*"。按:"*reipublicae*"(单数主格形式"*re publica*")或译(如 Ralph Robinson)"public weal",即通常所谓"国家",并无现代共和国/制度/政体的特殊涵义。关于英语世界中现代"共和"观念与话语的生成演变,参见 Early Modern Research Group: "Commonwealth: The Social, Cultural, and Conceptual Contexts of An Early Modern Keyword", *The Historical Journal*, 54:3 (2011), pp. 659 – 687; John Conway: "The Changing Concept of the Commonwealth", *International Journal*, 12:1 (1957), pp. 34 – 41。另见布莱尔·沃登:《马沙蒙特·尼德汉姆与英国共和主义的开端》(戴维·伍顿编:《共和主义、自由与商业社会:1649—1776》,盛文沁、左敏译,人民出版社,2014 年,第 45 页以下),乔纳森·斯科特:《运动之娱悦:詹姆斯·哈林顿的共和主义》(菲利普·斯金纳主编:《近代英国政治话语》,潘兴明、周保巍等译,华东师范大学出版社,2005 年,第 124 页以降)。

> 就像是一堵围墙,或是一道沿屋的壕沟,杜绝了宵小的觊觎),这一个幸福的国土,这一个英格兰,这一个保姆,这一个繁育着明君贤主的母体(他们的诞生为世人所侧目,他们仗义卫道的功业远震寰宇),这一个像救世主的圣墓一样驰名、孕育着这许多伟大的灵魂的国土,这一个声誉传遍世界、亲爱又亲爱的国土……①

仿佛两个世纪前意大利人文主义者布鲁尼(Leonardo Bruni, c. 1370—1444)的《佛罗伦萨颂》(*Laudatio florentinae urbis*, 1403/4),冈特(确切说是莎士比亚)的这段"英格兰颂"向世人描绘了一个超时间-历史的神话国度或理想空间②——其美好与虚幻程度,正与《亨利八世》终

---

① 《莎士比亚全集》,朱生豪等译,人民文学出版社,1978年,第3卷,第26页。按:下引同一版本,仅列书名、卷数和页码。
② 文艺复兴艺术史学家贡布里希(E. H. Gombrich)告诉我们:"佛罗伦萨的光荣"(*la fiorentina gloria*)是14世纪时公认和流行的说法,布鲁尼和他的前辈如但丁、薄伽丘、萨卢塔蒂(Coluccio Salutati)等人均参与塑造了这一"发源于佛罗伦萨并构成它最终光荣的文艺复兴神话"(贡布里希:《文艺复兴:西方艺术的伟大时代》,李本正、范景中编选,中国美术学院出版社,2000年,第17—23页)。不过我们猜想,莎士比亚的"英格兰颂"未必尽皆是对文艺复兴时期意大利风尚(Italianism)的模仿,而是可能另有切近直接的灵感来源(例如1588年英国击败西班牙"无敌舰队"后民族主义高涨的整体社会心态与时代文学精神)和深伏远埋的话语典范——例如12世纪时蒙茅斯的杰弗里(Geoffrey of Monmouth)的《不列颠列王纪》(*Historia Regum Britanniae*)的开篇和Henry of Huntingdon(c. 1088—1157)、Bartholomeus Anglicus(c. 1203—1272)、瓦特·泰勒(Wat Tyler,? —1381)等人开创的"Merrie (Olde) England"话语传统。事实上,"佛罗伦萨的光荣"这一意大利人文主义神话-套话同样植根于古代异教文化,例如斯特拉博(Strabo)《地理学》第6 (转下页注)

场时分克兰默大主教为婴儿伊丽莎白施洗祝福而预言的英格兰未来王道盛世交相辉映①。然而,这只是一个"应然"的幻觉和假象(vision-illusion)。事实上,这个乌托邦随时面临着外来入侵(尽管冈特-莎士比亚的言辞成功地掩盖了这一点)和内里腐败的危险,而二者均与统治者的德性(virtus)密切相关。果不其然,我们马上听到冈特话锋一转——这是莎士比亚笔下极富戏剧性的一个转折——悲叹这个"人间无上国土"("This other Eden, demi-paradise")被它的主人出卖而堕落了(II. i. 59-66):

> 现在却像一幢房屋、一块田地一般出租了……那一向征服别人的英格兰,现在已经可耻地征服了它自己。②

原来理查二世为筹集出征爱尔兰的军饷,竟公然出租王室领地并强迫富户捐输;冈特为此痛心疾首,特在临终前向他视为"上帝代表"(I. ii. 37-38:"God's substitute,/

(接上页注)卷第4章的"意大利颂"、奥维德《变形记》终章的"罗马颂"(15.431-452),甚至是古希腊人(如伯里克利和伊索克拉底)的雅典赞颂(参见修昔底德《伯罗奔尼撒战争史》第2卷第6章、伊索克拉底《泛雅典娜节演说辞》)。

① *Henry VIII*, V. iv. 17-62:"This royal infant—heaven still move about her—/Though in her cradle, yet now promises/Upon this land a thousand blessings,/Which time shall bring to ripeness." & "In her days every man shall eat in safety/Under his own vine what he plants, and sing/The merry songs of peace to all his neighbours." etc.

② 《莎士比亚全集》第3卷,第26—27页。

His deputy anointed in His sight")的国王犯颜直谏(II. i. 113-115)：

> 你现在是英格兰的地主,不是它的国王;你在法律上的地位是一个必须受法律拘束的奴隶,而且——①

在他看来(这也是莎士比亚同时代人的观点),即便是国王也要服从法律——这是"国王的法律",更是上帝的法律或自然法②。上帝委托国王管理他的国家和人民,二者均为上帝的造物和产业(property);就此而言,国王并不是他的国家的主人,而只是它的暂时代管者,即上帝的助手或仆人。换言之,国王是王国——如古代哲人所说,它以"共善"($κοινή συμφέρον$)为目的③——的工具(确切说是

---

① 《莎士比亚全集》第3卷,第28页。
② 即如英国15世纪法学家代表约翰·福蒂斯丘(John Fortescue)在其《论自然法的属性》(c.1463)一书中所说(1.18):"王的权柄乃是根据并源于自然法而发端,并且过去和现在总是被自然法规定"(《论英格兰的法律与政制》,谢利·洛克伍德编,袁瑜琤译,北京大学出版社,2008年,第166页)福蒂斯丘自称他的观点来自阿奎那,而阿奎那的说法则可上溯至亚里士多德。他这样说时,对英国的习惯法传统——如金雀花王朝亨利二世时期的首席大法官格兰维尔(Ranulf de Glanvill,？—1190)在其《论英格兰王国的法律和习惯》(*Tractatus de legibus et consuetudinibus regni Anglie*)一书序言中开宗明义所说:"王国的法律"——它赋予王权以荣耀——"根植于理性及长期存在的习惯之中";"那些英格兰的法律,尽管并未书写成文,仍然应该且毫无疑问地被冠以法律之名"(吴训祥译,中国政法大学出版社,2015年,第34页、第35页)——未置一词。
③ 亚里士多德:《尼各马可伦理学》1160a,廖申白译注,商务印书馆,2013年,第246页。

第一工具),如亨利六世时期的王座法庭首席法官约翰·福蒂斯丘(Sir John Fortescue,1395—1477)在其《英格兰法律礼赞》(De laudibus legum angliae,1468—1471)中所说:

> 王所有的权柄当用于王国的善(bonum),这善实际就是捍卫王国,抵御外侮入侵,保护王国居民和他们的财货(bonorum)免与当地人等的损害和侵夺。有鉴于此,一个王不能做到这些,就应当被评判为无能(impotens)。(第37章)①

如其所说,真正的(proper)王者应当强大而公正,否则即为"无能"或失德;换言之,强大和公正——而非王权和王国:它是前者的结果而非原因——是一个王者的基本德性和首要资产(property)——就"德性"(virtue)与"资产"(property)的原始意义而言。如我们所知,"property"一词源自拉丁语"proprietas",其形容词形式"proprius"意为"自身的、本人的"(one's own),而其对应的中世纪法律术语"suum"(one's own, i. e. life, liberties, estate)②又是古希腊

---

① 《论英格兰的法律与政制》,第87页。John Fortescue: De Laudibus Legum Angliae, London, 1616, pp. 86 - 87.
② 我们看到,洛克正是在这一意义上使用"property"一词的(《政府论》下卷,第5章)。撇开它的格老秀斯(Grotius)法学理论来源不谈,洛克本人理解并阐释的"财产"很像过去中国人所说的"身家",尽管他更多强调"财产"是人格或个人自由的最初必要实现这一点而构成了本质的不同。关于格老修斯的财产学说,参见 Alejandra Mancilla: "What We Own Before Property: Hugo Grotius and the Suum", in Grotiana 36 (2015): pp. 1 - 15. 关于"suum"的古代用法,参见 Horace: Epistle II, 167 - 179.

语"本质-自性"(οὐσία: being, substance, property)一词的直接对译,与"φύσις"(自然-本性)同义。至于"virtue"(德性),该词源自拉丁语"virtus",意为"能力"甚至"强力",即如普鲁塔克在《克里奥兰纳斯传》(Coriolanus)中反讽所说(后来马基雅维里的说法①——它与其说是话语的革命,不如说是观念的轮回——与之一脉相承):

> 过去罗马将武力或军功尊奉为最高德性(ἀρετῆς),拉丁文中"德性"一词意指"勇武"(ἀνδρείας)即是明证,他们以此指称德性本身。(I.4)②

希腊人说的"ἀρετή"正是罗马人说的"virtus"。希腊古人以"ἀρετή"指称"强壮"、"勇武"、"卓越"③之意,后来柏拉图将其改造为勇敢(ἀνδρεία)、节制(σωφροσύνη)、正义(δικαιοσύνη)、智慧(φρόνησις)四者的统一④,而更重视灵

---

① 参见马基雅维里《君主论》第6章。又,马基雅维里所说的"virtù"具有三重意义指向,参见列奥·施特劳斯:《关于马基雅维里的思考》,申彤译,译林出版社,2003年,第56页。
② *Plutarch's Lives*, IV, translated by Bernadotte Perrin, London: William Heinemann Ltd, 1967, p.120.
③ 荷马史诗《伊利亚特》中,佩琉斯(Peleus)对儿子阿喀琉斯的教诲(*Iliad*, 11.784)——"αἰὲν ἀριστεύειν καὶ ὑπείροχον ἔμμεναι ἄλλων"(王焕生译文:"作战永远勇敢,超越其他将士"[人民文学出版社,2008年,第265页])——即为其最佳代言。
④ *Laws*, 964b-965d. 关于四德的排序,柏拉图有时也说智慧、节制、正义和勇敢(*Laws*, 631c-d),或者是智慧、勇敢、节制和正义(*Republic*, 427e),似无一定之规。但无论如何,从前被视为德性本身的勇敢或勇武此时已是明日黄花。

魂的自我认识和理性的自我管理。在他看来,这是一个人——毋庸讳言,他指的是哲人王或理想的统治者——的真正"德性"或"οὐσία"。无独有偶,我们在莎士比亚笔下也看到了一份王者德性-资产的清单目录(*Macbeth*, IV.iii.103–109):

> 马尔康　可是我一点没有君主之德,什么公平、正直、节俭、镇定、慷慨、坚毅、仁慈、谦恭、诚敬、宽容、勇敢、刚强,我全没有;各种罪恶却应有尽有,在各方面表现出来。①

剧中马尔康说这番话是为了试探麦克德夫(Macduff)的真实心意,而作者莎士比亚以此向他的观众——其中即包括"今上"詹姆斯一世——婉而多讽地讲述了王者的正当德性(这德性同时构成了他的核心和首要"资产"),堪称西方文艺复兴人文主义君主教育文学传统(马基雅维里的《君主论》与伊拉斯谟的《论基督教君主的教育》即是其中代表)的回光返照②——更确切地说,是它的一曲挽歌。在更多时候,莎士比亚是以戏剧为镜,向我们展示了现实政治中王者德性的缺失和理想王者的反面。

---

① 《莎士比亚全集》第5卷,第246页。
② 关于文艺复兴时期人文主义传统的君主教育文学,参见昆廷·斯金纳:《现代政治思想的基础》上卷,第5章,奚瑞森、亚方译,译林出版社,2011年,特别是第125—127页。

二

例如亨利六世。作为莎士比亚笔下塑造的第一个王者,亨利六世天性善良而懦弱,用权臣约克公爵(即后来著名暴君理查三世的父亲)的话说即是一个"不配统治"而只配被统治的"假国王"①。他悲叹人民苦难深重,但一筹莫展,甚至想入非非,在战场上出神羡慕乡村牧人无忧无虑、清闲自在的田园生活(3 Henry VI, II. v. 21 - 54):

> 上帝呵! 我宁愿当一个庄稼汉,反倒可以过着幸福的生活。……这样,一分、一时、一日、一月、一年地安安静静度过去,一直活到白发苍苍,然后悄悄地钻进坟墓。呀,这样的生活是多么令人神往呵! 多么甜蜜! 多么美妙! 牧羊人坐在山楂树下,心旷神怡地看守着驯良的羊群,不比坐在绣花伞盖之下终日害怕人民起来造反的国王,更舒服得多吗?②

---

① 2 Henry VI, V. i. 91 - 105. 这也是剧中诸人众口一词的认识,尽管他们感情立场不同(I. i. 248 & 260; I. iii. 53 - 64; III. i. 2 & 224 - 225; V. ii. 72 - 77; 3 Henry VI, II. i. 156; Richard III, I. ii. 104 - 108)。有儿如此,亨利五世当年的期望——即希望他未来的子嗣是一个伟大的战士和征服者(Henry V, V. ii. 202 - 208)——可以说完全落空了。比读对观《亨利五世》的结尾和《亨利六世》首部的开篇,我们尤其感到了命运——同时也是作者莎士比亚——的巨大反讽。
② 《莎士比亚全集》第 3 卷,第 690 页。

国王的田园理想反证了理想国王和王国的破产,而理想王国的破产又反证了国王的失德,即如剧中克利福德勋爵所说(*3 Henry VI*, II. vi. 14 – 22):

> 亨利王呀,假如你像别的君王那样,像你的父王和祖父那样,坚决执行自己的权力,对约克家族不作让步,他们就决不会像夏天的苍蝇一般蜂拥而出,我和千万个忠臣义士就决不至于殉难而死,留下孤儿寡妇为我们悲伤,你自己也就一定能够安享尊荣直到此刻。①

克利福德指责亨利六世不能像国王一样统治,这一批评不仅适用于亨利六世本人,也适用于其他王者,如理查三世、理查二世、约翰、亨利四世乃至亨利五世和亨利八世等等。他们的区别仅仅在于:有的人不够强大而软弱无能,有的人则过于强大而至于暴虐,有的人只是貌似公正(中国古人所谓"假仁义而行")②,有的人则公然作恶。真正的王者或是已经远去,或是尚未到来,总之非今世之人。就此而言,"(应该/不能)像国王

---

① 《莎士比亚全集》第3卷,第693—694页。
② 例如亨利五世。对于这位"英格兰之星"(*Henry V*, Epilogue, 6),莎士比亚在剧中极尽赞美之能事(他主要赞美了这位王者——同时也是和"一切基督徒王者的榜样"[II. Chorus, 6]——的勇武德性[Prologue; 5 – 8; III. iii. 5 – 6; *1 Henry VI*, I. i. 6 – 16]),但是他有意无意之间也为我们留下了深入观察其内心世界的一些线索;如我们所见,这是一个幽暗的世界。

一样统治"这一批评既是通向乌托邦"盗梦空间"的秘密通道,也是解除乌托邦"太虚幻境"的灵验魔咒。在极端情形下,它甚至会变幻出乌托邦理想的他者镜象,或者说反乌托邦——《亨利六世》第二部中暴民领袖杰克·凯德(Jack Cade)的社会批判和政治理想即是如此。

杰克·凯德是莎士比亚创造的第一个"狂欢节式人物"(carnivalesque figure)——就其颠覆性和破坏力而言,也许还是最伟大的一个。不同于后来的理查三世、福斯塔夫、哈姆雷特和埃德蒙,杰克·凯德从不伪装和掩饰自己,而是公然叫嚣并直接运用暴力打倒摧毁一切既定秩序和文明制度①。他以"恢复古代自由"为号召②,誓言改制新建③一个没有贫富分化和阶级对立的共享社会

---

① 当然,这只是莎士比亚时代英国人认同实践的特定文明秩序(Irving Ribner: *The English History Play in the Age of Shakespeare*, Princeton University Press, 1957, p. 113),尽管杰克·凯德本人是站在反对整体文明或文化本身的立场上(这也是后来另一位杰克——法语是"雅克"——卢梭的立场)抨击了这一秩序。就其激进程度而言,他确实是莎士比亚笔下"表达最清晰的社会批判者之一"(Alexander Leggatt: *Shakespeare's Political Drama*, London: Routledge, 1988, p. 18)。Cf. *2 Henry VI*, IV. vii. 12 – 13: Cade: "Away, burn all the records of the realm" & 27 – 44: Cade: "Thou hast most traitorously corrupted the youth of the realm in erecting a grammar-school" etc. IV. viii. 1 – 2: Cade: "Kill and knock down! Throw them into Thames!" IV. iv. 35 – 36: Messenger: "All scholars, lawyers, courtiers, gentlemen,/They call false caterpillars, and intend their death."
② *2 Henry VI*, IV. viii. 25 – 27: Cade: "I thought ye would never have given out these arms till you had recovered your ancient freedom."
③ *2 Henry VI*, IV. ii. 25 – 27: Cade: "Be brave then; for your captain is brave, and vows reformation."

或大同世界(2 Henry VI, IV. ii. 175 – 179, vii. 17 & ii. 65 – 72)。然而这个世界并不像他许诺宣传的那样美好,如其得意忘形时所说(2 Henry VI, IV. ii. 65 – 72 & vii. 114 – 119):

> 我要把我们的国家变成公有公享……我要取消货币,大家的吃喝都归我承担;我要让大家穿上同样的服饰,这样他们才能和睦相处,如同兄弟一般,并且拥戴我做他们的主上。①

> 这国度里最高贵的贵族也不能把脑袋戴在肩膀上,除非他向我纳贡。任何女子不准结婚,除非让我在她丈夫之先享受初夜权。一切人的财产都作为代我保管的。我还规定任何人的老婆心里爱怎样就怎样,口里说怎样就怎样,丈夫不准干涉。②

我们发现这只是一个流氓无产者(或者说下流人性)狂欢想象的暗黑乌托邦。这个以利益-权利垄断——首先是性权利,然后是土地和人身的所有权——和欲望最大化(即个人专制,柏拉图所谓"欲望的僭政")为标志的"乌托邦"不仅是乌托邦理想本身的异化堕落,更是现实政治的恶性发展。

---

① 《莎士比亚全集》第3卷,第617—618页。
② 《莎士比亚全集》第3卷,第630页。

杰克·凯德的美梦——对由大多数人构成的政治社会(罗马人所谓"共同财产"[res publica])来说,它却是不折不扣的噩梦——最终梦断肯特郡乡绅亚历山大·艾顿(Alexander Iden)之手。一如其名("Alexander"意为"人民的保卫者"即"王者"或"主人",而"Iden"令人想起伊甸园[Eden]——人类的终极田园理想),亚历山大·艾顿代表了乌托邦理想的另一面相或另一种乌托邦理想,如其登场时在自家园中巡视散步所说(2 Henry VI, IV. x. 16 – 23):

> 我的天主,一个人能在这样一个幽静的花园里散散步,谁还高兴到宫廷里去过那营营扰扰的生活?我对于父亲留给我的这份小小的产业深感满意,我看它赛过一个王国。我并不想利用别人的衰落来使自己兴旺;我也不愿意钩心斗角来增加财富。我只求维持住我的产业,能够赒济赒济穷人,就心满意足了。①

这是一个属于自己的、政治之外的世界:在这个世界中,亚历山大·艾顿作为它的所有者像神一样自足而自得地生活着。事实上,这也是莎士比亚笔下许多王者的梦想——例如亨利六世。再如哈姆雷特向当年好友倾诉心声(Hamlet, II. ii. 260 – 272):

> 上帝啊!倘不是因为我总作恶梦,那么即使把

---

① 《莎士比亚全集》第3卷,第635页。

我关在一个果壳里,我也会把自己当作一个拥有着无限空间的君王的。①

再如李尔王甚至憧憬囹圄——作为自由个人世界的极端象征——中的生活(*King Lear*, V. iii. 8 - 19):

来,让我们到监牢里去。我们两人将要像笼中之鸟一般唱歌……我们就这样生活着,祈祷,唱歌,说些古老的故事,嘲笑那班像金翅蝴蝶般的廷臣,听听那些可怜的人们讲些宫廷里的消息……用我们的意见解释各种事情的秘奥,就像我们是上帝的耳目一样;在囚牢的四壁之内,我们将要冷眼看那些朋比为奸的党徒随着月亮的圆缺而升沉。②

一如"黄金时代"(χρύσεον γένος, Golden Age)或"伊甸园","果壳"和"囹圄"以隐喻的形式主题再现了人类对永恒宁静的原始-自然的本能向往(弗洛伊德所谓"死亡欲望"③)。在莎士比亚笔下,这尤其表现为花园(Garden)和森林(Forest)——与宫廷和城市生活相对的自然

---

① 《莎士比亚全集》第5卷,第312页。
② 《莎士比亚全集》第5卷,第522页。
③ 或译"向死冲动"(Death Drive),即生物意欲恢复原始状态的内在冲动(Sigmund Freud: *Beyond the Pleasure Principle*, in *On Metapsychology*, Middlesex, 1987, p. 308. 参见《文明及其不满》第6章)。死亡是一种反自然的自然,甚至就是"自然"本身,所谓"出生入死"。尽管如此,"向死冲动"更是一种积极的的生命筹划,接近于叔本华的"生存意志"、尼采的"永恒回归"和海德格尔的"向死而生"。

生活或生命的自然状态——的意象,而正是它们构成了诗人的"第二乌托邦"。

三

西方文学中的第一个"花园"是荷马史诗《伊利亚特》第 18 卷中"阿基琉斯之盾"上出现的那个葡萄园($ἀλωήν$)①,其次是《奥德赛》中费埃克斯人国王阿尔基诺奥斯的"果园"($ὄρχατος$)②。不过说到影响,当首推基督教《旧约》即希伯来圣经《塔纳赫》(*Tanakh*)中的"伊甸园"。这里是人类始祖的故土乐园,也是人类童年的天堂记忆——后来成了他永恒的梦想。冈特的英格兰-乐土、哈姆雷特的果壳-宇宙、亚历山大·艾顿的自家-花园均可作如是观。

不过也有不同。在莎士比亚笔下,"花园"往往也是"政治-国家-人类社会"(commonwealth)的原型隐喻③。

---

① *Iliad*,18.561.参见罗念生、王焕生译《伊利亚特》,人民文学出版社,2008 年,第 440 页。根据诗人后来描述奥德修斯与父亲拉埃尔特斯久别重逢一幕时的用法(*Odyssey*,24.221 – 222),葡萄园($ἀλωῆς$)即是果园($ὄρχατον$),而二者均可译为英文的"garden"或中文的"花园"。关于拉埃尔特斯的花园-果园,参见奥德修斯本人与父相认时的动情回忆(id,336 – 344)。
② *Odyssey*,7.112 – 132.参见王焕生译《奥德赛》,人民文学出版社,2013 年,第 120 页。
③ 这一隐喻传统的直接源头是基督教《新约》文学中的"葡萄园"(耶稣常用此比喻),而古代异教文学中的"花园"——例如柏拉图的"圣园"($ἄλσεσιν$,*Laws*,625c)和伊壁鸠鲁的花园($κῆπος$)——则构成了它的另一个源头或者说隐性基因(相对基督教《圣经》传统而言)。

《理查二世》第三幕第四场中约克公爵内府园丁的"花园论道"就是最经典的一例(33-66):

园丁　去,你把那边垂下来的杏子扎起来,它们像顽劣的子女一般,使它们的老父因为不胜重负而弯腰屈背;那些弯曲的树枝你要把它们支撑住了。你去做一个刽子手,斩下那些长得太快的小枝的头,它们在咱们的共和国里太显得高傲了,咱们国里一切都应该平等的。你们去做各人的事,我要去割下那些有害的莠草,它们本身没有一点用处,却会吸收土壤中的肥料,阻碍鲜花的生长。

仆甲　我们何必在这小小的围墙之内保持着法纪、秩序和有条不紊的布置,夸耀我们雏型的治绩;你看我们那座以大海为围墙的花园,我们整个的国土,不是莠草蔓生,她的最美的鲜花全都窒息而死,她的果树无人修剪,她的篱笆东倒西歪,她的花池凌乱无序,她的佳卉异草,被虫儿蛀得枝叶雕残吗?①

园丁　波林勃洛克已经捉住那个浪荡的国王。啊!可惜他不曾像我们治理这座花园一般治理他的国土!我们每年按着时季,总要略微割破

---

① 《莎士比亚全集》第3卷,第63页。

> 我们果树的外皮，因为恐怕它们过于肥茂，反而结不出果子；要是他能够用同样的手段，对付那些威权日盛的人们，他们就可以自知戒饬，他也可以尝到他们忠心的果实。对于多余的旁枝，我们总是毫不吝惜地把它们剪去，让那结果的干枝繁荣滋长；要是他也能够采取这样的办法，他就可以保全他的王冠，不致于在嬉戏游乐之中把它轻轻断送了。①

治理国家一如修整园艺，需及时清除杂草并剪灭强梁②，否则不免枯萎荒芜——公爵内府园丁以此喻况理查二世治下的英格兰，《亨利五世》中的勃艮第公爵以此喻况被战争蹂躏的法兰西③，而哈姆雷特以此喻况他所见的丹麦乃至整个世界④，皆是一理同心。

---

① 《莎士比亚全集》第3卷，第64页。
② 剧中园丁所谓"Cut off the heads of too fast growing sprays, /That look too lofty in our commonwealth:/All must be even in our government"，我们认为更多指向波林布洛克（即后来通过武力登上王位的亨利四世）而不是理查二世的宠臣。就此而言，园丁的"花园说法"可以直接上溯到希罗多德《历史》第五卷中米利都僭主特拉叙布洛斯（Thrasybulos）对科林斯僭主佩利安德洛斯的教导：后者派使请教如何统治城邦，特拉叙布洛斯将使者带到麦田，默然不语将高出同侪的谷穗尽数删刈委弃。佩利安德洛斯听到使者汇报后心领神会，乃将国内政治精英（τοὺς ὑπειρόχους）屠杀殆尽（5.92，参见王以铸译本，商务印书馆，2013年，第388—389页）。
③ Henry V, V. ii. 34 – 55: "this best garden of this world, /Our fertile France... grow to wilderness."
④ Hamlet, I. ii. 133 – 137: "How weary, stale, flat, and unprofitable/Seem to me all the uses of this world! /Fie on't! ah, fie! 'Tis an unweeded garden/That grows to seed; things rank and gross in nature/Possess it merely."

莎士比亚的乌托邦　**193**

伊丽莎白一世时代的英国花园强调整齐有序、规则对称的空间呈现和视觉效果①,诸如按照几何图形栽种和修剪树木(图1)、根据编织纹样设计和布置花坛(图2)②等造园技术皆在当时广为流行而深入人心。技术是思想或精神的体现:就16—17世纪英国园艺而言,这一精神即《理查二世》中园丁助手所说的"道理、规矩和尺度"(law and form and due proportion),而《特洛伊洛斯和克瑞西达》(*Troilus and Cressida*, 1602)中的尤利西斯(Ulysses)又称之为"秩序"(order)或"等级"(degree)——他的发言极是冗长(当时他在向希腊联军首领阿伽门农进言分析作战失利原因),甚至出离了人物和剧情,但是很能说明问题(I. iii. 76 – 138):

图1

图2

---

① 按照荷兰学者赫伊津哈的说法,思想的具象化或"视觉感受的突出"是中世纪文化精神衰落的一个标志(《中世纪的衰落》,刘军、舒炜等译,中国美术学院出版社,2007年,第293页)。不过另一方面,我们也可以说17世纪英国园林艺术中的"几何学精神"表征了科学和人文主义在教堂、宫廷和大学之外的"生活世界"中的胜利会师。

② Thomas Hill: *The Gardener's Labyrinth* (1577), Facsimiles-Garl, facsimile of 1594 edition, 1982, p. 51 & p. 80.

> 诸天的星辰,在运行的时候,谁都恪守着自身的等级和地位,遵循着各自的不变的轨道,依照着一定的范围、季候和方式,履行它们经常的职责……可是众星如果出了常轨,陷入了混乱的状态,那么多少的灾祸、变异、叛乱、海啸、地震、风暴、惊骇、恐怖,将要震撼、摧裂、破坏、毁灭这宇宙间的和谐!纪律是达到一切雄图的阶梯,要是纪律发生动摇……威力将代替公理,没有是非之分,也没有正义存在。那时候权力便是一切,而凭仗着权力,便可以逞着自己的意志,放纵无厌的贪欲;欲望,这一头贪心不足的饿狼,得到了意志和权力的两重辅佐,势必至于把全世界供它的馋吻,然后把自己也吃下去。①

对观"园丁"和"尤利西斯"的发言,莎士比亚的花园-政治乌托邦于是廓然成型②。不同于亚历山大·艾顿的超政治或非政治"花园"理想,这是一个"前政治"的花园:它先于政治而使政治成为可能,并因此是"元政治的":政治由此奠基并出发,而非被其否定或超越。所谓"超越"只是一种假象:它往往是逃避和退守,而且(除非足够天真或虚伪)难以保持——歌德笔下的人造瓶中小人(Homunculus)和黑格尔笔下执着空明境界的"优美灵

---

① 《莎士比亚全集》第4卷,第258页。
② 莎士比亚另外也曾使用蜂巢隐喻阐述这一理想政治秩序,如《亨利五世》中坎特伯雷大主教所说(*Henry V*, I. ii. 178 – 214),其原型来自维吉尔(*The Aeneid*, 1. 430—436)和普鲁塔克(*Life of Lycurgus*, XXIV)。

魂"即为其传神写照,也预示了它的命运①。

小土地所有者亚历山大·艾顿的"花园"正是这样一个岌岌可危的假面乌托邦。他怡然自得地生活在一个看似"万物皆备于我"、"帝力于我何有"的世界中,却不知(或者是不愿承认)这一安宁自足其实源于"政治"——对当时的英国人来说,它只能是强大和公正的王权统治——的赐予和庇护。现在,英国的王权统治或"政治"正处于全面崩溃的危险境地,而恶魔杰克·凯德已经潜入他的花园。为了保卫自己的家园(这不仅是他的 suum,也是他的 οὐσία),亚历山大·艾顿别无选择,不得不以暴抗暴与之生死相争;而当他拿起武器的那一刻,他便从洛克-卢梭的自然状态②进入了霍布斯-黑格尔的

---

① 我们看到 Homunculus 最后自身迸裂流淌海上燃烧而死(《浮士德》第2部第2幕),而"优美灵魂"——黑格尔在此首先想到的是浪漫诗人代表诺瓦利斯——"本身是一种消逝运动"或"在自身内发生崩溃的绝对不真",像燃烧的火焰一样——黑格尔称之为"主观性的火焰"——渐趋黯淡而最终熄灭(《精神现象学》,先刚译,人民出版社,2013年,第404—405页;《哲学史讲演录》第四卷,贺麟、王太庆等译,商务印书馆,2016年,第376页)。

② 洛克在论述"自然状态"时强调指出:"自然状态有一种要求人人遵守的自然法来支配自身;而理性亦即这种自然法,教导只愿意遵从理性的全人类:人们既然都是平等而独立的,那么任何人都不得侵害他人的生命、健康、自由或财产。"(《政府论》第2篇第2章,顾肃译,译林出版社,2016年,第4页)对此英国哲学家罗素批评说:"这说的不是野蛮人的生活,而是一个由有德的无政府主义者构成的社会。"(Bertrand Russell: *A History of Western Philosophy*, George Allen & Unwin Ltd, 1947, p.649)甚至卢梭也认为"他们说他们讲的是野蛮人,但他们笔下描绘出来的却是文明人"(《论人与人之间不平等的起因和基础》,李平沤译,商务印书馆,2007年,第46页),或者说"他把本来是罪恶的结果当成了罪恶的原因"(《日内瓦手稿》第2章,《社会契约论》附录,何兆武译,商务印书馆,1997年,第197页)——尽管他也格外针对霍布斯的"自然状态"(卢梭认为这是"社会状态"而非"自然状态")提出真正的"自然状态"是"孤立生活的个体"各行其是的和平状态(《论人与人之间不平等的起因和基础》,李平沤译本第71页、第153页),从而部分回到了洛克的立场。

自然状态①。与之相应,他的花园乌托邦也在这一刻转向了自身的反面-真相——强大就是德性、力量裁决正义的现实政治,并从此(即便在他侥幸战胜敌人②、因功受赏被封为骑士之后③)不复存在,除了作为自身的坟墓,如凯德临死时所说(*2 Henry VI*, IV. x. 49 – 50):

> 你这园子,枯萎吧,叫你从今以后成为住在这里的人们的坟场,因为凯德的不可征服的灵魂从此消逝了。④

---

① 霍布斯认为"自然状态"是人人各自为敌的战争状态(《利维坦》第13章),未免言过其实,例如休谟就反驳他说"人们至少必须在一个家庭社会里出生"(《道德原则研究》第3章"论正义",曾晓平译,商务印书馆,2002年,第42页),即天然亲情先于普遍敌意。黑格尔后来将之转化为自我与非我(他者)的关系,即"对立的自我意识的斗争"和"主人与奴隶"的精神(尼采则会说是"权力意志")辩证法。
② 如凯德临死前心有不甘地说,他是因为饥饿和体力不支才败给对手(他当时已经连续五天未曾进食),否则"就是来一万个魔鬼,又怕他何来"(*2 Henry VI*, IV. x. 49 – 50: "O, I am slain! Famine and no other hath slain me: let ten thousand devils come against me, and give me but the ten meals I have lost, and I'll defy them all.")。
③ 他未来命运如何,我们不得而知,但是大抵前景不妙——约翰·托尔伯特(Talbot)和约翰·福斯塔夫即是前车之鉴:托尔伯特忠于王事,后来战死疆场(*1 Henry VI*, IV. vii. 1—32)。福斯塔夫早年曾为诺福克公爵莫伯莱(Thomas Mowbray, Duke of Norfolk)的跟班小厮(*2 Henry IV*, III. ii. 24—26),后在对法作战时临阵脱逃(*1 Henry VI*, III. ii. 104—109)——托尔伯特即在同一战场阵亡——被褫夺骑士封号并驱逐出境永不录用(IV. i. 9—47),最后流落底层混迹无赖,成了我们现在熟知的那个福斯塔夫。
④《莎士比亚全集》第3卷,第637页。

四

艾顿的"花园"没落了。那么园丁和尤利西斯的"花园"呢?

中世纪人认为王国是国王的身体,而身体隶属于灵魂,故王者的灵魂状态决定了现实政治的品质①。园丁-尤利西斯的"花园"是一个整肃有序的政治世界,它的管理者——或者说王国的"园丁"——必须具备强大公正(以及仁慈、慷慨等等)的灵魂资质或王者德性,所谓"苟非其人,道不虚行",否则后果不堪设想。不幸的是,这样的灵魂或真正的王者在莎士比亚的世界中难得一见,甚至从未出现:亨利六世、理查三世、理查二世、约翰王、亨利四世之类固非其人,哈姆雷特、李尔王、麦克白、凯撒、安东尼与克里阿佩特拉、屋大维等异族或异教王者也都各有性格缺陷(柏拉图所谓"灵魂的疾病")。亨利五世看似无限接近这一理想,但他仍不是真正的王者:无论如何,他治下的英格兰决非理想永恒的王道乐土,而只是建立在腐朽、罪恶和暴力基础上的昙花一现的"阿多尼斯花园"②。

---

① 参见阿奎那《论君主政治》第 12 章:"一个君主应当体会到,他对他的国家已经担当起类似灵魂对于肉体、上帝对于宇宙的那种职责。"(《阿奎那政治著作选》,马清槐译,商务印书馆,1997 年,第 80 页)
② 关于"腐朽",参见伊利主教的证词 (*Henry V*, I. i. 60 – 66: Ely: "The strawberry grows underneath the nettle,/And wholesome berries thrive and ripen best/Neighboured by fruit of baser quality./And so the prince(转下页注)

莎士比亚晚年与友人合作《亨利八世》,为证成完美王者-国家的乌托邦理想而发起最后一搏。在本剧中,亨利八世好生"修理了他的园地"并"剪除了一切多余的枝条"。的确,这位出色的园丁-国王战胜了一切对手——王后、贵族(白金汉公爵)、大臣和枢机主教(沃尔西),甚至是死亡:他留下了杰出的后裔,未来的伊丽莎白一世。终场时分,克兰默大主教满怀激情地预言了伊丽莎白及其继任者的光荣统治和英格兰的伟大前程(V. iv. 17 – 55):

> 这位皇室的公主——愿上帝永远在她周围保护她——虽然还在襁褓,已经可以看出,会给这片国土带来无穷的幸福,并会随岁月的推移,而成熟结果,她将成为——虽然我们现在活着的这一辈人很少能亲眼看到这件好事——她同辈君主以及一切后世君主的懿范……在她统治时期,人人能在自己的豆架瓜棚之下平安地吃他自己种的粮食,对着左邻右舍

(接上页注)obscured his contemplation/Under the veil of wildness, which, no doubt,/Grew like the summer grass, fastest by night,/Unseen, yet crescive in his faculty.");关于"罪恶",参见亨利四世的临终遗言(2 Henry IV, IV. v. 177 – 224)与亨利五世在法国阿金库尔荒原的祈祷忏悔(Henry V, IV. i. 289 – 305);关于"暴力"的一时成功及其最终导致的荒芜,参见《亨利五世》中的开场与剧终致辞(Prologue 5 – 8:"the warlike Harry, like himself,/Assume the port of Mars, and at his heels,/Leashed in like hounds, should famine, sword and fire," Epilogue 5 – 8:"Small time, but in that small most greatly lived/This star of England. Fortune made his sword/By which the world's best garden be achieved")、勃艮第公爵呼吁和平的致辞(V. ii. 34 – 62)以及《亨利六世》的开篇(1 Henry VI, I. i. 1 – 16)。

唱起和平欢乐之歌。①

克兰默的预言和想象(vision)其实是作家、演员与观众对历史的回顾和对未来的祈祷②。在他们异代同时、咫尺天涯的回顾、想象和祈祷中,"完美王者"、"理想国家"和"花园乐土"的意象合而为一,而莎士比亚的乌托邦一瞬间"证得金身"——但也只是一瞬间而已。亨利八世接下来的回答显然代表了莎士比亚本人的真实想法(id,55):"你的话很玄妙。"("Thou speakest wonders.")以这种反讽自嘲的方式③,诗人否定了他最后残存的乌托邦幻想。他深知这只是一个幻象,而且是一个正在或已经变得过时和可笑的幻象;同时他也深知(并且告诉了我们)现实中的英国更像哈姆雷特眼中的丹麦——在这里人们不得不忍受"强徒的横行和法律的怠惰"(*Hamlet*, III. i. 77—79),或是李尔所见的不列颠——在这里人们饥寒交迫并流离失所(*King Lear*, III. iv. 31—35),再或是《约翰王》中庶子理查和《泰尔亲王配力克里斯》中的渔夫看到的人类世界——一个人欲横流(*King John*, II. i. 561‑580)、弱肉强食(*Pericles, Prince of Tyre*, II. i. 29‑37)的市场和丛林世界。

---

① 《莎士比亚全集》第4卷,第232—233页。
② 这一幕似曾相识,令人想起《理查三世》(1593)剧终时分里士满(即后来的亨利七世)的祝祷(V. v. 29‑41:"Now civil wounds are stopp'd, peace lives again;/That she may long live here, God say Amen!" etc.)。
③ Cf. *Henry V*, I. i. 67‑69: Canterbury: "It must be so, for miracles are ceased,/And therefore we must needs admit the means/How things are perfected."

失望之余,莎士比亚将目光转向了森林。这是一个自由而快乐的世界,也是他最后的乌托邦精神家园。《皆大欢喜》(*As You Like It*,1599)中流亡阿登森林的长公爵(Duke Senior)即为这一生活理想的绝佳代言(II. i. 1—17):

> 我的流放生涯中的同伴和弟兄们,我们不是已经习惯了这种生活,觉得它比虚饰的浮华有趣得多吗?这些树林不比猜嫉的朝廷更为安全吗?我们在这儿所感觉到的,只是时序的改变……我们的这种生活,虽然远离尘嚣,却可以听树木的谈话,溪中的流水便是大好的文章,一石之微,也暗寓着教训;每一件事物中间,都可以找到些益处来。我不愿改变这种生活。①

与出于愤世嫉俗而隐居山林的泰门②不同,他看来是由衷地喜爱山林生活——在阿登森林,他与他的"同伴和弟兄们"组成了一个在野的社会和流动的城邦,共享法外的自由和回归单纯自然-天性的幸福。这甚至成为当

---

① 《莎士比亚全集》第 2 卷,第 119 页。
② *Timon of Athens*, IV. i. 1 - 40:"Timon will to the woods,where he shall find/ The unkindest beast more kinder than mankind. /The gods confound …/The Athenians both within and out that wall,/ And grant, as Timon grows, his hate may grow/To the whole race of mankind, high and low! Amen."泰门对人类和人类社会的仇恨即康德所说的"可鄙的厌世"(《判断力批判》,邓晓芒译,人民出版社,2002 年,第 116 页),事实上是一种未得满足而走向自身反面的乌托邦理想。

时众多"青年绅士"趋之若鹜的流行风尚,如剧中人(Charles)所说(I.i.77-80):

> 据说他已经住在亚登森林了,有好多人跟着他;他们在那边度着昔日英国罗宾汉那样的生活。据说每天有许多年轻贵人投奔到他那儿去,逍遥地把时间销磨过去,像是置身在古昔的黄金时代里一样。①

这是一个理想的乌托邦世界和人类自然王国,但它作为某种"想象的异域"或"异域的想象"却是不自然的甚至是反自然的。首先,这是个单一性别的世界,确切说是一个男人的世界,它的基础和动力是兄弟之爱(这也是柏拉图的理想国、基督教和法国大革命的核心主张之一)而非一般认为的"爱欲"或男女之情;事实上异性之间的爱欲(以及由此而来的婚姻和家庭)将导致这个男性乌托邦——事实上也是一切男性乌托邦——的解体②,莎士比亚的另一部喜剧《爱的徒劳》(*Love's Labour's Lost*,

---

① 《莎士比亚全集》第2卷,第102—103页。
② 当然,还有一些因素也会导致这类兄弟共和国或同仁乌托邦的解体,如金钱利益、权力欲望等等。莎士比亚晚年对此有深刻的反思:他在《安东尼与克里奥佩特拉》(1607)中展示了后者即权力对兄弟友爱政治的颠覆,而在《雅典的泰门》(1608)中他展示了兄弟友爱或所谓人类博爱(fraternity)在金钱面前的不堪一击(I.ii.88-91:"We are born to do benefits; and what better or properer can we can our own than the riches of our friends? O, what a precious comfort 'tis, to have so many, like brothers, commanding one another's fortunes!" IV.iii.3-6: "Twinned brothers of one womb,/Whose procreation, residence, and birth,/Scarce is dividant, touch them with several fortunes,/The greater scorns the lesser.")。

1594)即写意地证明了这一点:纳瓦尔国王费迪南与三名近臣成立宫廷学园,相约三年之内潜心学术不近女色;不久法兰西公主携三名侍女来访,他们一见钟情而迅速毁约。恋情败露后,当事人之一的俾隆(Berowne)为爱欲申辩并为大家解嘲说(IV. iii. 291 – 294 & 352 – 356):

> 爱情的战士们,想一想你们最初发下的誓,绝食,读书,不近女色,全然是对于绚烂的青春的重大的谋叛!……从女人的眼睛里我得到这一个教训:它们永远闪耀着智慧的神火;它们是艺术的经典,是知识的宝库,装饰、涵容、滋养着整个世界;没有它们,一切都会失去它们的美妙。①

这番话显然是莎士比亚本人的心声流露。如果他是真诚的(我们不怀疑这一点),那么看来正是莎士比亚自己预先反驳了他后来寄情于阿登森林和兄弟之爱(fraternity)的乌托邦幻想。

更有甚者,这个人性得到自由释放的绿林世界或自然乌托邦也是一个人类对自然施加暴力的道德-政治灰色地带。长公爵和他的"同伴和弟兄们"——一群"快乐的男人"——在此过着"昔日英国罗宾汉那样的生活",但他们的生活就其大端而言无非是抢劫和捕猎,而它们都属于暴力行为:前者是向人类施加暴力,后者是向自然生

---

① 《莎士比亚全集》第1卷,第599—600页。

灵施加暴力。对于前者,剧中虽然没有明言,但是"罗宾汉"已经暗示了答案——后来年轻的奥兰多(Orlando)就曾在阿登森林试行打劫(II. vii. 89 - 105),幸而未成①。对于后者,莎士比亚通过剧中人杰奎斯(Jaques)之口提出了激烈的指控(II. i. 21 - 65):

> 公爵　来,我们打鹿去吧;可是我心里却有些不忍,这种可怜的花斑的蠢物,本来是这荒凉的城市中的居民,现在却要在它们自己的家园中让它们的后腿领略箭镞的滋味。
>
> 臣甲　不错,那忧愁的杰奎斯很为此伤心,发誓说在这件事上跟您那篡位的兄弟相比,您还是个更大的篡位者……他这样用最恶毒的话来辱骂着乡村、城市和宫廷的一切,甚至于骂着我们的这种生活;发誓说我们只是些篡位者、暴君或者比这更坏的人物,到这些畜生们的天然的居处来惊扰它们,杀害它们。②

---

① 奥兰多在此之前向劝他出逃的老仆亚当表明心迹,说自己宁肯忍受兄长的迫害也不愿成为拦路抢劫的盗贼(II. iii. 32 - 38:"What, wouldst thou have me go and beg my food? /Or with a base and boist'rous sword enforce/A thievish living on the common road? /This I must do, or know not what to do:/Yet this I will not do, do how I can. /I rather will subject me to the malice/Of a diverted blood and bloody brother.")莎士比亚希望以此说明奥兰多天性善良,但是我们恰恰从他后来被迫铤而走险看到了人性的脆弱和"性本善"的不可恃:如果不是主角光环的加持,他的下场大概会和凯德一样,或者是变成福斯塔夫一流的人物。

② 《莎士比亚全集》第2卷,第120—121页。

长公爵为自己的杀戮感到愧疚,但也就是说说而已:毕竟,基督教文化中并无"不杀生"(ahimsa)的观念(摩西十诫中的"不可杀生"是指不可杀人),甚至鼓励杀生,例如耶和华不仅随意毁灭自己的造物①(在他眼中,人类大概也是一种动物),更为人类规定了诸多杀人的法律②;古人(如毕达哥拉斯学派)或者相信"灵魂流转"(因此众生平等)而反对杀生的认识和实践,但这不过是空谷足音,且早已成为绝响③。杰奎斯的批判就不同了:在他看来,人类是自然的暴君和杀手,或者说人类文明-社会——包括一切人类乌托邦,如阿登森林这样的世外桃源——本身就是反自然的暴政统治。

在这里,莎士比亚越过了文艺复兴时期人文主义的底线,触探到了人类道德-政治-文明——其终端形式为乌托邦主义——的幽暗根基和非正义起源。这是一个洪荒虚无的领域,而莎士比亚也许是第一个来到这里并宣布自己发现的现代人。现在他必须做出选择:是继续下行进入反

---

① Cf. *Genesis* 6:6-7 & 19:24-25; *Exodus* 12:29,23:23 & 32:25-35.
② *Genesis* 9:6 & *Exodus* 21:12-17 & 22:18-19.
③ 莎士比亚的同时代人蒙田曾在《论残忍》一篇随笔中提出"我们对人要讲正义,对其他需要爱护和珍惜的生物要爱护和珍惜",至少是不要滥杀和残害动物,这可以说是"人类的一种普遍义务"(《蒙田随笔全集》,马振骋译,上海书店出版社,2010年,第95—96页)。他的观点与普鲁塔克不谋而合(或者是多少受到他的影响,并有可能继续影响了莎士比亚),后者也认为残杀和虐待动物是违反自然(人性)的行为(*Of Eating Of Flesh* 1.7);普鲁塔克在文中明确提到了毕达哥拉斯,但是蒙田对之未置一词——他甚至都没有提到普鲁塔克这位他最喜爱的作家(我们猜他是有意回避,此亦"影响的焦虑"之一例也)。

人类-非人道的自然深渊,还是转身重返非正义根基之上的文明世界?莎士比亚选择了返回(这一返回既是上升,如《神曲》中的但丁从地狱中心向净界山门的折返①,也是柏拉图的"囚徒"从天光世界重返洞穴那样的下降②):他让"忧郁的杰奎斯"成为大众取笑逗乐的对象③(从而隐藏和保护了自己④),并在最后大家尽释前嫌⑤重返文

---

① 但丁:《神曲·地狱篇》第34章,田德望译,人民文学出版社,2014年,第244—245页。参见弗里切罗:《但丁:皈依的诗学》,朱振宇译,华夏出版社,2014年,第223页。
② Plato, *Republic*, 516e: "πάλιν ὁ τοιοῦτος καταβὰς εἰς τὸναύτὸν ϑᾶκον" etc. 按:名词"καταβὰς"意谓"下行",《理想国》开篇第一个词"κατέβην"是它的过去时(aorist)第三人称单数动词形式。
③ 例如长公爵听到臣下转述杰奎斯的"反动言论"后并未感到生气,而是觉得好玩(II. i. 67 - 68: "Show me the place. /I love to cope him in these sullen fits, /For then he's full of matter."),显然是"以倡优蓄之"(Cf. II. vii. 42 - 44: Jaques: "Oh that I were a fool, /I am ambitious for a motley coat." Duke Senior: "Thou shalt have one.")。
④ 因此,杰奎斯是莎士比亚的一个面具人物或自我间离的话语形象。如列奥·施特劳斯所说:"面向大众的文学(exoteric literature)预设有一些任何正派人士都不会公开宣讲的基本真理,说出这些真理会伤害许多人,而这些人受到伤害后又会反过来伤害那些说出这些令人反感的真理的人",事实上这就是为什么我们能"在以往最伟大的作品中发现如此多有趣的魔鬼、疯子、乞丐、诡辩家、酒徒、享乐主义者、小丑"的原因(Leo Strauss: *Persecution and the Art of Writing*, Chicago: The University of Chicago Press, 1980, p. 36)。"忧郁的杰奎斯"即是其中之一:他浑不知自己成为剧中大众的笑料,正如剧场内外的大众不知道他是作者的代言一样。
⑤ 然而前嫌真能尽弃吗? 陀思妥耶夫斯基笔下的伊凡·卡拉马佐夫认为不能:"我决不接受最高的和谐,这种和谐的价值还抵不上一个受苦的孩子的眼泪……他的眼泪是无法补偿的。"(《卡拉马佐夫兄弟》第2部第2卷"叛逆",耿济之译,人民文学出版社,1999年,第366页)因此,所谓尽弃前嫌不过是莎士比亚制造的一个——又一个——乌托邦罢了。

明-政治世界时继续一个人留在阿登森林①,直到多年之后莎士比亚化身"雅典的泰门"穿过"暴风雨"②重来旧地探访过去的自己——尽管他已"吾犹昔人,非昔人也"。

因为这时的他已经看透了一切,并且学会了忍耐——甚至是放弃(*The Tempest*, V. i. 50 - 57):

---

① 杰奎斯坚持超越人性的正义(否则他不会那么愤世嫉俗,将一切人类政治文明斥为对自然居民的暴政)并选择独自生活以等待它的到来,但反讽的是他恰在自认为高贵的遗世独立中成为了古人所说的不义之人,即城邦-公共生活-政治世界之外的个体存在(ἰδιώτης)。这一点同样适用于中世纪,如雅克·勒高夫所说:"由于众多等级层次群体所导致的压迫,中世纪给予'个体'这个词一种诡诈的含义:个体是只有通过犯下某种罪行,才能从群体中逃脱的个人。"(《中世纪文明:400—1500》第 8 章,徐家玲译,上海人民出版社,2015 年,第 310 页)

② 在《暴风雨》中,通过那不勒斯老臣贡札罗(Gonzalo)之口,莎士比亚最后一次正面表达或者说凭吊了他的乌托邦理想(II. i. 143 - 164: "I' th' commonwealth I would by contraries/Execute all things; for no kind of traffic/Would I admit; no name of magistrate;/Letters should not be known; riches, poverty,/And use of service, none; contract, succession,/Bourn, bound of land, tilth, vineyard, none;/No use of metal, corn, or wine, or oil;/No occupation; all men idle, all;/And women too, but innocent and pure;/No sovereignty .../All things in common Nature should produce/Without sweat or endeavour. Treason, felony,/Sword, pike, knife, gun, or need of any engine,/Would I not have; but Nature should bring forth,/Of it own kind, all foison, all abundance,/To feed my innocent people.")。他的君主阿朗索对他的说法不以为然(166: "Prithee, no more; thou dost talk nothing to me."),而王弟塞巴斯蒂安(Sebastion)和安东尼奥(就是从兄长普罗斯佩罗手中篡夺了米兰公爵之位的那个人)也在一旁冷嘲热讽(152 - 154, 161 - 165),并且直言不讳地告诉对方"我们笑的是你"(171)。莎士比亚本人的态度由此可见一斑:双方都代表了他的观点,也都不代表他的观点;他的立场在双方观点之上或之外,即所谓"负面容受"(negative capability)的超在立场。

> 但现在我要捐弃这种狂暴的魔术,仅仅再要求一些微妙的天乐,化导他们的心性,使我能得到我所希望的结果;以后我便将折断我的魔杖,把它埋在幽深的地底,把我的书投向深不可测的海心。①

一如普罗斯佩罗在回归故乡-现实世界之前彻底放弃了他的魔法②,莎士比亚在回归故乡-现实世界之前最后告别了他的乌托邦理想。现在,普罗斯佩罗-莎士比亚生活在一个灵光淡褪、魅影消失的前乌托邦(同时也是后乌托邦)世界。当他们的女儿——永远的人类青年和天真人性——米兰达(Miranda)望视前方失神赞叹"人类多么美好!一个美丽的新世界!"(V.i.181—184)时,普罗斯佩罗-莎士比亚却看着她和她身后的阴影世界,轻轻地告诉她,又仿佛是自言自语:"只是你觉得新罢了。"(id, 184: "'Tis new to thee.")

此时他的心情是喜是悲,是叹息惆怅还是怜爱欣慰?我们不得而知,也不必知道。无论如何,莎士比亚的乌托邦"故事"(ἱστορία)讲完了:一个时代已经结束,而一个"新"的时代正在开始,或者说即将重新来过。如我们所见,这将是(托马斯·莫尔-)培根(-霍布斯-洛克)的时代。

---

① 《莎士比亚全集》第1卷,第73页。
② Cf. Epilogue: "Now my charms are all o'erthrown,/And what strength I have's mine own,/Which is most faint" etc.

第三歌

乌托邦的秘密

莫尔的"乌托邦"是对柏拉图"哲人王-理想国"方案的正面回答或者说现代重启。如我们所见,乌托邦的建国历史预演了马基雅维里的"逆取顺守"理论,并因其宗教宽容政策而成为近代自由主义国家的雏形。然而,乌托邦的信仰自由是有底线的;其中最重要的一点,就是公开禁止无神论。此即乌托邦的秘密(arcana imperli):它是一个围绕自身意识形态之轴运转的封闭社会,同时作为原型预示了后来的全景敞视监狱(福柯将之视为现代社会的隐喻)。在这个意义上,乌托邦构成了自身的反讽:乌托邦等于/通向反乌托邦,它的诞生也就是它的死亡。

柏拉图《理想国》第九卷结尾处(592A–B),苏格拉底告诉格老孔(Glaucon):哲人参与政事仅限于理想中的城邦,除非出现神迹(providential accident),哲人不会参与现实的城邦政治。格老孔表示理解,但他认为世上并不存在这样的理想城邦。对此苏格拉底回答道:

> 或许天上建有它的一个原型,让凡是希望看见它的人能看到自己在那里定居下来。至于它是现在存在还是将来才能存在,都没关系。反正他只有在这种城邦里才能参加政治,而不能在别的任何国家里参加。①

苏格拉底(确切说是柏拉图)对于在地上实现哲人的理想国没有信心,因此"退藏于密"而寄希望于"神迹"。其实,哲人"退藏于密"本属无奈之举:理想原是现实的理想,哲人的终极关切固在于现实政治。如果说"神迹"意谓现实或实践的"不可能",那么哲人的理想究竟如何才能在地上实现呢?柏拉图的答案是:别无他途,除非哲人成为王者,或是王者因神迹成为哲人(473D)②。既然王者成为哲人是几乎不可能实现的"神迹",那么唯一可能的途径便是哲人成为王者,即所谓"哲人王"。不过这个方案也存在着一个问题,那就是:哲人如何才能成为王者?柏拉图对此未置一词:他明智地保持了沉默。

哲人如何成为王者?这是一个困难的问题。鉴于柏拉图所说的"王者"不是一般意义上的王者,而是名副其实的王者(*Politician*,292E)即人类文明的立法者,这个问题就显得更加困难了。

一千八百多年后,英国人文主义者莫尔在他的《乌托邦》(1516)中解答了上述"柏拉图难题"。据书中人物

---

① 柏拉图:《理想国》,郭斌和、张竹明译,商务印书馆,1986年,第386页。
② 柏拉图在致朋友的一封信中也表达了同样的观点,见《书信七》326A – B。

拉斐尔·希斯罗德(Raphael Hythlodaeus)①介绍：乌托邦原名阿布拉克萨(Abraxa)，被乌托(Utopus)征服后成为乌托邦②；乌托为他的国家制定了各项制度和法律，乌托邦由此成为繁荣富强的首善之邦。如果说，乌托邦之王乌托是《乌托邦》作者莫尔在书中的化身(莫尔曾致信伊拉斯谟，说他在幻想中看到"我的乌托邦国民选我做他们的永恒君主"云云③，即是明证)，那么真正的乌托邦之

---

① 这是一个希腊文名字："Raphael"意为"带来真理的人"(purveyor of truth)，"Hythlodaeus"意为"擅长说谎者"(expert in trifles, well-learned in nonsense)，仿佛中国的"子虚"、"乌有先生"、"贾雨(语)村言"。书中介绍他钟情希腊哲学，认为罗马作家除了塞内加和西塞罗一无可取(这其实是莫尔的夫子自道——他本人亦倾心希腊哲学，特别是柏拉图)，曾随 Amerigo Vespucci——历史上美洲的发现者——三次出海航行，但他"不像派林诺斯，而像尤利西斯，确切说是柏拉图"。按派林诺斯(Palinurus)是古罗马诗人维吉尔史诗《艾涅阿斯纪》(Aeneid)主人公埃涅阿斯(Aeneas)的舵手，曾失事坠海。又，柏拉图曾在《理想国》末卷转述厄洛斯(Er)还阳后讲述的阴间见闻，说灵魂根据抽签结果转世投胎，排在最后的奥德修斯(即尤利西斯)抽到的是"一种只需关心自己事物的普通公民的生活"(620C)；而他在《斐德罗篇》(Phaedro)中借"苏格拉底"之口宣称哲人的工作是认识自己(230A)。"关心自己的事物"即"认识自己"，因此可以断定：苏格拉底是奥德修斯的后身，而柏拉图作为苏格拉底的传人，可谓奥德修斯的再世后身。后身复有后身，如 Raphael Hythlodaeus 即是。在这个意义上，Raphael Hythlodaeus 既是古希腊哲人(柏拉图)的现代(16世纪初)投影化身，也是文艺复兴人文主义者(莫尔)的形象代言。
② 莫尔 1515 年出使佛兰德斯时，曾在 Antwerp 停留，《乌托邦》即写作于此时。莫尔在书中告诉我们：他在 Antwerp 停留时结识了拉斐尔·希斯罗德，后者刚从乌托邦返回欧洲；他在 5 年前(即 1510 年)来到乌托邦，而当时乌托邦已有 1760 年的历史。据此推算，乌托邦建国于公元前 250 年。
③ To Erasmus (London, 4 December 1516). Frances Rogers (ed.), *St. Thomas More: Selected Letters*, New Haven and London: Yale University Press, 1967, p. 85.

王(立法者)不是别人,正是莫尔本人。因此,乌托成为乌托邦之王(立法者)这一虚拟事实,即代表了莫尔对"哲人如何成为王者"这个现实问题的回答。

那么,乌托是如何成为乌托邦之王的呢?拉斐尔·希斯罗德告诉莫尔(或者说莫尔告诉我们):乌托听说乌托邦(当时还叫阿布拉克萨)居民在他来到之前就一直因宗教问题而争执,又看到各个教派彼此为敌,于是乘机将其征服而创立了乌托邦[1]。原来,和历史上的许多开国之君一样(如英国的威廉一世和亨利七世),乌托正是通过军事征服而取得政权的。这样就产生了一个问题:乌托的王者身份是否合法?当然,乌托邦的官方史书会说这是一场正义战胜邪恶的解放战争;但是换个角度看,这也是一次成功的外来入侵。相对外来征服者的胜利,阿布拉克萨人其实正经历了亡国的不幸;对于他们中的大多数人来说,乌托是乌托邦的王者,同时也是——而且首先是——阿布拉克萨的僭夺者。

书中介绍,乌托为他的人民带来了文明的制度和幸福的生活。拉斐尔·希斯罗德告诉我们:乌托取得胜利后,立刻规定任何人不得因其宗教信仰而受到迫害(这后来成为乌托邦最古老的一条法律),又下令修建了外观、语言、风俗和法律(以信仰自由、农业为本、财产公有、选举代议为其大端)都几乎完全相同的五十四座城市[2]。作为乌托邦生活

---

[1] Thomas More: *Utopia*, edited by Edward Surtz, S. J., New Haven and London: Yale University, 1964, p. 133.
[2] *Ibid.*, p. 133 & pp. 60 - 61.

的总设计师,乌托是成功的:原先椎鲁鄙陋的阿布拉克萨人被教化为高度文明的乌托邦国民,而一千六百年后,当拉斐尔·希斯罗德来到这里时,他发现乌托邦不仅是他见到过的"最好国家",甚至是"唯一名副其实的国家"①。

那么,这是否能够证明乌托征服-建国的合法性呢?伊拉斯谟(我们知道,他是莫尔的知交好友)断言:即便是最正义的战争也伴随着一系列罪恶②。几乎与此同时③,马基雅维里在《论李维》一书中指出:

> 假如确实要在这种地方(按:即腐败的城邦)创建或维持共和国,那就必须把它推向奉行王道的国家,而不是奉行民治的国家。这样一来,对于那些因其骄横而难以用法律驯化的人,可以用近乎王权的方式加以降服。(1卷18章)④

他又说:

> 任何共和国或王国的创建,或抛开旧制的全盘改造,只能是一人所为,要不然它绝无可能秩序井

---

① *Ibid.*, p. 60 & p. 146.
② 伊拉斯谟:《论基督教君主的教育》第11章,李康译,上海人民出版社,2003年,第162页。
③ 《论基督教君主的教育》和《乌托邦》同年出版(1516),《论李维》出版虽迟(1531),但创作于1513—1517年,与前两书基本同时。
④ 马基雅维里:《论李维》,冯克利译,上海人民出版社,2005年,第100页。

然，即或有成，亦属凤毛麟角。确实，必须由单独一人赋予它模式，制度的建立端赖他的智慧。因此，共和国的精明的缔造者，意欲增进共同福祉而非一己私利，不计个人存废而为大家的祖国着想，就应当尽量大权独揽。……行为使他蒙羞，结果将给予宽宥，此为当然之理。如罗慕路斯之所为，只要结果为善，行动总会得到宽宥。(1卷9章)①

因此——

既然正常手段已非良善，故而正常手段已不足以竟其功；人必借反常手段，譬如暴力与军队，才能在城里人各行其是之前，按自己的方式加以整饬。(1卷18章)②

我们发现，马基雅维里的教诲几乎是为乌托量身定做。在马基雅维里看来，为了安邦定国的大计，统治者(立法者)可以不择手段，最好大权独揽，因为"只要结果为善，行动总会得到宽宥"。他的言论令人想起了中国古人说的"逆取顺守"。

"逆取顺守"一词首见于《史记·郦生陆贾列传》：

陆生时时前说称《诗》、《书》。高帝骂之曰：

---

① 《论李维》，第71页。按：罗慕路斯(Romulus)是罗马的创建者和首任国王，筑城时与孪生兄弟瑞摩斯(Remus)发生争执而杀死后者。
② 《论李维》，第100页。

"乃公居马上而得之,安事诗书!"陆生曰:"居马上得之,宁可以马上治之乎?且汤武逆取而以顺守之,文武并用,长久之术也。昔者吴王夫差、智伯极武而亡;秦任刑法不变,卒灭赵氏。乡(通"向")使秦已并天下,行仁义,法先圣,陛下安得而有之?"

中国古人认为汤、武以下伐上,是为"逆取";之后施行王道,是为"顺守"。事实上,正统儒家认为"汤武革命,顺乎天而应乎人"(《易·革卦·象传》,未尝因其"逆取"而非之①。如齐宣王问孟子:"汤放桀,武王伐纣,有诸?"对曰:"于传有之。"又问:"臣弑其君,可乎?"孟子曰:"贼仁者谓之贼,贼义者谓之残;残贼之人,谓之一夫。闻诛一夫纣矣,未闻弑君也。"(《孟子·梁惠王下》)荀子也说:

> 汤武非取天下也,修其道,行其义,兴天下之同利,除天下之同害,而天下归之也。桀纣非去天下也,反禹汤之德,乱礼义之分,禽兽之行,积其凶,全其恶,而天下去之也。天下归之之谓王,天下去之之谓亡。故桀纣无天下,汤武不弑君,由此效之也。(《荀子·正论》)

---

① 当然也有不同意见,如道家就认为:"汤放其主,武王杀纣。自是之后,以强凌弱,以众暴寡。汤武以来,皆乱人之徒也。"(《庄子·盗跖》)此不具论。

不过另一方面,儒家宣称"大上有立德,其次有立功"(《左传·襄公二十四年》),认为武功不如文德。如孔子谓舜帝之《韶》①"尽美矣,又尽善也",谓武王之《武》②"尽美矣,未尽善也"(《论语·八佾》),即申明此意。为何说武功不如文德?首先,战争难免使用诈力③;其次,战争必将伤害无辜。二者均有悖仁义之道,而儒家认为"行一不义、杀一无罪而得天下,仁者不为也"(《荀子·王霸》)④,又称:

> 春秋之义,贵信而贱诈,诈人而胜之,虽有功,君子弗为也。是以仲尼之门,五尺童子羞称五伯。为其诈以成功,苟为而已也,故不足称于大君子之门。(《春秋繁露·对胶西王越大夫不得为仁》)⑤

照此,如果使用诈力以成其功,则不但"逆取"本身不可取,甚至事后的"顺守"也不足以证明先前之"逆取"为正当。手段和结果相互映射自身于对方之中:只有正义的手段,才有正义的结果;换言之,手段和结果都必须符合

---

① 《尚书·大禹谟》载:禹征有苗,三旬苗民逆命,舜敷文德,舞干羽于两阶,七旬而有苗格。
② 《汉书·艺文志》:"武王作《武》……言以功定天下。"按:此"武王"指周武王(商汤亦称"武王")。
③ 霍布斯(Thomas Hobbes)有言(*Leviathan*, XIII):"战事之德,在力与诈。"(Force and fraud are in war the two cardinal virtues.)
④ 参见《孟子·公孙丑上》:"杀一不辜而得天下,皆不为也。"又《中说·天地篇》:"不以天下易一民之命。"
⑤ 参见《孟子·梁惠王上》:"仲尼之徒无道桓、文之事者。"

正义(所谓"由仁义行")。在这个意义上,结果不但不能证明手段,反而需要手段来证明。

现在我们回到这个问题:乌托的"逆取"即武力征服是否合法(合乎正义)?书中介绍,乌托征服前的阿布拉克萨(或者说史前乌托邦)因宗教纷争而全民内战,事实上已经陷入无政府的"自然状态"(这显然是影射内战时期的英国①)。根据霍布斯的意见,自然状态就是战争状态,而在自然状态中,人人彼此为敌,自顾尚且不暇,农耕、工商、文艺等等更是无从谈起(《利维坦》第13章)②。显然,自然状态是一种反文明的、非人的状态。乌托通过军事征服而结束的,正是这样一种生存状态。即如司马光所说:

> 天生烝民,其势不能自治,必相与戴君以治之。苟能禁暴除害以保全其生,赏善罚恶使不至于乱,斯可谓之君矣。(《资治通鉴·魏纪一·文帝黄初二年》)

阿布拉克萨人"不能自治",而乌托通过武力征服(据说他一登陆即取得胜利③,几乎是不战而胜),"禁暴除害以

---

① 莫尔想到的是15世纪内战即玫瑰战争(1455—1485)时期的英国,但后来17世纪内战时期(1642—1660)的英国也是如此。历史总是在重复,特别是在恶的方面。
② Hobbes: *Leviathan*, in *The English Works of Thomas Hobbes*, edited by William Molesworth, London: John Bohn, 1839, Vol. III, p. 113.
③ *Utopia*, p. 60.

保全其生,赏善罚恶使不至于乱",因此虽说是"逆取",亦可谓之"正"矣①。

乌托取得胜利后,立即偃武修文与民更始,将阿布拉克萨改造成为高度文明的乌托邦。具体制度已如上述,而其中最重要的一条,就是信仰自由。鉴于阿布拉克萨的覆亡,乌托立法规定个人有权选择自己的信仰,任何人不得因其信仰受到迫害。他认为,强迫他人接受自己认为正确的想法是傲慢而愚蠢的,即便有一种宗教信仰是唯一正确的,而其他宗教信仰都是错误的,那么通过和平、理性的探讨,真理自然也会彰显于世,但是如果诉诸武力的话,则最邪恶的人往往也最冥顽不化,真的宗教反而会遭到扼杀。在这个意义上,信仰自由不仅是出于国家安定和平的考虑,同时也符合宗教自身的利益②。信仰自由意味着宗教宽容,而宽容正是后世自由主义的真谛所在;就此而言,乌托邦可以说是近代自由主义的故乡和出发点了。

尽管如此,乌托邦的宗教宽容或信仰自由是有底线

---

① 有论者指出:柏拉图在《理想国》、《蒂迈欧篇》与《克里底亚篇》这三部乌托邦著作中借助高贵的谎言(即暗示城邦居民是原住民而非外来入侵者)刻意掩饰了一切城邦的非正义起源,而培根在模仿《理想国》所作的《新大西岛》(New Atlantis)一书中"为整个世界……叙述了一个新的开端",即大西岛的原住民是被自然灾害(洪水)毁灭而不是被外来入侵者消灭,这个新开端"不仅被表述成是可能的,而且也显得避免了开端的残酷性"(魏因伯格:《科学、信仰与政治——弗朗西斯·培根与现代世界的乌托邦根源》,张新樟译,生活·读书·新知三联书店,2008年,第17页、第19页、第21页)。事实上,在培根之前,莫尔似乎已经注意到这个问题,并通过乌托的"创世纪"(这显然也是一个高贵的谎言)化解了可能的诘难。

② *Ibid.*, pp. 133 – 134.

的。首先,宗教宽容并不适用于不宽容者:如果有人在公共场合以过激方式宣传教义(拉斐尔·希斯罗德讲述了一名基督徒的例子),其人将因扰乱社会而被判处流放或罚为奴隶。其次,也是更重要的一点,信仰自由并不包括无神论:乌托严禁乌托邦人"不顾人类尊严"而"自甘堕落"到相信灵魂会随肉体消灭或世界不受神意支配,他们必须相信人死后根据生前善恶接受赏罚,持异见者不得为乌托邦公民,甚至不被视为人类的一员①。柏拉图生前曾在致友人的一封信中强调指出:

> 我们必须始终坚信这个古老神圣的学说,它向我们宣告灵魂是不朽的,它和身体分离后将面对审判并接受最严厉的惩罚。(《书信七》335A)②

因此,无神论者必须受到惩罚(*Laws*,907E-908A)。柏拉图的主张也正是乌托亦即莫尔本人的主张:人必须因相信而畏惧(至于他相信和畏惧的是什么倒还在其次),否则他将无所顾忌而肆行妄为③。这可以说是乌托邦制度的核心秘密。就此而言,乌托邦并不是一个开放的社会;相反,它是一个围绕自身意识形态之轴而原地运转的封闭社会。

---

① *Ibid.*, pp. 132-133 & pp. 134-135.
② John M. Cooper & D. S. Hutchinson (ed.): *Plato*: *Complete Works* (Indianapolis: Hackett Publishing Company, 1997), p. 1654.
③ *Utopia*, p. 135.

乌托邦(当时它还叫阿布拉克萨)原本和大陆相连,乌托建国后命人开凿运河,使之四面临海而易守难攻,即如拉斐尔·希斯罗德后来所看到的,外来者如无乌托邦人领航很难进入港湾,甚至本地人也需要参照岸上的标志物才能安全出入①。不仅如此,乌托邦公民必须在某个城市定居生活(我们知道,乌托邦由五十四个建制几乎完全相同的城市联合组成),如果他们想去别的城市旅行或探望亲友,必须经过上级领导(包括三十户长Syphogrant 和三百户长 Tranibor)批准并在指定日期返回,如果擅自出境,被发现后将作为逃犯押回原籍并接受严厉的惩罚,如有再犯则将罚为奴隶而丧失公民资格②。由于禁止人员流通,乌托邦没有贸易往来(因此也没有货币),人们需要什么,就直接从市政官员那里领取③(这令我们想起后世社会主义国家实行的配给制④)。所有这些,和禁止无神论一样,都构成了封闭社会的典型特征。

---

① *Ibid.*, p. 60.
② *Ibid.*, p. 82.
③ *Ibid.*, p. 63.
④ 托克维尔在批判法国空想社会主义者摩莱里的《自然法典》时指出:中央集权与社会主义是同一土壤的产物(托克维尔:《旧制度与大革命》,冯棠译,商务印书馆,1992年,第199页)。我们发现,摩莱里所谓使人类"在此生尽可能幸福"的"最完美的政制"(Morelly, *Code de la nature*, Paris: Editions Sociales, 1953, p. 125)——托克维尔概括为"财产公有制、劳动权利、绝对平等、一切事物的划一、一切个人活动的刻板安排、一切由上级规定的专制制度和公民个性完全并入社会整体"(《旧制度与大革命》,第199页)——在许多方面与莫尔的乌托邦如出一辙,堪称18世纪的乌托邦。

可以说，乌托邦是一个封闭的自由社会。作为近代自由主义国家的初始原型，乌托邦是一个封闭的社会；而作为一个封闭的社会，乌托邦又是相对自由的。不错，无神论者在乌托邦被视为"化外之民"而被剥夺了一切政治权利，他们不得担任公职或参加政治生活，也被禁止在公众面前为自己辩护，但是政府不会对他们施加刑罚（例如中世纪欧洲常见的监禁和火刑），也不会强迫他们隐瞒自己的观点或违心地表示顺从，而是允许甚至鼓励他们私下与神职人员或政府要员交流论辩，理由是一个人信什么并不由他自己，而癫狂最终会让位于理性[①]。作为英国的大法官（Lord Chancellor），莫尔曾判处异端死刑[②]；但作为《乌托邦》的作者（或者说乌托邦的立法者），莫尔却是自由主义的先驱[③]。一百七十年后，当洛克呼吁宗教宽容——真的宗教仅和个人良心有关，而火和剑绝不是使人领受真理的恰当手段，因此宽容异己是纯正宗教的标志，但反对宽容的人（指天主教徒）和否认上帝存在的人（即无神论者）不在此列——时，他在很大

[①] *Utopia*, p.135.

[②] Russell Ames: *Citizen More and His Utopia*, New Jersey: Princeton University Press, 1949, p.181. 莫尔残酷对待异端的事例，见 Richard Marius: *Thomas More: A Biography*, New York: Alfred A. Knope, Inc., 1984, pp.389-406. 作者认为莫尔被现实政治和信仰理想无情地割裂了（id., p.391）。

[③] 二百四十多年后，卢梭鼓吹"公民宗教"而认为政府"虽然不能强迫任何人信仰它们，但是它可以把任何不信仰它们的人驱逐出境"，"如果已经有人公开承认了这些教条，而他的行为却和他不信仰这些教条一样，那就应该把他处以死刑"（《社会契约论》第4卷第8章，何兆武译，商务印书馆，1980年，第185—186页），不及莫尔多矣。罗素认为希特勒是卢梭的必然结果，不为无因。

程度上也不过是重申了莫尔的观点①。

自由而封闭,这就是乌托邦制度的辩证法。那么,这样的生活是否是可欲的呢?莫尔告诉我们:乌托邦人的生活是幸福的,事实上没有比他们更幸福的人民了;他们的生活令人羡慕,但愿所有人都能过上这样的生活!②莫尔这样说无疑是真诚的,但真诚不一定代表正确。我们发现,乌托邦是一个高度齐一的社会:在这里,人们统一思想、统一行动,甚至统一着装、统一作息。亚里士多德曾经指出:

> 一个城邦,执意趋向划一而达到某种程度时,将不再成为一个城邦;或者虽然没有达到归于消亡的程度,还奄奄一息地弥留为一个城邦,实际上已经变为一个劣等而失去本来意义的城邦:这就像在音乐上和声夷落而成单调,节奏压平到只剩单拍了。(1263b)③

的确,齐一保证了秩序,但也压抑甚至扼杀了个性和差异。即如罗素所说:

> 莫尔的乌托邦在许多方面都具有令人惊叹的自

---

① 参见洛克:《论宗教宽容》,吴云贵译,商务印书馆,1982年,第1页、第4页、第14页、第23页、第30页、40—41页等处。
② *Utopia*, p. 55, p. 60, pp. 150 – 151 & p. 152.
③ 亚里士多德:《政治学》,吴寿彭译,商务印书馆,2007年,第57页。

由精神。……然而必须承认,在莫尔的乌托邦中,和大多数乌托邦一样,生活令人难以忍受地沉闷。参差多样(diversity)是幸福的基本要素,但它在乌托邦几近于无。这是所有实际存在和假想存在的计划性社会制度的一个缺陷。①

个性和差异不仅是幸福生活的来源和保证,甚至也是生活本身的目标和要求。没有个性和差异,生活将成为自身的反讽,即非生活。幸福的生活必须首先是生活,为幸福而牺牲生活,这不仅愚蠢可笑,而且违反人性。违反人性的生活绝不会是可欲的生活,无论它以何种名义出现。

当然,这不是莫尔的本意。在莫尔看来(即如《乌托邦》一书副标题所示),乌托邦代表了人类最佳的、因此也是最可欲的社会制度。然而,这种最可欲的社会制度完全是理性设计的产物,其极端形式就是十八世纪的panopticon②;在这里,个人消失了:他物化为国家机器中

---

① Bertrand Russell: *A History of Western Philosophy*, George Allen & Unwin Ltd, 1947, p.543.
② "Panopticon"直译"环视房",因其主要用于监狱,又译"圆形监狱"。一般认为,它是边沁(Jeremy Bentham,1748—1832)的天才设计,福柯视之为现代社会的原型或现代权力的隐喻。事实上,一千年前的查理曼(Charlemagne,742?—814)更有资格申请这项专利。他的传记作者Eginhard(c.770—843)告诉我们:查理曼曾亲自设计朝中权贵的住宅,使之围绕皇宫而建,查理曼从自己房间的窗户可以看到所有人的进出活动,而他们对此毫无所知;贵族的房屋高架于地面之上,贵族的家臣、家臣的仆人及各色人等都可以在下面躲避雨雪寒暑,与此同时却躲避不了"最机警的查理曼的眼睛"(Eginhard & the Monk of St. Gall: *Early Lives of Charlemagne*, translated and edited by A. J. Grant, London; (转下页注)

规格统一的、可以互换的零件①。随之消失的,是个性的

(接上页注)Chatto & Windus, pp. 96 - 97)。查理曼的做法与古罗马执政官瓦勒列乌斯(又称普布利科拉)如出一辙:后者曾将住宅建在帕拉丁山的维利亚高地之上,俯瞰罗马的广场,"谁经过那里都看得清清楚楚"(普鲁塔克:《希腊罗马名人传》,陆永庭、吴寿彭等译,商务印书馆,1999年,第214页)。这似乎表明现代规训制度有更早的起源,而权力之眼的监视实与人类社会同在,只是采取的技术手段不同罢了(如古代使用密探而今天使用电子监控器)。事实上,一切理性设计方案本质上都具有"权力-监视"的特点,乌托邦也不例外。莫尔的乌托邦(如当年扉页插图所示)封闭、有序、透明而全景呈现,可以说是一个放大了的panopticon。边沁把panopticon式福利院(National Charity Company)称为"我的乌托邦"(Janet Semple: *Bentham's Prison: A Study of the Panopticon Penitentiary*, Oxford: Clarendon Press, 1993, pp. 299 - 300),也绝非偶然。在某种程度上,panopticon就是乌托邦在资本主义制度下的变体(*Ibid.*, pp. 297 & 303)。

① 普鲁塔克曾经告诉我们:斯巴达的立法者吕库古(Lycurgus)"将自己的同胞训练成既没有独立生活的愿望,也缺乏独立生活能力的人,倒像是一群蜜蜂,孜孜不倦地使自己成为整个社会不可缺少的一部分,聚集在首领的周围,怀着几乎是忘我的热情和雄心壮志,将自己的一切皆隶属于国家"(《希腊罗马名人传》,第117页)。莫尔的乌托邦正是如此。我们知道,莫尔的乌托邦深受柏拉图理想国的影响,而柏拉图的理想国又以吕库古的斯巴达为蓝本;就此而言,斯巴达可以说是后来所有乌托邦的祖裔和原型,而从柏拉图经亚里士多德、西塞罗、奥古斯丁到莫尔,再从莫尔到《新大西岛》(*New Atlantis*)的作者培根、《太阳城》(*City of the Sun*)的作者康帕内拉(Tommaso Campanella)、《基督城》(*Christianopolis*)的作者安德里亚(John Valentine Andrea)、《大洋国》(*Oceana*)的作者哈灵顿(John Harrington)、卢梭(他在《社会契约论》第2卷第7章指出:"敢为一国人民立法的人,可以说他是自信有能力改变人的天性的。他能把每一个本身是完整的和孤立的个人转变为一个更大的整体中的一部分,使他按一定的方式从这个更大的整体中获得他的生命与存在,并改变和增强其素质,以作为整体的一部分的有道德的存在去取代我们得自自然的个人身体的独立的存在。一句话,立法者必须剥夺人原有的力量,而给他以外部的、没有外人的帮助就无法运用的力量。这种天然的力量剥夺得愈多,则社会获得的力量便愈大和逾持久,制度便愈巩固和愈完善。从而每个公民没有别人的帮助,就会等于零,就什么事情也干不成。"李平沤译本,商务印书馆,2011年,第45—46页)、摩莱里、边沁、圣西门、傅立叶、欧文一直到马克思及其传人都是哲人王吕库古的"替补"或"幽灵"(德里达)。

生活乃至生活本身。这时,乌托邦成为了反乌托邦。事实上,乌托邦和反乌托邦是同时诞生的,或者说乌托邦本身就是反乌托邦。在这个意义上,乌托邦的诞生同时也就是乌托邦的死亡。

培根的寓言

作为开启西方近代"古今之争"的今人代表,培根鼓吹"从根基处重新开始"以实现学术的"伟大复兴"。为此目的,他特别借助寓言,通过《古人的智慧》和《新大西岛》等一系列作品,寓作于述地传布了新哲学的福音。它目前只是哲人的寓言,但未来的新世界已预存其中。培根坚信,这个新世界一定会到来(他的"新大西岛"就是这个新世界的预演和模型):如其所愿,人类将成为这个新世界的主人,即自然的统治者;而"哲人"则将成为人类的主人,也就是"地上的神"。

1621年,弗朗西斯·培根因贪赃事发被罢官,从此隐居著述,直至1626年去世。在此期间,《宣告一场圣战》(*Advertisement Touching A Holy War*,1622)成为他归隐写作的第一部作品(确切说是未完成作品),可以说是他新生的一个起点。在书首献辞中,培根向"温彻斯特主教、王室财产顾问兰斯洛特·安德鲁斯阁下"坦言(同时也是向世人宣布):自己在逆境中想到三位古人——德谟斯提尼、西塞罗与塞内加,尤其是后者(培根指出:他因贪腐罪行而被判刑并流放荒岛,从此不问世事,专心著述,其书适用于一切时代);受古人命运的启示(培根告诉我们:这三人都曾东山再起,但终遭败亡),他决心今后"将全部时间用于写作,以上帝赋予的微末才智建设永不溃决的堤坝"①。在献辞的后半部分,培根介绍了自己的近期著述,其中特别提到两本书:"不久前,我完成了《伟大的复兴》的一部分,我对之非常看重"②;这里说的"《伟大的复兴》的一部分",即今人熟知的《新工具》(*Novum Organum*, 1620)。他谈到的第二本书,则是《学术的进展》(*The Advancement of Learning*, 1605):"另外,我的著作《学术的进展》可以说是进一步学习《伟大的复兴》的基础或入门。"③事实上,这本书也是培根计划完成的《伟大的复兴》(*The Great Instauration*)的第一部分,如其所说:

> 这本书是新旧想法的混合,而《伟大的复兴》则是全新的想法,未因趣味不同而对旧的想法略有非毁。我想最好将此书译为通行语并广为扩充,尤其是在第二部分,即论述科学分类(the Partition of Sci-

---

① *The Works of Francis Bacon*, Vol. VII, edited by James Spedding, Robert Leslie Ellis and Douglas Denon Heath, London: Longman, Brown and Co., 1861, pp. 11 - 13.
② Id., p. 13.
③ Id., p. 13.

ences)的部分。这样,我想它可以代为《伟大的复兴》的第一部分,从而兑现我在此许下的诺言。①

就此而论,如果说《伟大的复兴》(特别是《新工具》部分)是培根思想的核心话语,那么《学术的进展》便是这一核心话语的"源代码"或"元叙述"了。——在培根的"源代码"或"元叙述"中,我们将会发现什么呢?

修 辞 学

黑格尔在讲述"近代哲学"时,开篇即说到培根:"他的功绩首先在于他在《学术的进展》中提出了一部有系统的科学百科全书……这部百科全书列出了一个各门科学的总分类;分类的原则是根据不同的精神能力制定的。"②然而,黑格尔紧接着话锋一转:这种分类法"对知识的本性一无所知",因此"科学的分类是《学术的进展》这部著作中最不重要的部分"③。

黑格尔的批评堪称犀利,但似乎未能切中肯綮。的确,培根在《学术的进展》中"列出了一个各门科学的总分类",然其志决不在此。我们看到,培根在该书第 2 卷前言部分向当朝(詹姆斯一世)力陈今日学术之弊,其中

---

① Id.,p.14.
② 黑格尔:《哲学史讲演录》,贺麟、王太庆译,商务印书馆,1996 年,第 4 卷,第 22 页。
③ 同书,第 22 页、第 23 页。

最后一项(第5项)是"从不或很少有著作家与研究者为公众去探寻那些尚未得到充分耕作或研究的领域"①,并最后自道著书本旨:

> 为此我将尝试进行一场全面、忠实的学术视察,探寻学术领域中还有哪些部分处于荒废,尚未经过人类劳作的开发,将其记录在案,由此把调查结果清楚地标示和记录下来,为公派研究者提供指导并激励个人的自愿探索。②

培根声称"我现在的目的只是发现被忽视和缺乏的地方"③,似有未尽之意,但是引而未发,直到后面正文第19节最后一段(在此他结束了对理性知识的论述)方才向读者挑明:"指出现有知识的不足也就改变了现有知识的划分。"④——原来,培根之意在以"述"为"作",或者说寓"立"于"破"!

"破",或者说颠覆古人在现有知识领域的传统权威,是培根此时著述的首要目标。他在《学术的进展》第1卷第4节切入正题,指出"根据理性和经验可以归纳出三种学问病症",它们分别是浮华、空虚和伪妄;其中,"浮华"之讥指向古代希腊-罗马哲学,"空虚"指向中世

---

① *The Works of Francis Bacon*, Vol. III, 1859, p. 327.
② Id., p. 326.
③ Id., p. 326.
④ Id., p. 417.

纪经院哲学,而"伪妄"则指向古代和中世纪的自然科学(如占星学、魔法和炼金术)与教会史(如圣徒神迹故事)①。在第2卷前言后半部分(8—15段),培根进而揭举现代学术之弊,并把矛头指向古代学术的最后堡垒——大学:"现代大学的惯例和规定都是从遥远的古代演化来的,因此更需要重新检验它们。"②他特别举课程设置为例来说明这一点:"一个问题自古就有,并且普遍存在,而且我认为是一个错误,这就是大学中的学者在时机远未成熟的时候过早教授逻辑学和修辞学";然而"这两门学科是科学中最重要的学科,是艺术中的艺术",如果学生程度不够,"伟大而普遍的艺术就会变得可鄙,沦为幼稚的诡辩游戏和可笑的矫揉造作"③。

在这两门"最重要的学科"中,培根尤钟情于修辞学。他在后文论述传达知识的方法时(第2卷第18节)指出:"逻辑学的论据和证明对任何人都是一样的,而修

---

① Id., pp. 284 – 287.
② Id., pp. 328. 培根后来在《古人的智慧》(本书副标题为"献给著名的剑桥大学")第二篇献辞(标题"献给母校:著名的剑桥大学")中皮里阳秋地讽刺说:"我想您本身不清楚自己研究的范围以及研究涉及的诸多事物。"(*The Works of Francis Bacon*, Vol. VI, p. 691)而在《新工具》第1卷第90节,他干脆直言:大学中的"一切习惯、制度都与科学的进步背道而驰"(*The Works of Francis Bacon*, Vol. IV, p. 89)。无独有偶,曾任培根秘书(1619—1623)的霍布斯(他早年毕业于牛津大学)也声色俱厉地指责当时的大学,将其视为"黑暗王国"即罗马教会的帮凶和"教士的魔窟"(*Leviathan*, Chapter 46, London: J. M. Dent & Sons Ltd., 1953, p. 375 & p. 561 & p. 382),一脉相承而变本加厉矣。
③ *The Works of Francis Bacon*, Vol. III, p. 326. 按培根所说,与柏拉图观点相同,参见《理想国》537e – 539a。

辞学的论证和劝说则因人而异";因此,"一个人如果对不同的人讲解同一事物,应当因人而异,采取不同的方法"①。和古人一样,培根将修辞学理解为说服人的艺术(雄辩术)②;但不同的是,他还明确赋予修辞传布新知的作用。如前文所说,培根的工作寓"立"于"破",所谓"立",即建立一个理性的新世界,这个新世界尚不可见,而人心又只关注近前事物,但(如培根所说)"雄辩的力量可以把遥远的未来事物描绘得仿佛如在目前"③,这样修辞即成为预告这个新世界并说服人们信从的福音书和启示录。在这个意义上,修辞根本是政治修辞,而修辞学其实是政治学($\pi o \lambda \iota \tau \iota \kappa \acute{\eta}$)④。

培根的寓言

在论述传达知识的方法时(第2卷第18节),培根特别提到:"如果传达的知识是新的、不同于大众的观点,就必须采用另一种方法";这"另一种方法"就是寓言和类比:"在学问的初始和草创时期,今天看来微不足道

---

① Id.,p.411.
② 参见柏拉图《斐德若篇》261A & 269D,亚里士多德《修辞学》第1卷第1章。
③ The Works of Francis Bacon, Vol. III, p.411.
④ 培根在结束对修辞学的讨论时故作姿态地表示:"修辞学是放在这里讨论,还是在政治学领域讨论,我们不必过分在意"(id., p.411)。他在此其实是向我们提示或者说重申了亚里士多德在《修辞学》第1卷第2章中表述的观点:修辞学是伦理学的分支,而伦理学与政治学互为表里,因此修辞学隶属于政治学。

的想法在当时却非同寻常,这时世界上充满了寓言(Parables)和类比。"①我们知道,培根曾在《宣告一场圣战》中宣布《伟大的复兴》"是全新的思想",而他此前更在《新工具》中倡言:"我们现有的学问无助于发现新的事功,而我们现有的逻辑也无助于发现新的学问",因此"我们必须从根基处重新开始","开拓一条古人没有试过也不曾知晓的新路"(培根强调这是"我们唯一的希望")而由此走向学术的伟大复兴②。"现在"通向"未来",如果从"未来"回顾"现在",则"现在"正是"未来"曾经的初始阶段。培根为此踌躇满志,但他内心中也深知这项工作任重而道远,决非一时之功,自己只是一个拓荒者和引路人③,而为了说服更多人加入这项前无古人的事业,他需要使用并且首先使用修辞,特别是寓言作为"缺乏例证时的权宜之计"④,潜移默化人的心灵⑤(这是一个和平说服的过程)而"不至于招致敌意和不满"⑥。

于是,培根在完成《学术的进展》和《新工具》之后,分别创作了《古人的智慧》(*Of the Wisdom of the Ancients*, 1609)和《新大西岛》(*New Atlantis*, 1623/4)等寓言作品。

---

① *The Works of Francis Bacon*, Vol. III, pp. 406 – 407. Cf. *Novum Organum*, Book I, XXXIV, *The Works of Francis Bacon*, Vol. IV, p. 52.
② *The Works of Francis Bacon*, Vol. IV, 1858, p. 48. p. 52, p. 41, p. 49, p. 42.
③ Id., p. 41, p. 52 & p. 102. Cf. *The Advancement of Learning*, *The Works of Francis Bacon*, Vol. III, p. 477.
④ *The Advancement of Learning*, *The Works of Francis Bacon*, Vol. III, p. 453.
⑤ *Novum Organum*, Book I, XXXV, *The Works of Francis Bacon*, Vol. IV, p. 53.
⑥ *Of the Wisdom of the Ancients*, *The Works of Francis Bacon*, Vol. VI, 1861, p. 698.

在前一作品中,培根重新阐释了古代的寓言;在后一作品中,他讲述了一个新的寓言。如其所说,"寓言中有哲学"①:通过这些寓言,培根"志而晦、微而显、婉而成章"地公布了自己的哲学理想。

我们先来看《古人的智慧》。表面上看,这本书(如标题所示)似乎是对古人的礼赞。所谓"古人",是指古希腊人和古罗马人:培根在此专题论述的三十一则寓言全部来自古希腊和古罗马时代。不过,他在阐述这些寓言时亦多方援引基督教《旧约》(即古希伯来人的《圣经》)②,有一次(第二十六则)甚至借题发挥说"寓言中有许多地方与基督教的神秘启示惊人地一致"③,这似乎表明他说的"古人"包括古希伯来人在内,而所谓"古人的智慧"亦包括了宗教(基督教)和神学。

"古人"相对"今人"而言。培根认为远古时代的智慧固然杰出④,但是大多已经湮灭,只有一部分通过"诗人的寓言"保存下来(《前言》)⑤,并因此成为今人

---

① Id., pp. 724 – 725.
② 如第六则《潘或自然》、第十七则《丘比特或原子》、第二十六则《普罗米修斯或人类状态》、第二十八则《斯芬克斯或科学》。
③ Id., p. 753. 培根说完这话后,马上"此地无银"地声明:"但是我要避免这样的胡思乱想,以免把异教的邪火引向上帝的祭坛。"这番话欲盖弥彰,然而这也许正是作者想要达到的效果。
④ Id., p. 733.
⑤ Id., p. 695. 培根提醒我们:这些"诗人的寓言"并非"诗人"的作品,毋宁说它们产生于更加古老的时代,其中蕴含了"上古时代的智慧"(id., pp. 697 – 698)。当然,它们经过了后来"诗人"(他们对我们"今人"来说是"古人",对更古的"古人"来说则是"今人")的加工,但无关紧要:"古人的智慧"毕竟自若也(id., pp. 698 – 699)。

了解古人智慧的一个途径。那么,"古人的智慧"是什么呢？答案是"哲学"：如培根所说,寓言中有哲学①（尽管大多已经湮灭而需要我们重新发现②）。他在第十一则"俄耳甫斯或哲学"中开宗明义地指出：俄耳甫斯是"哲学的隐喻人格",他的故事"表述了普遍的哲学"③。据我们所知,培根在《学术的进展》中把人类的知识分为历史、诗歌和哲学三种,其中哲学又分为神的哲学(神学)、自然哲学和人的哲学④。他进而声明：作为一切知识的共同来源(common parent),哲学应当是"一种普遍的科学",但神学不在其列(培根在此暗示神学应当分离出哲学)；这样,真正的"哲学",即所谓"本原的、普遍的哲学",只能是自然哲学和人的哲学⑤。现在,俄耳甫斯就是这个本原的、普遍的"哲学"的人格化身,他的故事即"哲学"自身的故事。培根对此故事的解读如下：

> 俄耳甫斯的歌声有两种功能,一种是取悦冥府,另一种是吸引野兽和树木。前者最好理解为自然哲学,后者为道德和民政哲学。自然哲学的

---

① Id., pp. 724 – 725. Cf. *The Advancement of Learning*, *The Works of Francis Bacon*, Vol. III, p. 344.
② Cf. *Of the Wisdom of the Ancients*, *The Works of Francis Bacon*, Vol. VI, pp. 696 – 699 & p. 762.
③ Id., p. 720.
④ *The Works of Francis Bacon*, Vol. III, p. 329 & p. 346.
⑤ Id., pp. 346, 347 & 349 – 350.

最高任务是恢复和更新容易朽坏的事物,以及维持现状、延缓分解与腐坏,这与前者其实一样,不过低了一等。(中略)然而这项工作是最艰难不过的,经常由于操之过急和不够耐心而无所建树。哲学发现自己不能胜任这项伟大的事业,于是伤心地转向适合自己的人类事务,通过说服和雄辩的力量潜移默化人的心灵,使之热爱美德、公正与和平,教导人类团结友爱、遵守法律、服从权威并接受管教,然后就是营造房屋、建立城邦和修垦田园(下略)。①

这就是说,"自然哲学"是第一哲学,而"道德和民政哲学"只是人类不得已退而求其次的代用品。这里提到的"自然"不仅指外在的自然即自然世界,也指内在的自然即人的自然本性。在培根看来,"自然"的本性或规律就是"出生入死"的永恒流转②,人类通过"道德和民政哲学"拟建的自然也不例外:

> 智慧的工作在所有人类事务中是最杰出的,但它们也有自己的周期与终结。国家在兴盛一段时间后便会出现动乱、分裂和战争,首先法律沉默失声,接着人类复归于堕落状态,城邦和田园陷入荒芜。

---

① *The Works of Francis Bacon*, Vol. VI, pp. 721–722.
② Id., p. 722. Cf. *Essays*, LVIII, id., pp. 512–513.

> 如果继续发展下去,文艺和哲学很快也会化为碎片,仅留下若干残篇分散各处,就像海难后的船板一样。然后野蛮时代来临,赫利孔之水沉没地下,直到按照既定的事物兴衰规律重新出现,但这也许是在其他国家,而非原来的所在。①

培根就这样结束了"哲学"的故事。与最初的期待相反,这个结局令人伤感甚至绝望:"道德和民政哲学"——或者说"古人的智慧"(因为古人无力从事"自然哲学"而转向了"道德和民政哲学")——虽可奏效于一时,却终归无用!

时隔一纪,在人生之路上第二次出发的培根继续书写——或者说重新书写——了"哲学"的故事:《新大西岛》。这一次,故事的主人公不再是"俄耳甫斯",而是本撒冷王国萨罗门学院的哲人:前者代表了"古人的智慧",后者则是"新哲学"的象征。

所谓"新哲学",亦即培根本人的哲学。我们看到,它的提出是一个蓄谋已久、逐步展开的过程。早在写作《学术的进展》时,培根已经提出:厚古薄今乃今日学术之大弊。在他看来,古人只是人类的幼年,其思想学说流传至今者多是古人的糟粕;因此学生(今人)不能永远听从老师(古人)的教导,如果他已经发现了正确的道路,

---

① Id., p. 722.

就该义无反顾地勇往直前;事实上,现在学术已进入第三次繁荣时期,将来的成就一定会远超古人①。在1612年版的《随笔》中,培根重启"古今之争"的话题,指出过分崇古,适足为今人所笑(《论革新》)②。又数年后,他在写作《新工具》时,更是处处强调"古人的智慧"不足恃与古人的无知③,直言"新的发现必须求助于自然之光而不是古人的蒙昧"(第1卷第122节)④。他在书中详细介绍了新哲学的方法和目标,并且最后卒章明义:

> 人类一旦堕落也就失去了他们的天真状态和对世间万物的统治权。但这两项损失就是在今世也能得到某种补救:前者依赖宗教和信仰,而后者则依赖技术和科学。(2卷52节)⑤

在这里,培根许诺"新哲学"(即科学与技术)能使人类在今世获得救赎。就此而论,他的"新哲学"简直可以说是一种"新宗教"或"哲学宗教"。

在《新大西岛》中,这个"哲学宗教"的人格化身就

---

① *The Works of Francis Bacon*, Vol. III, pp. 290 – 292 & p. 477. Cf. *Of the Wisdom of the Ancients*, Preface, *The Works of Francis Bacon*, Vol. VI, p. 699; *Novum Organum*, Book I, LIIIIV, *The Works of Francis Bacon*, Vol. IV, p. 82.
② *The Works of Francis Bacon*, Vol. VI, p. 433.
③ 参见《新工具》第1卷第63节、第67节、第71节、第77节、第79节、第84节、第122节、第2卷第2节、第27节等处。
④ *The Works of Francis Bacon*, Vol. IV, p. 109. 因此,先前所谓"古人的智慧"不过是培根姑且言之的修辞罢了。
⑤ *The Works of Francis Bacon*, Vol. IV, pp. 247 – 248.

是本撒冷国萨罗门学院的哲人。"本撒冷"(Bensalem)似得名于"Benjamin"(意谓"最得宠爱的幼子")和"耶路撒冷"(Jerusalem,意谓"上帝之城");"萨罗门"(Salomon)则得名于"所罗门"(Solomon),基督教《圣经》中人类智慧(确切说是智慧与权力)的象征。据书中人物①介绍:大约三千年前,盛极一时的古大西岛文明被洪水毁灭而重归野蛮和愚昧②;一千九百年前,所拉门纳(Solamona)统治本撒冷,他"一心为国家和人民谋幸福",其最大功绩就是建立了萨罗门学院(Salomon's House),亦称"六日工程学院"(College of the Six Days' Works);作为"王国的眼睛",萨罗门学院被视为人类有史以来"最崇高的机构",它致力于研究"上帝的作品"即自然,目的是发现宇宙万物的"生成原因和运动法则",通过"解释自然"而"拓展人类帝国的边界,实现一切可能之事"③。所谓"解释自然",据萨罗门学院院士

---

① 他们分别是:外来人员安置处的总管、本地犹太商人约邦(Joabin)和萨罗门学院的哲人。事实上,这三人都是作者用为修辞的代言歌队(chorus)。
② 有论者指出:柏拉图在《理想国》、《蒂迈欧篇》与《克里底亚篇》这三部乌托邦著作中借助高贵的谎言(即暗示城邦居民是原住民而非外来入侵者)刻意掩饰了一切城邦的非正义起源,而培根在模仿《理想国》所作的《新大西岛》一书中"为整个世界……叙述了一个新的开端",即大西岛的原住民是被自然灾害(洪水)毁灭而不是被外来入侵者消灭,这个新开端"不仅被表述成是可能的,而且也显得避免了开端的残酷性"(魏因伯格:《科学、信仰与政治——弗朗西斯·培根与现代世界的乌托邦根源》,张新樟译,生活·读书·新知三联书店,2008年,第17页、第19页、第21页)。
③ *The Works of Francis Bacon*, Vol. III, pp. 137 – 145 & 156. Cf. *Novum Organum*, Book I, XXVI & Book II, X, *The Works of Francis Bacon*, Vol. IV, p. 51 & pp. 126 – 127.

(培根没有具体指明他的姓名与职分,因此不妨视为"萨罗门学院"这一知识-权力机构的人格代表)介绍,乃是通过实践和实验循序渐进地认识自然,最后将源自实践和实验的发现"提升为更高的判断、原理和格言",此项工作由萨罗门学院的三名核心成员最后完成①。我们知道,培根本人即以一名"解释自然者"自许,如他在《新工具》第 1 卷第 117 节声称:"我的程序和方法……是要从事功和实验中引出原因和原理,然后再从那些原因和原理中引出新的事功和实验,就像一个合格的解释自然者。"②因此,萨罗门学院的哲人就是培根,培根就是萨罗门学院的哲人:他(们)"从根基处重新开始",致力于作为第一哲学的自然哲学(如前所说,古人在此失败而转向了"道德和政治哲学"),通过"解释"和征服自然而超越(同时也是否定)了古人,同时为今人开启了新的认识领域和生存秩序。

哲学的寓言

培根最终没有完成《伟大的复兴》。事实上,它也不

---

① 据书中介绍:萨罗门学院由三十六名院士组成,其中十二人负责从国外带回书籍、摘抄和实验方法,然后三人收集书中的实验,三人收集所有的实验,三人汇集实验结果,三人研究这些试验结果,再后有三人规划进一步的实验,三人按照规划完成实验并报告结果,最后三人将这些发现提升为更高的判断、原理和格言。(*The Works of Francis Bacon*, Vol. III, pp. 164 - 165)

② *The Works of Francis Bacon*, Vol. IV, p. 104. 另见第 1 卷第 1 节、第 2 卷第 10 节及最后一节(第 52 节)。

可能完成①。我们现在看到的《伟大的复兴》，即《知识的进展》和《新工具》，因此只是书名所象征的"伟大的复兴"的一个寓言。在某种意义上，甚至所谓"伟大的复兴"本身也只是培根的一个寓言。如培根所说："不仅寓言中有哲学，哲学中也有寓言。"②如果说哲学是寓言或"有所寓言"，那么培根的哲学究竟寓言了什么呢？

在《古人的智慧》献辞二篇首，培根特别致意母校剑桥大学："没有哲学，我将不以生存为意（I care not to live）；我必须向您致以崇高的敬意，因为是您给予了我生命的屏障与慰藉。"③我们知道，培根对当时的大学深怀不满，因此他的这番话可谓皮里阳秋；不过说到"没有哲学，我将不以生存为意"，却道出了他的真实心声。如其所言，哲学是人类抵御死亡、护卫生命的工具；这里说的"哲学"特指其"最高任务首先是恢复和更新不能持久的事物，其次是维持现状、延缓衰老与死亡"的自然哲学。在培根看来，自然哲学是"真正的哲学"，而道德-民政哲学和经院哲学只是其似是而非的假象和等而下之的代用品④，后者不但不能消除或缓解人们对死亡的恐惧，反而加深了这种恐惧⑤；相反，自然哲学通过掌握诸如

---

① 我们看到，《宣告一场圣战》和《新大西岛》都是未完成的作品：作为未来的寓言，它们讲述的故事正在发生而有待完成。《伟大的复兴》亦复如此：它的写作必然是一个即时发生的待续事件。
② *Of the Wisdom of the Ancients*, XII, *The Works of Francis Bacon*, Vol. VI, pp. 724–725.
③ Id., p. 691.
④ Id., p. 714, pp. 721–722 & p. 757.
⑤ *The Advancement of Learning*, *The Works of Francis Bacon*, Vol. III, p. 427.

"身体、医药、机械动力"等自然事物,减轻甚至消除了人类"对死亡和厄运的恐惧"(而后者恰是实现德行的最大障碍),从而实现了此世的救赎①。这样说来,所谓"自然哲学"就决不仅仅是一种技术哲学或工具理性,而根本是一种政治哲学或理性宗教。

在培根时代的欧洲,宗教只有一个,这就是基督教。根据基督教教义,人类唯有信仰上帝才能得到拯救,而且是在死后(afterlife)。现在,培根为人类带来了新的福音:借助自然哲学,我们现世即可得救,并且有望成为自然——不仅是外在自然,也是内在自然——的主人②。基督教的上帝曾向人类立法:"除我以外,你不可有别的神。"(《旧约·出埃及记》20 章第 2 节)而现在,培根宣布:人类可以而且应当统治他的世界③,因此人就是今世的神。这不啻是宣告了一场"圣战",确切说是"哲学"对"宗教"的圣战。

在这里,培根开辟了古今之争的第二战场。如其所

---

① *Of the Wisdom of the Ancients*, XXVIII, *The Works of Francis Bacon*, Vol. VI, p. 314. Cf. *Novum Organum*, Book II, LII, *The Works of Francis Bacon*, Vol. IV, pp. 247 – 248.

② *Of the Wisdom of the Ancients*, XII, *The Works of Francis Bacon*, Vol. VI, p. 757; *Novum Organum*, Book I, CXXIX, *The Works of Francis Bacon*, Vol. IV, p. 114.

③ 在此他援引了 Francis de Victoria 的名言"*Non fundatur dominium nisi in imagine Dei*"(唯有像神者可以统治)。古人认为具有公民德行或政治德行的人是"像神者"(参见普罗提诺:《九章集》I.2,石敏敏译,中国社会科学出版社,2009 年,第 18 页、第 20 页),但培根赋予了新的意涵(*Advertisement Touching A Holy War*, *The Works of Francis Bacon*, Vol. VII, p. 30)。

愿,古人和今人将在此决战胜负:败者将退出历史舞台,而胜者则将成为新世界的主人。

如前所说,培根在最初发动"古今之争"时,已经提到宗教的"空虚"和"伪妄",并建议将神学从"哲学"中分离出来①;不过此时他的主要敌人是古希腊人和古罗马人,后者代表道德-政治哲学,"哲学"忙于清理门户,对"宗教"只是虚晃一枪,甚至主动示好,表示最终将回归宗教(《学术的进展》)②。在《古人的智慧》中,培根将"自然哲学"正位为第一哲学和"真正的哲学",认为古人之学——首先是古希腊人和古罗马人的道德-政治哲学,其次是古希伯来人的宗教神学——只是它的一个假象和代用品,并以俄耳甫斯最后被酒神的女人在疯狂中撕为碎片的故事为喻③,暗示"哲学"与"宗教"之间并无真正和平可言。在1612年版的《随笔》中,培根旧话重提,指出学术昌明的时代往往宗教衰微而倾向无神论(《谈无神论》),无神论不但于国家无害,而且为人们带来理性、哲学、虔诚、法律等等,后者即使没有宗教也会引导世人走向美德(《说迷信》)④。在《新工具》中,

---

① 培根在《学术的进展》中小心翼翼地暗示了这一点,后来他在《新工具》中则直言正告:"我们要平心静气,只是把属于信仰的东西交给信仰,这才是恰当的做法。"(Book I, LXV, *The Works of Francis Bacon*, Vol. IV, pp. 65 - 66)

② *The Works of Francis Bacon*, Vol. III, pp. 267 - 268. Cf. *Essays*, XVI, *The Works of Francis Bacon*, Vol. VI, p. 413.

③ *The Works of Francis Bacon*, Vol. VI, p. 721.

④ *The Works of Francis Bacon*, Vol. VI, p. 414 & pp. 415 - 416. Cf. *The Advancement of Learning*, *The Works of Francis Bacon*, Vol. III, p. 264.

培根图穷匕见,正式将基督教神学列为"哲学"的敌人,声称自有人类历史以来,两千五百年间仅出现过三次学术革命和学术繁荣(培根在此暗示了革命的必要性:只有革命才会繁荣),即古希腊时期、古罗马时期和现代,然而即便在人类学术和智慧最发达的时代,真正的哲学和一切科学的母亲①——"自然哲学"仍然受到忽视和压制,如其在第 1 卷第 78—79 节所说:"自从基督教取得信仰,力量强大以来",现代人的心灵为神学所占据,一如古罗马人以及古希腊人(培根在此特别点了苏格拉底的名)之倾心道德哲学②。值得注意的是,培根在这里首先说到神学,然后才提到道德哲学,这说明此时在他心目中基督教"神学"已经取代"道德哲学"(而不是先前所说的"道德和民政哲学",因为"自然哲学"已经证明是"政治哲学",即"自然哲学作为政治哲学")成为"自然哲学"的头号敌人③。培根罢官后(如前所说,这也是他新生的开始)潜心著述,以"宣告一场圣战"为题,对"宗教"发起了总攻。他通过笔下人物之口,指斥(如军人代表"马尔休斯"所说)近世以来"基督教的事业"号称为信仰而战,其实是为了金钱和世俗利益,结果神意让位于人欲,"圣战"成为不义之战,救世主上帝(如罗马天主教徒代表"西庇代乌斯"所说)变成了嗜血

---

① *The Works of Francis Bacon*, Vol. IV, p78 & p.79. Cf. p.98.
② *The Works of Francis Bacon*, Vol. IV, pp. 77 - 78.
③ *Novum Organum*, Book I, LXXXIX, *The Works of Francis Bacon*, Vol. IV, pp. 87 - 88.

的邪神莫洛克(Moloch)①。我们发现,六名对话者②中最有可能成为培根代言人的"尤希庇乌斯"(他作为神学温和派代表位列六人之首)始终一言未发(虽然政治家代表"尤珀里斯"曾邀请他就战争的优先性问题发表看法),而且整部对话在第二天"西庇太乌斯"长篇论述宗教战争的合法性限度③后戛然而止:这似非偶然,当是有意为之,借此暗示本文并无最后结论,或者说前述观点至少在目前都是可接受的。

现在,"哲学"自信胜券在握,于是改变策略,转向怀柔、安抚曾经的敌人。在《新大西岛》中,培根借"外来人员安置处主管"之口讲述了"新方舟"的传奇故事,这个故事即寓言了新世界中"哲学"和"宗教"的关系格局。

据其讲述,在"救世主升天大约二十年后"的一个晚上,东部伦福萨城(Renfusa)的居民看到附近海面上升起一道顶端为十字架形的巨大光柱,一名正好也在现场的萨罗门学院哲人祈祷上帝后近前察看,发现一只雪松木的"方舟",运上哲人的船后,它自动开启,现出一本书和一封信,这本书就是基督教的《圣经》全本(其中包括《启

---

① *The Works of Francis Bacon*, Vol. VII, p. 18ff, p. 21, p. 28.
② 这六个人是:神学温和派代表尤希庇乌斯(Eusebius)、新教徒代表伽马留(Gamaliel)、军人代表马尔休斯(Martius)、罗马天主教徒代表西庇代乌斯(Zebedaeus)、政治家代表尤珀里斯(Eupolis)、廷臣代表珀琉(Pollio)。关于这六人的姓名和身份寓意,参见朗佩特:《尼采与现时代:解读培根、笛卡尔与尼采》,李致远、彭磊、李春长译,华夏出版社,2009年,第74-75页。
③ 这具体涉及到六组问题,详见《宣告一场圣战》中西庇代乌斯第二天发言的开场白(*The Works of Francis Bacon*, Vol. VII, p. 30)。

示录》等当时尚未问世的部分),而信的内容是:

> 我,巴多罗马(Bartholomew),我主上帝的仆人,耶稣基督的使徒,在天国的幻象中受到天使指示,将此方舟漂流海上。因此我将证明并宣布:上帝命令这个方舟漂流到何处,当地人民即日起便从天父与耶稣那里获得拯救、和平与善意。①

就在这时,奇迹发生了:新世界的居民(这里除了本地人之外,尚有希伯来人、波斯人和印度人)看到圣书和圣徒的信后,立刻"目击道存"而起信皈依。于是,正如先前诺亚方舟将旧世界拯救出洪水一样,现在新的方舟"通过圣巴多罗马的神奇福音将本地从无信仰状态中拯救了出来"②。

我们看到,这是"宗教"在新世界的第一次也是最后一次正式登场③。如前所说,新大西岛居民接受基督教是在公元1世纪50年代中叶,即本撒冷王国与萨罗门学院建立三百多年之后,这时"哲学"早已成为新世界的主人;因此,这与其说是"宗教"征服了新世界,不如说是"哲学"收编了"宗教"。培根曾经希望自己能通过一场

---

① *The Works of Francis Bacon*, Vol. VII, pp. 137–139.
② Id.,139. 我们想知道:既然本撒冷此前一直处于无信仰状态,那么萨罗门学院哲人刚才祈祷的"上帝"(Lord God of Heaven and Earth)究竟是谁呢? 莫非,"哲人"有自己的秘密信仰?
③ 后文提到"我"发现这里的犹太人(如商人约邦)真心赞美基督(id., p.151)和萨罗门学院哲人向"我"介绍他们对上帝的祈祷和礼拜(id., p.166),但都一笔带过,无关宏旨。

润物无声的思想革命实现旧世界向新世界的和平演变,现在他成功了——尽管暂时只是在纸上,即语言虚拟的乌托邦之中。

然而,所谓"太初有言"("in the beginning was the Word"),"言"不仅是"述",更是发端之"作"(speech act),如基督教的上帝即通过"言"无中生有(ex nihilo)创造了世界万物并为之立法①。"言"寓"作"于"述",是为"寓言"。通过言说,培根完成了哲人的创世纪:虽然目前它只是哲人的寓言,但未来的新世界已然预存其中。培根相信,这个新世界一定会到来②(他的"新大西岛"就是这个新世界的预演和模型);如其所愿,人类将成为这个新世界的主人,即自然的统治者,而"哲人"则将成为人类的主人,或者说是"地上的神"(God on earth)③。

---

① 《旧约·创世纪》第1章;《新约·约翰福音》第1章第1—3节。参见奥古斯丁:《忏悔录》第11卷第5—8章,周士良译本,商务印书馆,1996年,第235—238页。
② *Novum Organum*, Book II, LII, *The Works of Francis Bacon*, Vol. IV, pp. 247-248.
③ Cf. *Novum Organum*, Book I, CXXIX, *The Works of Francis Bacon*, Vol. IV, pp. 113-114; *Of the Wisdom of the Ancients*, *The Works of Francis Bacon*, Vol. VI, p. 757.

霍布斯的革命

十七世纪的欧洲见证了西方近代"古今之争"的滥觞与发达。在堪称这场反抗运动之宪章法典的《利维坦》中,霍布斯公然挑战和整体颠覆古代思想的权威统治,发动了一场"今人"的革命。首先,他以政治哲学为王者之学或哲学之王,实现了"哲学"观念的革命;其次,他由人之自然——激情——论证国家之应然与必然,彻底反转了古人对自然法的理解,使政治彻底超越了宗教与道德而完成了政治哲学领域的"哥白尼革命"。他的革命最终转向自身而成为自身的革命(反革命)。这是专制主义者霍布斯的失败,但同时也是自由主义者霍布斯的成功。

> 将霍布斯作为现代性的开创者来研究,即认真对待他的主张,已经成为必需。……只有在古今之争的视域下,我们才能理解现代性。(列奥·施特劳斯:《论霍布斯政治哲学的基础》)①

17世纪的欧洲见证了西方近代"古今之争"的滥觞与发达。在英国,弗朗西斯·培根率先发难,启导了"今人"对"古人"的反抗;培根之后,霍布斯继而成为这场运动的新的领军。他在堪称这场反抗运动之宪章法典的《利维坦》(1651)一书最后"回顾与总结"部分指出:古老本身并不值得敬仰,因为"现代就是最古的时代"②。这一点乃是当时"今人"的默契共识,如培根在世纪之初就宣称"古代只是人类的幼年"而今人必将超越古人(《学术的进步》,1605)③,帕斯卡尔也提出古人是人类的童年而现代是拥有更多经验和知识的"普遍的人的老年"(《〈真空论〉序》,1647)④;在这一点上,霍布斯与他们并无二致。但是,"在霍布斯的先行者中,没有一个人

---

① Leo Strauss: *What Is Political Philosophy? And Other Studies*, The University of Chicago Press, 1988, p. 172.

② Hobbes: *Leviathan*, in *The English Works of Thomas Hobbes*, edited by William Molesworth, London: John Bohn, 1839, Vol. III, p. 712.

③ *The Works of Francis Bacon*, edited by James Spedding, Robert Leslie Ellis and Douglas Denon Heath, London: Longman, Brown and Co., 1861, Vol. III, pp. 290-292 & p. 477.

④ Blaise Pascal: *Minor Works*, translated by O. W. Wright, in *Harvard Classics*, Vol. 48, Part 3, New York: P. F. Collier & Son Co., 1909—1914, p. 449.

尝试与整个传统断然决裂"①:就公开挑战和整体颠覆古代思想的权威统治而言,霍布斯实为近代哲学家(包括马基雅维里在内)中的"第一人"(*princeps*)。

第一哲学

在霍布斯看来,"古人"中的第一人是亚里士多德(尽管他也曾别有用心地称赞柏拉图是"古希腊最好的哲学家"②),因此他对"古人"的批判首先即从亚里士多德开始③。他在《利维坦》第46章论"空虚的哲学和神圣的传说造成的黑暗"时指出:"我相信自然哲学中很少有什么言论比今天所谓亚里士多德的《形而上学》更为荒谬,他的《政治学》与实际政治大多背道而驰,而他在《伦理学》中的大部分说法也极其愚昧无知。"④这是一个非常严厉的批评。我们知道,亚里士多德本人曾将一切科学(哲学)分为理论科学(如数学、物理学、形而上学)、应用科学(如政治学、伦理学)和创制科学(如诗学、修辞学)三部,其中理论科学高于后两者,而形而上学又高于其他理论科学,是为第一哲学(《形而上学》1025b－1026a)。

---

① Leo Strauss: *The Political Philosophy of Hobbes: Its Basis and Its Genesis*, translated by Elsa M. Sinclair, The University of Chicago Press, 1984, p. 1.
② *Leviathan*, p. 668.
③ 霍布斯在《利维坦》中25次正式提到亚里士多德(而提到柏拉图只有6次),同时亚里士多德也是他提到的第一位古人(第1章第5段)。
④ *Leviathan*, p. 669. Cf. Aubrey: *Brief Lives*, edited by Andrew Clark, Oxford: The Clarendon Press, 1898, p. 357.

时至中世纪,基督教神学巨子奥古斯丁将"哲学"分为自然哲学、逻辑学(推理哲学)、伦理学(道德哲学)三部,而以神学凌驾哲学之上(《上帝之城》8卷4章、11卷25章)①。17世纪初,培根以"复兴学术"为名发动(确切说是重启)"古今之争",将人类知识领域分为历史、诗歌和哲学三部,其中哲学又分为神的哲学(神学)、自然哲学和人的哲学;在他看来,哲学是"一种普遍的科学",而神学并不具备这一特性,所以真正的哲学是自然哲学和人的哲学②;事实上人的哲学(培根特指道德和民政哲学)只是自然哲学的代用品,因此自然哲学是第一哲学③。

如果说-奥古斯丁反驳了亚里士多德(古代哲学),而培根反驳了亚里士多德和奥古斯丁(中世纪神学),霍布斯则一并反驳了亚里士多德、奥古斯丁和培根。在《利维坦》第9章,他以"论各种知识的主题"为名将一切"知识"划分为两部,其一是涉及事实的"绝对知识"即"历史",下分自然史和人文史,其二是涉及推导性知识的"哲学(科学)"④,下分自然哲学和政治哲学,而后者

---

① Augustine: *The City of God*, translated Philip Schaff, New York: The Christian Literature Publishing Co., 1890, pp. 147 – 148 & p. 219. 按:在此之前,西塞罗、昆体良已将哲学分为自然哲学、道德哲学、辩证法(逻辑学)三部(Cf. Cicero: *De oratore*, I. xv. 68 – 69; Quintilianus: *Institutiooratoria*, III. ii. 10)。

② *The Advancement of Learning*, *The Works of Francis Bacon*, edited by James Spedding, Robert Leslie Ellis and Douglas Denon Heath, London: Longman, Brown and Co., 1861, Vol. III, p. 329, p. 346, p. 347 & pp. 349 – 350.

③ Bacon: *Of the Wisdom of the Ancients*, *The Works of Francis Bacon*, Vol. VI, pp. 721 – 722 & p. 757.

④ 霍布斯将"哲学"和"科学"作为同义词使用(*Leviathan*, p. 35 & p. 664),如下文所谓"自然科学"即"自然哲学"。

又分为两类,其一是关于"从国家制度到政治主体(body politic)或主权者的权利与义务"的政治学,其二是关于"从国家制度到臣民的权利与义务"的民政哲学;此外一切"哲学"学科,包括伦理学、诗学、逻辑学和正义论这些"人性哲学"在内,都属于"自然哲学"①。霍布斯承认:自然哲学中涉及"非确定数量和运动"的部分是"哲学"的原理和基础,是为"第一哲学",而涉及"确定数量和运动"的几何学乃"一切自然科学之母"②。但他同时指出:关于自然法的科学是"真正的也是唯一的道德哲学",其中"关于自然正义的科学"更是主权者唯一需要掌握的科学③,则以政治哲学为王者之学或哲学之王。如其所说:"只有一种哲学是重要的,那就是关于公民生活的和平与繁荣的哲学;其他哲学都不过是游戏而已。"④就此而言,政治哲学才是真正的第一哲学⑤,研究

---

① *Leviathan*, p. 71.
② *Leviathan*, p. 668. Cf. Hobbes: *On the Citizen*, *Preface to the Readers*, Cambridge University Press, 1998, p. 13.
③ *Leviathan*, p. 146 & p. 357.
④ Hobbes: *Opera latina*, vol iv, p. 487, quoted from Leo Strauss: *The Political Philosophy of Hobbes: Its Basis and Its Genesis*, p. 34. Cf. Hobbes: *On the Citizen*, *Preface to the Readers*, p. 8 & p. 13.
⑤ 无独有偶,笛卡尔在《哲学原理》法文版(1647)序言中也提出:如果把真正的"哲学"比作一棵大树,那么它的树根是形而上学,树干是物理学(略同于培根理解的自然哲学),树枝是其他一切学科(主要是医学、机械学和道德学);形而上学是"哲学"的第一部分,但"我们并不是从树根或树干上,而只是从树枝的顶端摘取果实",因此处在"哲学"顶端的道德学是最高哲学(*Selections from the Principles of Philosophy of Descartes*, translated by John Veitch, The Pennsylvania State University, 2007, pp. 12 – 13)。霍布斯与之会心不远,只是把"道德学"换成了"政治学"。

"非确定数量和运动"的所谓"第一哲学"与几何学这"一切自然科学之母"不过是它的方法论①罢了。

就这样,霍布斯反转了前人的命题,从而实现了"哲学"观念的革命。不过,他这样做的目的是什么呢?

政治哲学

霍布斯在《利维坦》第 13 章论"人类幸福与苦难的自然状态"时指出:人类天性好斗,如果没有"共同权力"的约束,就会陷入彼此为敌的战争状态或所谓"自然状态";在这种情形下,每个人都随时有可能丧生,自顾尚且不暇,农耕、工商、文艺等等更是无从谈起。哲学(科学)也不例外,因为"闲暇是哲学之母,而国家则是和平与闲暇之母"②。作为"共同权力"的国家的出现,是所

---

① 事实上这也是当时"今人"派哲学家的普遍诉求,如笛卡尔倡导在"直观"(天赋观念)基础上运用"马特西斯"(Mathesis)即数学方法(包括代数方法和几何学方法)作为"探求真理的指导原则"(《探求真理的指导原则》,1628),后来帕斯卡尔更强调几何学方法是确证真理的唯一方法和"真正的方法"(《论几何学精神和说服的艺术》,1657)。斯宾诺莎用几何学方法证明笛卡尔哲学(1663)和伦理学(1675)即是实践之例,而他的先行者就是霍布斯。如其后代知音卡尔·施密特所说:"霍布斯的目的不是数学和几何学;他谋求的是基督教共同体的政治统一,是关于'教会及俗众的共同体的实质、形式和权力'的思想体系的透明结构。"(《霍布斯国家学说中的利维坦》,应星、朱雁冰译,华东师范大学出版社,2008 年,第 162 页)又,霍布斯在《论公民》(1642)的前言中,有意识地将自己的方法与"古人"的方法——他总结为诗歌和譬喻(allegory)——进行比较(他自然是贬低后者),可见方法论本身即是"古今之争"的一项重要议题。

② *Leviathan*, p. 666.

有人放弃并转让其自然权利的结果；这时全体合为一人（one person），用霍布斯的话说，"这就是伟大的利维坦的诞生，用更尊敬的话讲，就是凡俗的上帝（mortal god）的诞生，我们在永恒的上帝（immortal God）之下享有的和平与安全保障即由他而来。"①在《利维坦》第二部分"论国家"最后一章结尾处，霍布斯更现身说法，自言希望本书有朝一日成为主权者的教科书和行动指南，从而"把沉思的真理转化为实践的功用"②。在这个意义上，政治哲学不仅是使"自然哲学"乃至"哲学"本身成为可能的"先验哲学"③，同时也是成就政治社会以及人类生活本身的实践哲学。

因此，霍布斯的政治哲学是一种先验-实践哲学。然而，这一先验-实践哲学的基础却是经验（确切说是内心经验），即作为"自觉运动"之内在开端的各种"激情"或"欲望"（desire）。如霍布斯所说，生命本身是欲望的运动，没有欲望意味着死亡，而幸福就是欲望的不断满足④；就此而言，人类根本是欲望的动物而非"古人"所认为的理性动物或道德动物。按斯宾诺莎曾在其伦理学著作中公然宣称："我将要考察人类的行为和欲望，就像我考察线、面和体积一样。"（《伦理学》第3部分序言）⑤霍

---

① *Leviathan*, p. 158.
② *Leviathan*, p. 358.
③ Cf. Leo Strauss: *The Political Philosophy of Hobbes: Its Basis and Its Genesis*, p. 106.
④ *Leviathan*, p. 51, p. 62 & p. 85.
⑤ 斯宾诺莎：《伦理学》，贺麟译，商务印书馆，1983年，第97页。

布斯虽然没有明言，但他正是将欲望作为了他的政治哲学的几何学原点。在当时语境下，这可以说是前无古人的大胆尝试。"古人"代表如亚里士多德认为：人是天生的"政治动物"（《政治学》1253a），而政治的目的是"至善"（《伦理学》1094a）或"幸福"（1097b），即合乎德性的灵魂的自我实现（1099b），因此政治是人性的自然发展和完成。但如霍布斯所说，人类在本能欲望驱使之下相互为敌，这是人类的"自然状态"或者说人性之自然（human nature），因此人类的天性是反人类的，换言之"人性的最大敌人正是人性本身"①。这是一种非-反传统的人性论和道德原则。如前所说，霍布斯的政治哲学以此为基点展开；也正是在这里，他与"古人"——无论是古典时期的异教"古人"还是中世纪的基督教"古人"——产生了根本的分歧。

人之自然

在《利维坦》的前言中，霍布斯告诉读者："国家"是"人工"（art）的产物，即所谓"人造人"（an artificial man），人既是它的制造者，也是制造它的材料，因此国家的统治者需要反求诸己来了解全人类的特性②。在全书最后的"回顾与总结"部分，霍布斯也卒章明义，自言"我

---

① 昆廷·斯金纳：《霍布斯与共和主义自由》，管可秾译，上海三联书店，2011年，第40页。
② *Leviathan*, Introduction ix & xii.

在人类的自然倾向和各条自然法则①之上建立了主权者的世俗权利、臣民的义务和权利"②。前面说过,霍布斯在建构自己的政治哲学时采用了几何学的方法③;确切地讲,这是一种综合了欧几里德和伽利略的几何学方法,即所谓分解-综合法("resolutive-compositive" method),其要在于"对特定的研究对象首先进行分析并追溯原因,然后通过极其清晰的推论重建研究对象"④。不仅如此,这种方法以"欲望"和"自然权利"为基点,否弃了"正义"和"自然义务"等问题的优先性,甚至"预否了上帝创世和天意的存在"⑤,从而使政治彻底超越了宗教与道德⑥。

换言之,霍布斯从"人之自然"出发而证成了政治之应然。事实上,古人如亚里士多德同样也是从"人之自然"开始论证政治和建构政治学,然而他们理解的"人之自然",即人类的社会生活天性,在霍布斯看来恰是人之

---

① 所谓"自然法则",根据霍布斯的定义,就是"书写在每个人心中的自然理性的诫条"(*Leviathan*, p. 513),简称"理性的命令"(*On the Citizen*, p. 12)。
② *Leviathan*, p. 710.
③ 如我们所知,霍布斯的第一本政治哲学著作《法律原理》(1640)的书名即效仿和影射了欧几里德的《几何原理》。
④ Leo Strauss: *The Political Philosophy of Hobbes: Its Basis and Its Genesis*, p. 151. Cf. Hobbes: *On the Citizen, Preface to the Readers*, p. 11.
⑤ Leo Strauss: *The Political Philosophy of Hobbes: Its Basis and Its Genesis*, pp. 155 – 157 & p. 123.
⑥ 正是在这里,霍布斯超越了他的前人马基雅维里(William Archibald Dunning: *A History of Political Theories*, Vol. 2, London: Macmillan & Co., Ltd., 1919, p. 301)。

非自然。他对"人之自然"有异常冷静的观察和判断①，从而展现出一种与古典传统和基督教传统都大异其趣的"新的道德"②。

对人类来说，身体构成了他的存在的物质基础或第一自然。如何看待自己的身体，"古人"和"今人"意见不一甚至截然相反。古典时代的"古人"如柏拉图认为：人由灵魂和身体构成，灵魂是永恒的，而身体是有朽的，因此灵魂优越于身体；不幸的是，灵魂被身体所禁锢，只有在摆脱身体即身体死亡之后，它才能重新成为真正的自己(《斐多篇》65C - 67A)。在他看来，灵魂和身体的关系等同于理性和欲望的关系，其中灵魂-理性是主人，而

---

① 如卡尔·施密特所说："他(霍布斯)的理论对人性不抱任何远大幻想。正是这种悲观的态度决定了他的理性主义，并强烈地影响了18世纪的启蒙思想。"(《霍布斯国家学说中的利维坦》，第136页)按启蒙思想相信人性可以改进，而霍布斯坚持人性不可改变，只能通过外力(如国家法律)制约，他们仅在反对宗教迷信这一点上是共通的。事实上，霍布斯可谓19世纪浪漫主义运动的"不被承认的立法者"：他强调"自然"先行于"理性"，而浪漫主义之父卢梭，尽管他抨击霍布斯混淆了"欲望"和"需要"(《论人与人之间不平等的起因和基础》，李平沤译，商务印书馆，2007年，第71页)，但他呼吁"回到自然"(back to nature)时，却转化时间的"先行"为价值的"优先"(对观《论人与人之间不平等的起因和基础》引言结尾两段、正文第一部分倒数第二段，同书第47—48页、第82页)，"偏其反而"地印证和强化了霍布斯的立场。甚至在更后来的叔本华、尼采那里，我们也听到了霍布斯主义的混响回声：前者相信"从本质上讲，人是一个野兽，一个残忍恐怖的畜生"(《论说文集》第6卷，范进、柯锦华译，商务印书馆，2004年，第517页以降)；后者则断言基督教是"古人的虚弱化和道德化"，因为它"将自然欲望视为罪恶"(Nietzsche: *The Will to Power*, translated by Walter Kaufmann and R. J. Hollingdale, New York: Vintage Books Edition, 1968, p. 95)。

② Leo Strauss: *The Political Philosophy of Hobbes: Its Basis and Its Genesis*, p. 5 & p. 15.

身体-欲望是奴隶(《国家篇》431B－D;《法律篇》626D－627A)。亚里士多德也持同样的观点(《政治学》1254b)。但伊壁鸠鲁提出了不同的看法,认为"快乐"是人之至善,然所谓"快乐"并非放纵身体的欲望,而是"身体的健康和灵魂的平静"(《致美诺寇信》)①。对于伊壁鸠鲁主义的"快乐"哲学,后人多有误解,如中世纪的基督教"古人"奥古斯丁即认为伊壁鸠鲁学派"以身体的快乐为人类最高的善",这意味着放纵身体的欲望,因此是一种肉欲的生活(《上帝之城》14卷第2章)②。基督教神学强调人身之必朽而寄希望于死后之生(afterlife),认为与上帝同在的存在才是人的真正存在,也是他的最大幸福。如果说基督教是对自然的否定③,霍布斯则否定了基督教的否定④:如其所说,生命是欲望的运动,幸福即在于欲望的满足,而人类最基本的欲望就是保全自己的"自然",也就是身体的生命⑤;这是我们的自然权利,

---

① 《古希腊罗马哲学》,商务印书馆,1982年,第367—368页。
② Augustine: *The City of God*, p. 262.
③ Nietzsche: *The Will to Power*, p. 94.
④ 霍布斯在秘而不宣地复辟了伊壁鸠鲁主义身体-政治哲学的同时,也不动声色地袭取了中世纪基督教"古人"的身体-政治神学。如奥古斯丁认为:一个人如果不存在就不可能幸福(《上帝之城》11卷第26章),这个"存在"指灵性的存在而非肉身的存在;肉身(the flesh)服务于灵性(the spirit)时即成为灵性的(2卷第20章),但灵性的身体仍然是身体(2卷23章)。如其所说,保全身体——灵性的身体——即成为人生的终极目的(telos)或最后完成(用中国古人的话说,即"全生"所以"尽性"),从而为"今人"的身体-政治学开启了方便之门。
⑤ 霍布斯在《利维坦》第44章论"误解《圣经》而产生的灵性黑暗"时指出:灵魂并不是独立于身体而存在的无形实体,相反它是"活的身体"(body alive),即物质的(而非精神的)"生命"(*Leviathan*, p. 615)。

而保障这一自然权利的理性命令就是自然法(《利维坦》第 14 章)。换言之,自然法(law of nature)之所以为自然法,正在于它为"人之自然"服务,即保障了个人的身体-生命①。以此为契机,霍布斯彻底反转了古人(如斯多葛学派)对自然法的理解,从而发动了政治哲学领域的"哥白尼革命"。

有生必有死,死也是人的"自然",并且是基本的和最后的"自然"。如前所说,霍布斯的政治学以个人的身体-生命为基点,而这个身体是物质的、有朽的和必死的;就此而论,霍布斯的政治学即是他直面死亡这一人之基本"自然"、同时也是"人之自然"之大敌即"反自然"而做的生存筹划。如他所说,在自然状态下,每个人都可能随时死于非命,出于对死亡的恐惧之情,人们力求和平以自保,于是放弃并转让自己的自然权利;当公共权力集于一人之身时,利维坦(国家)就诞生了,这是人间的上帝,因为它保证了人际的和平与个人的安全,最大限度地防御了暴死的危险可能②。就此而言,国家的本质在于"公

---

① 在霍布斯看来,这是"真正的道德哲学"(*Leviathan*, p. 146),而"古人"的道德哲学"只是讲述了他们自己的激情"(p. 669)。事实上,中世纪晚期基督教神学大师阿奎那的自然法学说(*Summa Theologica*, Treatise on Law, Question 94)已经预告了霍布斯的立场,但后者对此始终未有提及,直似闻所未闻。

② 阿奎那在《论君主制》(*On Princely Government*)第 2 章明确指出:"一个社会的福祉和繁荣在于维持它的统一;简言之,即在于和平。……因此,任何社会的统治者的首要任务就是建立和平的统一。"(*Aquinas: Selected Political Writings*, edited by A. P. D'Entrèves, translated by J. G. Dawson, Oxford: Basil Blackwell & Co. Ltd., 1959, p. 11)我们看到,他在这里又一次成为霍布斯不予承认的思想先驱。

安"(public security)①而不是古人认为的"共善"(common good)。不仅如此,霍布斯在《利维坦》第38章(以及第44章)进一步指出:无论今世、来世,世界只有一个,《圣经》中所说的审判、复活、天堂、地狱、永生、永罚(第二次死亡)、净罪、拯救等等都在地上(此世)实现,而所谓"上帝之国"(即耶稣重临人世后永远为王的时代)也将是一个世俗国家。古典时代的"古人"相信灵魂不朽,认为身后的生活更值得期待(或戒惧)②;中世纪的基督教"古人"尤其强调这一点,即如奥古斯丁所说:此世或"地上之城"的生活是有罪的和悲惨的,因此并无真正幸福可言;真正的幸福——永生或永久和平——只存在于彼岸的"上帝之城";同理,虽然死亡是人类之大敌(《哥林多前书》15章26节),但身体的死亡并不可怕,可怕的是"第二次死亡"即死后的永罚③。作为中世纪"古今之争"的"今人"代表,奥古斯丁曾这样嘲笑他的"古人":"他们竟然浅妄无知到在尘世中寻求幸福"(《上帝之城》19卷第4章)④。世事多讽,一千二百多年后,新时代的"今人"霍布斯以同样的方式回敬了当年的"今人",将其学说贬斥为"灵性的黑暗"和"外邦人的魔鬼学"(《利维

---

① 卡尔·施米特对此有精辟的论述,参见《霍布斯国家学说中的利维坦》,第67页、第130页等处。
② 参见柏拉图:《斐多篇》114D、《申辩篇》40D-41C、《斐多篇》114D、《书信七》335A等处。
③ 参见奥古斯丁:《上帝之城》5卷第25章,6卷第12章,13卷第2章、第11章、第23章,19卷第11章、第17章、第27章等处。
④ Augustine: *The City of God*, p.401.

坦》第44章、45章)。我们发现,他们对"人之自然"的理解迥然不同,而他们对城邦的自然或政治身体(body politic)的认识也因此大相径庭。

利维坦:世俗的上帝之城

《利维坦》1651年初版扉页插图最上方有一行拉丁铭文:"世上没有任何力量可以与之相比。"(Non est potestas super terram quae comparetur ei.)这句话画龙点睛地概括了全书的题旨。从中世纪到近代,政治权力(主权)的分裂和冲突始终是欧洲政治生活的一个重要主题。中世纪基督教政治神学区分了教会统治的"上帝之城"和世俗政权统治的"地上之城",并以前者凌驾后者之上,如阿奎那所说,"世俗的权力服从于精神的权力,一如身体服从于灵魂"①。在英国,亨利八世的宗教改革(同时也是政治改革)打响了反抗教会统治的第一枪②,而霍布斯的政治哲学——以《利维坦》为代表——即是这场革命的最后完成。

在《利维坦》"回顾与总结"部分的最后一段,霍布斯向读者坦承本书是"当前的动乱"即英国内战促使他反

---

① Aquinas:*Summa Theologica*,*Second Part of the Second Part*,*Question 60*,*Article 6*,Christian Classics Ethereal Library,p. 2136.
② 就欧洲而言,但丁在14世纪初即宣布"尘世统治的权威直接来源于宇宙的权威"并"可以更好地照耀大地"(*De Monarchia*,edited and translated by Aurelia Henry,Boston and New York:Houghton,Mifflin and Company,1904,p. 205 & p. 206),已率先点燃了反抗神权统治的革命星火。

思"世俗政府与教会统治"的结果①。如其所说,今世只有一种政府(统治),这就是世俗政府(统治),而统治者也只能是一个,即世俗统治者,"否则一国之中必然出现教会与国家、宗教界与世俗界、法律与信仰之间的纷争和内战"(第39章)②;因此,主权不可分割(第29章),主权者即世俗统治者是地上的神(第17章、第30章),而"任何一种旨在推翻现有政府的行为都同时违反了自然法和明文规定的神法"(第42章)③。在这里,霍布斯(如卡尔·施密特所说)"反抗典型的犹太-基督教对原始政治统一体的割裂",力图"重新恢复原始的统一体"而发动了"反对所有形式的政治神学的伟大斗争",而"利维坦就是这场斗争的伟大象征"④。

作为"霍布斯革命"的核心隐喻,利维坦颠覆并逆转了奥古斯丁的"上帝之城"。霍布斯拒斥一切超自然的存在。如其所说,"灵"(spirit)要么是一种"真实的实体"(物体),要么根本就不存在(《利维坦》第34章)⑤;因此,世上也不存在什么"灵性的国家",如所谓"基督之

---

① *Leviathan*, p. 713.
② *Leviathan*, p. 460, pp. 316 – 317 & p. 577.
③ *Leviathan*, p. 299, p. 158, p. 327 & pp. 546 – 547。按所谓"明文规定的神法"(positive divine law),如霍布斯所说(同书第26章),即"上帝的律令"(the commandments of God),或者说"经上帝许可向某个特定民族或某些人宣布的法律"(*Leviathan*, p. 272)。
④ 卡尔·施米特:《霍布斯国家学说中的利维坦》,第50页。
⑤ *Leviathan*, p. 387 & p. 393. 霍布斯明确指出:《圣经》中说的"灵"指"侍奉上帝的意向而不是任何超自然的启示"(*Leviathan*, p. 422);事实上,"没有任何人能根据自然理性确知他人拥有上帝意志的超自然启示"(*Leviathan*, p. 273)。

国"或"上帝之城"①。他引经据典地②指出:"上帝之国"是一个世俗国家,最初由上帝或其代理人(如亚伯拉罕、摩西)统治③,但自犹太人选扫罗为王之后,"世界上就没有任何通过立约或其他方式建立的上帝之国了",包括教会在内④;就基督教国家而言,在"基督的王国"到来之前,世俗主权者乃是上帝在世间的唯一代表,他的权力直接来自上帝,同时是国家和教会的最高统治者(即世俗主权者同时是最高教士)⑤;因此,不存在超越世俗国家的普世教会(如罗马教会),相反教会必须服从世俗国家政权,否则就是(如罗马教会和英国长老会之所为)大逆不道的篡权之举⑥;与之相应,在信仰问题(如永生、永

---

① *Leviathan*, p. 578.
② 在《利维坦》第 3 部分"论基督教国家"第 1 章(即全书第 32 章)结尾处,霍布斯自称要从《圣经》中寻求论证"世上基督教国家的最高统治者的权利以及基督徒臣民对其主权者的义务"的原理(*Leviathan*, p. 365),但他同时在别处(第 32 章、第 34—37 章、第 42 章)指出:信仰不能违反自然理性,宗教的奇迹(包括启示和预言)并不可信,《圣经》的权威来自世俗主权者(即由法律认定),而且人们有自行阐释《圣经》的自由(*Leviathan*, p. 360 & p. 513)。由此看来,霍布斯征引《圣经》无非是一种"出尔反尔"、借力打力的修辞策略罢了。
③ *Leviathan*, pp. 396 - 397, p. 400, p. 403 & p. 444.
④ *Leviathan*, p. 605ff. 事实上,霍布斯认定罗马教会是罗马帝国借尸还魂的"黑暗王国",而教皇是魔王——幸好他们已经被亨利八世和伊丽莎白女王赶跑了(*Leviathan*, p. 691 & pp. 697 - 700)。按奥古斯丁以世俗城邦(罗马帝国)为"魔鬼之城"、"魔鬼的圣殿"(Augustine: *The City of God*, p. 384, p. 392 & p. 432),霍布斯则反其道而行之,古今视域之殊异,由此可见一斑。
⑤ *Leviathan*, p. 228. pp. 461 - 463, p. 467, p. 475, pp. 490 - 492, pp. 538 - 540, pp. 546 - 547, p. 551, p. 576, p. 581, p. 587.
⑥ *Leviathan*, pp. 316 - 317, p. 460, p. 526, p. 548, p. 688, p. 691。霍布斯在此特别指出:教皇的权力由世俗统治者授予,他无权开除后者的教籍,更无权命令人民反抗自己的世俗统治者(*Leviathan*, p. 506, p. 546, p. 558, p. 570)。

罚)上,我们也只能听从世俗主权者的命令即法律而不是教皇或任何使徒以及先知的意见,否则"一切秩序、政府和社会"就会重新回到"最初的混乱"或所谓"自然状态"①。总而言之,世俗主权者是人间的上帝或地上的神,他统治的利维坦(国家)即是此世的"上帝之城"。我们看到,霍布斯的政治哲学(或者说政治神学)以"人之自然"为起点,而它的终点就是作为政治或城邦之"自然"的利维坦。

利维坦的命运

在《利维坦》中,"利维坦"一共只出现了三次②,但这并未妨碍它成为霍布斯政治哲学的主题意象。按"利维坦"之名初见于希伯来《圣经》(即基督教《旧约》),本指一种巨大的海怪(龙蛇),中世纪以来成为"尘世之王"即魔鬼(撒旦)的代名词③。在霍布斯笔下,"利维坦"被赋予了新的涵义,成为怪兽、巨人、机器

---

① *Leviathan*, p.423, pp.426-427, p.437, p.511. 遏制教权和平抑内战,是霍布斯此时著述的原始动机和根本目的,如卡尔·施米特所说:"对霍布斯来说,重要的是要以国家克服封建等级或者教会的反抗权[导致]的无政府状态,要以一个理性集权国家的理性统一体来对抗中世纪的多元主义"、"反对教会和其他间接权力的统治要求"(《霍布斯国家学说中的利维坦》,第135页、第113页)。
② 它们分别是前言第1段、第17章(第2部分"论国家"首章)倒数第3段和第28章结尾处。
③ 卡尔·施米特:《霍布斯国家学说中的利维坦》,第42—46页、第59—60页。参见《旧约·约伯记》41章第34节,《以赛亚书》14章第12—15节、21章第1节,《启示录》12章第9节、第13章。

和上帝四位一体的国家-主权(者)隐喻①。如其所说，大一统的利维坦国家-主权是人类"自然状态"的终结者，同时也是实现和维护尘世和平的必要前提②；换言之，人类一旦走出"自然状态"、进入社会状态或政治状态而成为利维坦的臣民，这时他们为确保自身安全(这是人类与生俱来的"自然权利")就必须首先确保"我们共同的事业"(res publica)——利维坦的安全，这是每一个利维坦臣民的首要义务，也是人类社会(政治社会)的自然之理或自然法。

因此，服从和保护即是利维坦的基本逻辑。其中，保护是服从的目的(因为保护，所以服从)，而服从是保护的前提(因为服从，所以保护)。事实上，服从也是利维坦安全存在的前提；不妨说，服从就是保护，越是服从就越能保护(保护利维坦)，同时也越有保护(利维坦的保护)。反过来说，没有服从就没有保护，而没有保护，人类就会重新回到可怕的"自然状态"。就此而论，服从——对"世上没有任何力量可以与之相比"的力量的服从——构成了利维坦国家的存在基石和区别性特征。换言之，在政治(社会)状态下，利维坦国家-主权是不可反抗的最高存在，如霍布斯所说："任何一种旨在推翻现

---

① 卡尔·施米特：《霍布斯国家学说中的利维坦》，第55—56页。我们看到，在利维坦上帝形象的背后隐约也有魔鬼的身影——例如，当霍布斯称它为"骄傲之王"(king of the proud)时(Leviathan, p.307)，我们就产生了这种感觉。
② 比较奥古斯丁："除了依靠救世主耶稣、我主上帝的恩典，人类无法逃脱此世的深渊。"(Augustine: The City of God, p.501)

有政府的行为都同时违反了自然法和明文规定的神法。"①

然而,服从并不是无条件的。服从的目的是保护,确切说是通过保护利维坦而保护我们的"自然权利";如果这一基本权利得不到保护甚或受到侵害,服从的义务也就不存在了(《利维坦》第 21 章)②。就此而论,霍布斯的利维坦并不是后人鼓吹(如卢梭)或实践(如希特勒)的现代全权国家③;相反,它的基础是个人主义④,为个人

---

① Leviathan, p. 548 & p. 343. 在霍布斯看来,一切"现有政府"都是正当合法的政府(统治),无论它最初以何种方式建立:如其所说,世上大多数国家都是通过武力征服建立的,而征服即是"通过战胜而取得对主权的权利"(Leviathan, p. 705),主权先于正义存在,正义/不正义只能由主权(我们知道,这是世上最强大的力量)判断决定(p. 131);因此"强力即正义"(might makes right),一切"现有政府"都是正当合法的。

② 霍布斯在论"臣民的自由"时明确指出:臣民的"自然权利"和基本生存权是不可转让的,如果主权者的命令有害于"建立主权的目的",他们就有"拒绝服从的自由(权利)";同时,"当没有其他人能够保护自己时,他们天然具有的自我保护权利是不能根据信约放弃的。"(Leviathan, p. 205 & p. 208)

③ 卡尔·施米特:《霍布斯国家学说中的利维坦》,第 155—156 页、第 165—166 页。参见卢梭:《社会契约论》第 4 卷第 8 章,李平沤译,商务印书馆,第 155—156 页。我们看到,卢梭虽然也赞成政教合一,并且认为"在霍布斯的理论中,使他遭到人们憎恨的,不是他那些可怕的观点,而是其中正确的和真实的见解"(同书第 149 页),但是他的方案(如所谓"公民宗教")与霍布斯貌合神离,实际上成为现代全权主义国家的理论先驱。罗素认为卢梭导致了希特勒(Bertrand Russell: History of Western Philosophy, London: George Allen and Unwin Ltd., 1947, p. 713),不为无因。以赛亚·伯林认为霍布斯比卢梭"更坦率",因为"他并未谎称主权者不奴役人:他为这种奴役辩护,但是至少没有厚颜无耻到称之为自由"(Isaiah Berlin: Liberty, Incorporating Four Essays on Liberty, London: Oxford University Press, 2002, p. 210),也是会心不远。

④ William Archibald Dunning: A History of Political Theories, Vol. 2, p. 302. 再如萨拜因(George Holland Sabine)也指出:"主权者的专制(转下页注)

的"自然权利"和欲望服务,因此与其说是"地上的神",不如说是一台价值中立的技术工具或国家机器①。在这里,利维坦的命运发生了微妙的——然而也是致命的——转折(revolution)。

如霍布斯所说,"服从的目的是保护",而"臣民仅在主权者有力量保护他们时服从于主权者",然而利维坦国家-主权"按其本性"不但随时会"因为外来入侵而暴亡",甚至"从一开始就蕴含了因为内乱而自然死亡的种子"(《利维坦》第 21 章)②;这意味着国家-主权一旦解体(例如被敌国征服),臣民的义务也将随之终结,这时他可以甚至必须自行向新的主权(如外来征服者)寻求保护,而他获得保护后,即有义务服从和保护现在的主权(《利维坦》第 29 章)③。以此而论,利维

(接上页注)权力……其实是他倡导的个人主义的一种必要补充";"这种个人主义是霍布斯思想中彻头彻尾的现代因素,也是他以最明确的方式把握住的下一个时代的特征。"(萨拜因:《政治学说史》,邓正来译,上海人民出版社,2011 年,下卷第 156 页)

① 卡尔·施米特:《霍布斯国家学说中的利维坦》,第 72 页、第 78—79 页、第 82—83 页、第 103—104 页、第 137—138 页。如施密特所说,霍布斯的利维坦国家机器是技术时代的最初产品,是人-机器(人造人)、最早的机器、机器的模型和典范、机器的机器(同书第 71 页、第 138—139 页)。

② Leviathan,p. 208.

③ Leviathan,p. 322. 霍布斯强调:这是一种自由(自愿)而非被迫的服从。他后来在"回顾与总结"部分又重申了这一点(pp. 703 - 704)。我们知道,英国内战爆发之初(1640 年 11 月),霍布斯即逃亡巴黎,期间(1646—1648)曾担任后来的查理二世的家庭教师,后因《利维坦》一书引发普遍不满,惧而潜回英国(1652 年 1 月),向共和政府表示归顺,甚至一度想把《利维坦》献给克伦威尔,但在斯图亚特王朝复辟(1660)之后,他又重新效忠先前的旧主,可谓一生三变(但其内在逻辑——现实主义的政治理念——却是一以贯之)。霍布斯在《利维坦》中说的这两段话,正堪为己解嘲。

坦的和平与安全根本取决于强力（强权），终究只是强权的猎物和强有力者"以暴易暴"、以力服人的工具罢了。

以力服人者，但能服人之身，不能服人之心。作为统治的技术工具，利维坦在政治领域或社会生活中是被动的（尽管有效），而在个人内心领域或精神世界中，它甚至是无能的。霍布斯在《利维坦》第 3 部分"论基督教国家"最后一章（第 43 章）指出：主权者的命令就是法律①，其中"包含了全部自然法，亦即全部神法"，所以"任何人都不会因为服从其基督徒主权者而被阻碍信仰和服从上帝"，甚至"当世俗主权者不是基督徒时，任何臣民因此而反抗他都是在对神法（而这就是自然法）犯罪"；其实，信仰是内在而不可见的，生活在异教国家的基督徒臣民完全可以像纳缦②那样便宜行事，服从国法而无需为自己的信仰冒险③；进而言之，信仰是个人内心良知的事务，与政治或国家生活无关，反之亦然，主权者无权强加或剥夺信仰，也无权对之进行检查和审判（第 42 章）④，即如霍布斯所说，"把只是人类行为准则的法

---

① Leviathan, p. 587. 又，霍布斯在第 42 章论"教权"时也明确指出了这一点（id., p. 566）。
② 纳缦（Naaman）：古叙利亚大将，因被以色列的先知治愈所患麻风而改信犹太教。他曾随同叙利亚国王参拜本国神庙，但是得到了耶和华上帝的谅解（《旧约·列王纪下》第 5 章）。
③ Leviathan, p. 600 & p. 601. 又，霍布斯在第 40 章论"亚伯拉罕、摩西、大祭司和犹太诸王对上帝国的权利"时也表述了同样的观点（id., p. 462）。
④ Leviathan, p. 493.

律延伸到思想和良知领域"是错误的(第46章),因为"除了上帝之道,没有任何权力可以凌驾于人类良知之上"(第47章)①。这意味着人类的思想或内心领域是利维坦国家权力无法进入的最后禁区,这个禁区位于利维坦国家权力的中心,同时也远离这个中心,甚至与世隔绝;作为寄生于利维坦体内的异己存在(非利维坦或反利维坦),它神圣不可侵犯、无法征服、拒绝同化、难以根除而直接导致了利维坦的内在分裂和脑死亡。换言之,它就是利维坦"自然死亡的种子"②。但它同时也是"自然权利"和自由生活③的种子——从斯宾诺莎、洛克、密尔到伯林的历史已经证明了这一点。霍布斯的"利维坦革命"失败了:他的革命最终转向了自身,或者说革命自身发生了革命(反转)。"利维坦革命"的两大目标——为生民立命、为万世开太平,一项也没有实现。然而,专制主义者霍布斯的失败却是自由主义者霍布斯的成功:就在利维坦这个四位一体的泥足巨灵轰然倒地、灰飞烟

---

① *Leviathan*, p. 684 & p. 696. 霍布斯后来在拉丁文版《利维坦》(1662)"附录"中再次指出:"为思想的缘故而强加惩罚,似乎只有上帝才能这样做,因为他是思想的探究者。人法只关注反抗权威。"(《〈利维坦〉附录》,赵雪纲译,华夏出版社,2008年,第142—143页)
② 卡尔·施米特指出:霍布斯将"将私人的思想自由和信仰自由这个保留条件纳入了政治体系","这成了死亡的种子,从内部毁灭了强大的利维坦而杀死了这个会死的上帝"(《霍布斯国家学说中的利维坦》,第94页)。就此而言,霍布斯一手缔造了利维坦,也亲手毁灭了它。
③ 如霍布斯所说(*Leviathan*, p. 117),"权利(right)就是做某事或不做某事的自由(liberty)";换言之,权利就是自由(自由行事的权利),而所谓"自然权利"即人类固有的(并因此是神圣不可侵犯的)基本自由,如生存的自由(权利)或思想的自由(权利)。

灭的地方,自由主义的不死精魂将——带着前世的魔性印记——浴火重生而振翅高翔①。

---

① 据说斯宾诺莎匿名出版《神学政治论》(1670)后,有人(Edmund Waller)向德文郡伯爵三世(霍布斯曾是他父子两代的家庭教师)寄去此书,并请他征询霍布斯的观感。霍布斯引耶稣告诫门徒的话说:"不要评判人,以免被人评判。"(《新约·马太福音》7章第1节)之后又向友人表示自己决不敢像他那样大胆写作(Aubrey: *Brief Lives*, p. 357)。霍布斯引作者为同道,惺惺相惜,故曰"不要评判人,以免被人评判";而他所谓"不敢",则以其人畅言自由深致,向所隐忍未敢告人者,一时大白于天下,言若有憾,实则喜之。就此而论,斯宾诺莎在的"自由国家"(见《神学政治论》最后第20章)正是"利维坦"变化重生的后身:它"最终被自由化和民主化了"(马克·里拉:《夭折的上帝:宗教、政治与现代西方》,萧逸译,新星出版社,2010年,第221页)。

终　　曲

洛克的"白板"

1642—1660年的英国内战代表了英格兰王国的"政治身体"与英格兰国王的"正当和自然的权威"的时代一去不返,人民主权的时代正在/即将开启,而洛克正是这一新时代秩序的"灵魂写手"或哲人-立法者:他首先从人心中抹去古典-基督教传统的"自然正当"观念-记忆,然后在人们的"心灵-白板"中写入"自然权利"的律令-福音——新的自然法——而重新塑造了现代人的政治信仰,即其以古典哲人的方式讲述和制作了现代世界的自我意识。

据说洛克匿名发表上下两篇《政府论》(1690)后,对自己的作者身份一直讳莫如深,甚至当他的知交好友蒂勒尔(James Tyrrell)在信中委婉其辞地谈到这一点时,他的反应居然是大为恼火,"几乎断送了他们毕生的友情"。① 另一方面,洛克也是《人类理解论》的作者,此书

---

① 彼得·拉斯莱特:《洛克〈政府论〉导论》,冯克利译,生活·读书·新知三联书店,2007年,第8页、第103页。

与《政府论》同一年出版,而且是公开署名——尽管作者在献辞中自谦"我并不以为只要在书首署上任何一个大名,就能把书中的错误遮掩了"。① 种种迹象表明,"大概是所有伟大哲学家中最缺少一致性的"洛克始终希望并且有意引导读者分别看待这两部作品和它们的作者。② 这样一来,我们就发现了两个洛克,或者说洛克的两种身份:《政府论》的匿名作者洛克和《人类理解论》的署名作者洛克。前一个洛克或"第一洛克"是政治哲人,即如列奥·施特劳斯所见:"在《政府论》中,洛克更多地是一个英国人而非一个哲学家,他的发言针对的不是哲学家而是英国人。"③后一个洛克或"第二洛克"是现代哲人,确切说是经验主义认识论哲学家——即如洛克本人自述《人类理解论》写作目标时所说:此书旨在"探讨人类知识的起源、可信度(certainty)和范围,以及信仰、意见和同意的各种根据和程度";它原为自己和"少数几个朋友"而写,但是使用了"历史的和浅显的方法",以便广大"和我一样[粗疏]的"读者能够理解和接受。④ 这意味着《人类

---

① 洛克:《人类理解论》,关文运译,商务印书馆,2015年,献辞第7页。
② 拉斯莱特:《洛克〈政府论〉导论》,第106—107页。
③ 列奥·施特劳斯:《自然权利与历史》,彭刚译,生活·读书·新知三联书店,2003年,第225—226页。施特劳斯所说的"英国人"意指政治人(第二个"英国人")或政治哲人(第一个"英国人")。拉斯莱特也有类似的提法:在他看来,《政府论》的作者是作为政治理论家的洛克,而《人类理解论》的作者是哲学家洛克(《洛克〈政府论〉导论》,第102页)。其实这两种说法都未见公允,详见下文。
④ 洛克:《人类理解论》"致读者",第15页、第13—14页。译文根据原文略有修改。

理解论》是一本半显白的著作：它本为少数同仁而写，因此具有内传的品质；但它同时面向"和我一样的"——其实是和"我"（洛克-哲人）"不一样的"——大众，因此又是一部显白之书，其中不乏面具、神话和修辞的"木马"——"白板"说即是一例。按英国历史学者、《洛克〈政府论〉导论》一书的作者拉斯莱特认为洛克的《政府论》或政治哲学和他的《人类理解论》或认识论哲学并无实质性联系：一方面《政府论》"不是《人类理解论》中的一般哲学向政治领域的扩展"，另一方面"洛克的知识论对政治和政治思想有着相当重大的意义，而且其作用独立于《政府论两篇》的影响"；因此"把他的著作视为一个深思熟虑、恪守通则的统一整体，其核心是一种具有普适性、作为其建筑框架的哲学，是没有意义的"。① 权威学者的意见自然值得重视，但是重新审视和理解——"理解总是不同地理解"②——洛克的"白板"说之后，我们或许会得出不同的结论：作为前者的补充，而非证伪或颠覆。

一

洛克的《人类理解论》分为四卷：第1卷为总论，凡4

---

① 拉斯莱特：《洛克〈政府论〉导论》，第106页、第108页、第112页。拉斯莱特甚至认为这也是洛克本人的想法："洛克可能不愿意让人知道创作《人类理解论》的人也是写作《政府论两篇》的人，因为他十分清楚，使两本书中的学说相互一致并非易事。"（同书第85—86页）
② 伽达默尔：《致达梅尔的信》，孙周兴、孙善春编译：《德法之争：伽达默尔与德里达的对话》，同济大学出版社，2004年，第78页．

章;第2卷论观念,凡33章;第3章论语言,凡11章;第4章论知识,凡21章。洛克分别在第1卷第3章第22段和第2卷第1章第2段谈到"白板"("white paper",即拉丁语"tabula rasa"的英文对译),均指人的心灵(mind)而言;其中第二例(2.1.2)直接用以反驳前人的"天赋观念"说,从而主题再现了总论第2章"人心中没有天赋的原则"第1段开宗明义的批判:

> 由我们获得知识的方式来看,足以证明知识不是天赋的——据一些人的确定意见说:理解中有一些天赋的原则(innate principles)、原始的意念(primary notions, χοίναι έννοίαι)和标记(characters),就好像刻印在人心上一样。这些意念是心灵初存在时就禀赋了,带到世界上来的。(1.2.1)

> 一切观念都是由感觉或反省来的——我们可以假定人心如白板似的,没有一切标记,没有一切观念(ideas)。那么它如何会又有了那些观念呢?人的匆促而无限的想象(fancy)既然能在人心上描绘出几乎无限的花样来,则人心究竟如何能得到那么多的材料(materials)呢?它在理性和知识方面所有的一些材料,都是从哪里来的呢?我可以一句话答复说,它们都是从经验(experience)来的,我们的一切知识都是建立在经验上的,而且最后是导源于经验的。(2.1.2)[①]

[①] 洛克:《人类理解论》,第6页、第73—74页。译文根据原文略有修改。

洛克所说的"一些人"首先指向笛卡尔。① 笛卡尔以"*cogito ergo sum*"为哲学第一原理,宣称"我是一个本体,它的全部本质或本性只是思想";这个"我-思"又称"理性灵魂",它来自"完满的是者"也就是神。② 笛卡尔强调这是人类固有的"内在观念"、"自明的知识"或"清楚明白的知觉",又称"良知"(*bona mens*)或"通感"(*sensus communis*),它是"直觉"(*intuitio*)的对象,并将通过"马特西斯"(*Mathesis*)也就是数学-演绎法达致真知。③ 此即笛卡尔"天赋观念"学说的主要内容。笛卡尔的哲学意在为今人张目——如其所说,"我们这个时代人才辈出,俊杰如云,不亚于以往任何时代","以往把我们束缚于夫子之言的誓言现在已经解除"④,但是他的"天赋观念"说其实借重并(至少在洛克看来)赓扬了古人的权威:柏拉图的"理念"(εἶδος/ἰδέα)、亚里士多德的"努斯"(νοῦς)、廊下派和伊壁鸠鲁-卢克莱修一脉的"先见"(πρόληψις)⑤即为其异教先导,此后基督教神学信仰主张的神圣理性-记忆、内在之光-对上帝的知识等等则更加

---

① 参见以赛亚·伯林:《启蒙的时代:十八世纪哲学家》,孙尚扬、杨深译,译林出版社,第29页。
② 笛卡尔:《谈谈方法》,王太庆译,商务印书馆,2006年,第27—28页、第46页。
③ 笛卡尔:《探求真理的指导原则》原则1—4、原则12,管震湖译,商务印书馆,2013年,第2页、第5页、第11—12页、第13页、第21页、第63页。参见笛卡尔:《第一哲学沉思集》"第三个沉思"和"第四个沉思"。
④ 笛卡尔:《谈谈方法》,第6页;《探求真理的指导原则》,第6页。
⑤ Cf. Diogenes Laertes: *Lives of Eminent Philosophers*, 7.1; Cicero: *De Natura Deorum*, I.16.

确证了"天赋观念"的"自然正当"。

在笛卡尔及其支持者看来,正是"天赋观念"这一具有神圣起源的原始心灵驱动程序使人类的认识和理解——正确的认识和理解——成为可能(甚至是必然)。但在洛克看来,人的心灵更像一部裸机,或者说它的"自然状态"是"白板"——有待经验开发-书写的"白板",而非"好像刻印在人心上一样"的能动"我思"。洛克在此启用了古老的"心灵-蜡板"隐喻,但是"旧瓶装新酒",为其注入了不同的、甚至是颠覆性的精神内涵。

古人的"心灵-蜡板"隐喻具有双重涵义:心灵像蜡($κηρός$,wax)或/和心灵像书板。古代书板($πίναξ$,tabula)大多为木制(间或使用象牙),中间凹槽部分覆以蜂蜡,用铁笔(stylus)在上刻写文字(因此又称蜡板),可反复涂抹使用。荷马在《伊利亚特》第 6 卷讲述柏勒罗丰(Bellerophon)的故事时首次(也是唯一一次)谈到了蜡板(169—170):"他在摺叠的蜡板($πίνακι$)上写上致命的话语,叫他把蜡板交给岳父,使他送命。"[①]所谓"(书)写"($γράψας$),其实是"刻(写)"。后人使用"心灵-蜡板"隐喻,意在强调心灵具有"刻写"或铭记(包括其反面,即遗忘)的功能。柏拉图更喜欢用"灵魂-蜡印"这个比喻,如他笔下的"苏格拉底"所说:

---

① 荷马:《伊利亚特》,罗念生、王焕生译,人民文学出版社,2008 年,第 137 页。

> 请你设想一下,我们的灵魂中有一块蜡(χήρινονἑκμαγεῖον)……这块蜡是缪斯之母记忆女神的礼物,每当我们希望记住一个我们看见、听到或想到的东西,我们就把这块蜡放在各个感觉和各个观念下面并给它们钤盖印章,就像我们用指环印钤章一样。只要其中的图像还在,我们就记得并且认识其中所印的东西;而一旦某个东西被抹去或者印不上去,我们就遗忘和不认识了。(《泰阿泰德》191c-e)①

亚里士多德也用"灵魂-蜡印"隐喻来解释灵魂接受外界影响形成感觉的原理和机制:如其所说,"感觉"是灵魂除去可感觉物的"物质"而接受其"形式","恰如蜡块接受指环图章的印文"(《灵魂论》2.12.424a)。② 不难看出,洛克正是在古典"心灵-蜡板(块)"隐喻的基础上提出了他的"白板"理论。

然而,这是一个经过"所有哲学家中最为周密审慎的人"③改写和重装系统的"白板",或可称为现代-经验主义的"心灵写板"。首先,洛克的"白板"是一块被动的"心灵写板"。按古人以心灵(νοῦς)或灵魂(ψυχή)为

---

① 柏拉图:《泰阿泰德》,詹文杰译,商务印书馆,2015年,第106页。参见194c-195a,同书第112页。译文根据原文略有修改。
② 亚里士多德:《灵魂论及其他》,吴寿彭译,商务印书馆,2016年,第131页。
③ 孔狄亚克:《人类知识起源论》,洪洁求、洪丕柱译,商务印书馆,2016年,第139页。

能动的认识主体,即便这种"能动"的建构(理性认识)以"被动"的接受(感性认识)为前提或基础。如亚里士多德认为能力($δύναμις$)分为主动和被动两种(《形而上学》5.12.1019a)①,灵魂接受外来影响时是被动的,而它因此形成感觉时则是主动的;换言之,"心灵"兼有被动"发生"($γίνεσθαι$)或适应以及主动"制作"($ποιεῖν$)或建构两种功能,前者是后者的基础,但心灵的主要功能在于后者,因为主动($τὸ\ ποιοῦν$)总是优于被动($τοῦ\ πάσχοντος$),就像本原($ἀρχή$)总是优于物质($ὕλης$)一样(3.5.430a)②。事实上这也正是柏拉图的观点,如他笔下的"苏格拉底"声称人的"灵魂"仿佛是一本"书"(在这个新的比喻中,"纸"——大概率是莎草纸——代替了"蜂蜡",而"白板"变成了"白纸"),"记忆联合知觉,再加上随之而来的感受,好像在我们的灵魂中写字($γράφειν$)"——

> 如果这一感受写下的是真实的东西,那真意见和真声明就会产生于我们的内心。然而,当我们心中的这个抄写员($γραμματεύς$)写下的是虚假的东西,那就会产生与真意见和真声明背道而驰的东西。(《菲丽布》38d–39a)③

---

① 亚里士多德:《形而上学》,吴寿彭译,商务印书馆,2014年,第113页。
② 亚里士多德:《灵魂论》,《灵魂论及其他》第157—158页。
③ 张波波:《菲丽布译注》,华夏出版社,2013年,第89页。

这里提到的心灵中的"抄写员"(γραμματεύς)或灵魂写手是谁呢？它就是亚里士多德所说的"主动心灵"。就此而论，"白板"并不完全空白，而是具有一个内置的"神经中枢"或"中央处理器"，心灵通过它加工处理外来感觉印象而形成(用亚里士多德的话说就是"制作")了意见和知识。

从波爱修斯(Boethius)到阿奎那的中世纪人继续使用了这一古典认识论隐喻①，但将其归因于"上帝之爱"②。笛卡尔的"我思"或"天赋观念"与之一脉相承，如他在《探求真理的指导原则》一书中解释心灵的"通感"作用时所说：

> 通感还起封印的作用，就像打在蜡上一样，对幻想或想象形成形象，或者说观念，也就是来

---

① 例如号称最后一位古代哲人和中世纪第一位经院哲学家的波爱修斯在《哲学的慰藉》第5卷第4—5章援引古代廊下派哲人的观点——"呈现给我们思想的感觉与想象，都是从外部对象中获取它们的印象，如同古时习俗中在蜡板(aequore paginae)上用快笔(celeri stilo)书写，而那空白的蜡板原本未留任何印记"而后指出："心灵在感知这些有形物体时，并不是从被动反应中来获取印象，而是依靠它自身的力量对这种被动反应本身做出判断。"(波爱修斯:《神学论文集 哲学的慰藉》，荣震华译，商务印书馆，2012年，第206页、第207—208页)。而中世纪最后一位集大成的经院哲学大师阿奎那在反驳阿维洛伊主义者时亦如是谈到心灵的"白板"(他首先引证了亚里士多德的观点，然后指出)："处于潜在状态下的可能理智是先于学习或发现的，就像一块上面什么也没有写的板子一样，但是在学习或发现之后，它就由于科学习性而出于现实状态之中了"(《论独一理智》4.92，段德智译，商务印书馆，2015年，第57—58页)。
② 参见奥古斯丁:《忏悔录》10卷第7—25章，周士良译，商务印书馆，2016年，第204—232页。

自外在感觉的那种无形体的纯粹形象或观念(*ideas*)。

> 这种认识力或者死滞,或者活跃,有时模仿封印,有时模仿蜡……这同一种力量,依功用之不同,或称纯悟性(*intellectus purus*),或称想象,或称记忆,或称感觉,但是恰当的称呼是心灵(*ingenium*)。①

现在洛克取消了心灵的主动功能和"天赋观念",使之成为一个看似纯然被动的心灵接受-显示器,即真正的认知"白板"(*tabula rasa*:erased tablet)。他强调人类的一切知识均由"观念"构成,而"观念"或是心灵对外界事物的直接"感受"(sensation),或是心灵通过自我反思而形成的内在"知觉"(perception),二者构成了知识的两大来源;换言之"我们所有的观念"——作为知识的"材料"或内容——"都是由此两条途径之一所印入的(imprinted),只是人的理解或可以把它们组合扩充,弄出无限的花样来罢了"。② 另一方面,"观念"又分为"简单观念"和"复杂观念"。"简单观念"又分为四类:它或来自一种感官,如"橙红"(色觉)、"洪亮"(听觉)、"苦涩"(味觉

---

① 笛卡尔:《探求真理的指导原则》原则12,中译本第64页、第65页。译文根据拉丁文版原文略有修改(参见 https://la.wikisource.org/wiki/Regulae_ad_directionem_ingenii)。
② 洛克:《人类理解论》第2卷第1章,中译本第74—76页。

或嗅觉)、"坚硬"(触觉);或来自两种以上感官,如"空间"、"广袤"、"形象"、"静止"、"运动";或是通过反思,如"知觉"和"意欲";或是通过反思和感觉,如"快乐"或"痛苦"、"能力"、"存在"、"单位"、"连续"。① "复杂观念"则是心灵对"简单观念"进行"来料加工"(借用洛克在《政府论》下篇"论财产"一章中的说法,即个体-主体的"劳动")的产物,如其所说:

> 心灵在接受简单观念时完全是被动的,但它发挥自身的能动作用(acts of its own)将简单观念作为材料和基础而构成了其他观念。②

这些"其他观念"即"复杂观念"又可分为三类:情态、实体和关系;对此洛克分别有详细的解释,此不具论。

洛克的说法似乎不错,但是存在一个问题:如果说一切知识都来自"经验"或"观念",而"观念"——至少是一部分观念,如"复杂观念"——又是心灵自身"能动作用"(具体说来就是"扩大"、"组合"和"抽象"简单观念③)的产物,那么很明显:第一,心灵并非"从来无一物"的"白板",而是潜在地具有某种"天赋观念"或先验的认识能力;其次,这一先验能力(它本身也是一种知

---

① 洛克:《人类理解论》第2卷第3—7章,中译本第92—104页。
② 洛克:《人类理解论》第2卷第12章,中译本第139页。译文根据原文有所修改。
③ 洛克:《人类理解论》第2卷第1章,中译本第88页。

识,即先验知识)及其运算规则或工作原理①的来源和有效性均无法得到合理自洽的解释。② 洛克坚持认为"所谓知识就是人心对两个观念的契合或矛盾产生的一种知觉(perception)","我们的知识不能超出我们对那种契合或相违的知觉之外"③;在他后来的批评者看来,这将导致"一种荒谬的二元论"(以赛亚·柏林)④和经验主义的"形而上学"(黑格尔)⑤,或如罗素所说:

> 他称之为感觉的某种精神现象在本身以外具有

---

① 比较笛卡尔的"马特西斯":不同于洛克所说的心灵对观念的"扩大、组合和抽象","马特西斯"因为有"天赋观念"的预设支持而能自圆其说。
② 参见莱布尼茨对洛克经验主义的批评:"必然真理的原始证明只来自理智,而别的真理则来自经验或感觉的观察。我们的心灵能够认识两种真理,但它是前一种真理的源泉;而对于一个普遍的真理,不论我们能有关于它的多少特殊经验,如果不是靠理性认识了它的必然性,靠归纳是永远也不会得到对它的确实保证的。"(莱布尼茨:《人类理智新论》1.1,陈修斋译,商务印书馆,2016年,第50—51页)
③ 洛克:《人类理解论》第4卷第1章、第3章,中译本第555页、第570页。
④ 以赛亚·伯林:《启蒙的时代:十八世纪哲学家》,中译本第77页。伯林认为它"比笛卡尔的二元论更难立稳脚跟",因为"后者至少假设他具有一种先天的方法,可以用来突破我们虚幻的感觉材料而达到洞察实在"(同书第77页),而洛克恰恰首先否定了这一假设。
⑤ 黑格尔在讲解亚里士多德的"灵魂-蜡印"隐喻时已就洛克"白板"说的错误(虽然他在此没有点名)进行了批判(《哲学史讲演录》第2卷,贺麟、王太庆等译,商务印书馆,2014年,第362—363页、第369—370页),后来在专章讨论洛克哲学时正式指出:"洛克完全不把自在自为的真理放在眼里",他的哲学"可以说是一种形而上学",甚至是"最浅薄、最错误的思想"(《哲学史讲演录》第4卷,中译本第154页、第170页、第152页)。我们看到,这种"形而上学"或可称为"天赋(或先验)感性论"。就其与笛卡尔的"天赋观念论"针锋相对而言,它其实是发生在哲学和思想领域的一场下层反抗上位者的阶级斗争或"庶民的革命"。

原因,而这种原因至少在一定程度上和在某些方面与其结果——感觉是相像的。但是按照经验主义的原则来讲,这点怎么可能知道呢？我们经验到了感觉,但没经验到感觉的原因；即使我们的感觉是自发产生的,我们的经验也会完全一样。相信感觉具有原因,更甚的是相信感觉和它的原因相似,这种信念倘若要主张,就必须在和经验完全不相干的基础上去主张。(《西方哲学史》3 卷第 13 章"洛克的认识论")①

面对这些质疑,洛克将如何作答呢？

---

① 罗素:《西方哲学史》下卷,马元德译,商务印书馆,2017 年,第 154 页。罗素的说法在一定程度上重申了莱布尼茨对洛克经验主义的批评:"必然真理的原始证明只来自理智,而别的真理则来自经验或感觉的观察。我们的心灵能够认识两种真理,但它是前一种真理的源泉；而对于一个普遍的真理,不论我们能有关于它的多少特殊经验,如果不是靠理性认识了它的必然性,靠归纳是永远也不会得到对它的确实保证的。"(莱布尼茨:《人类理智新论》1.1,陈修斋译,商务印书馆,2016 年,第 50—51 页)——他的批评也预示了英国经验主义通过休谟达致的自我怀疑和否定。在《人性论》(1739)"附录"一文最后(倒数第二段),休谟坦承:"简单地说,有两个原则,我不能使它们成为相互一致,同时我也不能抛弃它们两者中的任何一个。这两个原则就是:我们全部的个别知觉都是个别的存在物；而心灵在个别的存在物之间无法知觉到任何实在的联系。"(《人性论》,关文运译,商务印书馆,2016 年,第 669—670 页)后来他在根据《人性论》第一卷"论知性"部分改写的著作(1748)中再次以"怀疑主义"(休谟自命其哲学是一种"缓和的怀疑主义")为题指出:"人心中从来没有别的东西,只有知觉,而且人心也从不能经验到这些知觉和事物(objects)的联系。因此,我们只能妄自假设这种联系,实则这种联系在推论中并没有任何基础。"(《人类理解研究》12.1,关文运译,商务印书馆,1997 年,第 135 页；译文根据原文略有修改)

二

很有可能,洛克会笑而不答。毕竟,他早在《人类理解论》"赠读者"的前言中就已经声明:"我们所处的这个时代,不是最无学问的",这个时代已经"产生了许多大师",如波义耳、惠更斯和牛顿,因此"我们只当一个小工,来扫除地基,来清理知识之路上所堆的垃圾,那就够野心勃勃了"。洛克自比"小工"(under-labourer)所欲铲除的"垃圾"是什么呢?它就是"今人"(例如笛卡尔)在各学科特别是哲学中引进的"荒诞名词"和"含糊说法"(不用说,其中定然包括了笛卡尔的"天赋观念");如洛克所说,"它们只会掩饰愚昧和阻碍真知",因此"打破虚妄和无知的神龛,我想这将促进人类理解力的发展。"①就此而论,洛克的"白板"根本是一种"遮诠"或否定性修辞,意在破除人们已有的刻板印象或哲学偏见,使之成为适合接受新学启蒙的"心灵写板"。这样看来,"白板"其实是心灵的"白板化"或原始记忆-前理解的破除和净化。

洛克本人对此有充分的自觉。他在《人类理解论》"没有天赋的实践原则"一章(1.3)中解释"人们的原则"(确切说是错误的观念)从何而来时,特别以"白板"为例(这也是他在本书第一次提到"白板")指出:

> 留心用原理教育儿童的人(很少有人没有一套

---

① 洛克:《人类理解论》,中译本前言第15页。译文根据原文有所修改。

自己信仰的原则)往往将自己主张信奉的学说灌注在他们毫无戒备和尚无定见的心灵中(因为白板可以接受任何字迹)。(1.3.22)①

人们被动接受-获得了最初的思想(其实是"意见"),并在成年之后坚信这些想法"是上帝和自然印刻在他们心中的"(3.23)"自然"知识或所谓"天赋观念";这证明(洛克不无悲哀并语含讥讽地说到)"习俗(custom)比自然的力量更大,几乎总能让人的心灵屈从于某物并将其奉为神圣"(3.25)。② 有鉴于此,洛克准备借助修辞的力量或逻各斯的言后功能(perlocutionary function)消除习俗造成的偏见、使大众"复归于婴儿"——也就是说让他们的心灵重新成为"白板"——来接受新哲学(即洛克本人的哲学)的再教育而战胜自己的对手(确切说是他的权力话语的效果历史)。其结果——我们作为历史的后来者有幸见证了这一结果——是谈论和书写哲学本身成为哲人洛克以言行事的政治实践,换言之,述而不作的理论人其实是寓作于述的政治人。

---

① 洛克:《人类理解论》,中译本第47页。译文根据原文有所修改。洛克本人也在他论儿童教育的书信(它们后来结集发表,成为18世纪资产阶级"绅士教育"的典范之作)最后一段卒章明义,声称"绅士的儿子当时还很小,我只把他视为一张白板(white paper)或一块蜡(wax),可以依照人们的喜好把他铸成和塑成任意的样式"(《教育片论》第217节,熊春文译,上海世纪出版集团,2006年,第275页),即是他的现身说法。按:"白板"原译作"白纸","蜡"原译作"石蜡",今统一改为"白板"和"蜡"。
② 洛克:《人类理解论》,中译本第47页、第48页。译文根据原文有所修改。

洛克并不是这样做的唯一或最后一人。事实上,他效法了他的前人,包括"古人"和"今人",甚至是他的敌人。柏拉图在《理想国》第六卷中借"苏格拉底"之口道出了哲人统治的秘密(arcana imperii),那就是"任何一个城邦,除非由画家(ζωγϱάφοι)根据神圣的原型来绘制,否则永远不会幸福";而为了实现这一目标,必须先破后立(或者说不破不立):

> 他们对待城邦和人性就像蜡板(πίναϰα)一样,首先要把它擦净;这绝非易事。但是你知道,他们和其他人的不同首先在于:在拿到一个干净的蜡板或是自己把它擦净之前,他们是不愿动手绘制法律蓝图(γϱάφειν νόμους)的。(《理想国》6.500e-501a)①

这段话直承上文"哲人统治殆无可能,除非出现奇迹"(499b-d)和"哲人应当和风细雨地启发和接引大众"(499e-500a)之说而来,既是"苏格拉底"(柏拉图)开诚布公的夫子自道,也是柏拉图("哲人王")图穷匕见的政治宣言。如果我们的判断无误,这个首先需要"擦净"以便描绘理想蓝图的"蜡板"正是洛克的"白板"——如上所说,它的要义在于"使心灵(重新)成为白板"——的秘密起源和最初原型。

---

① 柏拉图:《理想国》,郭斌和、张竹明译,商务印书馆,1997年,第253页。译文根据原文略有修改。

我们看到,柏拉图的政治哲学以某种灵魂学或认识论(如"回忆说"、"爱欲说"、"理念说")为基础——他笔下的"苏格拉底"宣称(或者说是要求我们相信)"每个人的灵魂中都有一个知识的器官,它能够在被其他活动毁坏致盲后重新通过这些学习刮垢磨光而重见光明"①,只有这样,哲人或理想国的立法者才有可能通过"辩证法"将"逻各斯的知识"($\stackrel{\centerdot}{\epsilon}\pi\iota\sigma\tau\acute{\eta}\mu\eta\varsigma\ \lambda \acute{o} \gamma o \upsilon \varsigma$)——即关于正义($\delta\iota\kappa\alpha\acute{\iota}\omega\nu$)、美($\kappa\alpha\lambda\tilde{\omega}\nu$)和善($\dot{\alpha}\gamma\alpha\vartheta\tilde{\omega}\nu$)的正见种子"写入"($\gamma\rho\alpha\varphi o\mu\acute{\epsilon}\nu o\iota\varsigma$)人的灵魂②,便是柏拉图本人的现身说法。与之类似,洛克的认识论(质言之,即他的"白板"说)也指向并承载了某种政治哲学——洛克本人为之代言的政治哲学。

一般认为,"洛克的全部政治学说是建立在自然状态的假说之上的"。③ 洛克的"自然状态"是一种完全自

---

① 柏拉图:《理想国》7.527e-528a,中译本第292页。译文根据原文略有修改。我们看到,"今人"的伟大代表培根在他为现代哲学和信仰奠基的《新工具》(1620)一书中提出人的心灵因受制于四类"假象"(idols)而无法正确认识"自然",为此"必须下定决心将其全部摈弃和消除,使心灵彻底得到解放和净化;因为建立在科学基础上的人类王国的大门和天国的大门一样,只有[心灵单纯的]儿童才能进去。"(*Novum Organum*, LXVIII)就此重启了柏拉图的哲学方案——确切说是用哲学改造世界的政治方案,与笛卡尔1637年提出的"方法"——即先破后立的行事原则,所谓"只有把它们(按:即错误的思想)一扫而空,然后才能换上好的"(《谈谈方法》,中译本第13页)——相映成趣,并预示了七十年后洛克的"白板"理论。
② Plato: *Phaedrus*, 276e-277a & 278a-b. 这一"刻写"过程同时也是灵魂的"回忆"或自我发现过程;柏拉图由此回答了他当年与智者辩论未决的"德行是否可教"(确切说是"正确的知识从何而来")这一问题。
③ 列奥·施特劳斯:《自然权利与历史》,彭刚译,"生活·读书·新知三联书店,2003年,第220页

由和平等的非社会状态①,生活在自然状态下的人类即"自然人"享有的权利,也就是"自然权利"构成了"自然法"的基础(而非相反;我们看到正是这一点见证了传统"自然正当"观念的内裂和变形),如他本人在《政府论》第二篇中所说:

> 自然状态有一种要求人人遵守的自然法来支配自身;而理性亦即这种自然法,教导只愿意遵从理性的全人类:人们既然都是平等而独立的,那么,任何人都不得侵害他人的生命、健康、自由或财产。(第6节)②

洛克随后指出:"正是在此基础上建立了伟大的自然法",后者"如此清楚明白地铭刻于全体人类心中"(第11节)③,可以说构成了人类政治或政治社会的存在理由和神圣基础(它之所以神圣,是因为它源于人的"自然"也就是人性而非神的意志或旨意):

> 如上所述,人按照本性是自由、平等和独立的,非经本人同意,不得将任何人置于这种社会地位之

---

① 即如卡尔·贝克尔所见:"洛克的自然状态并不是历史上实际存在过的早于社会的状态,而是逻辑上的一种非社会的状态。"(《论〈独立宣言〉》,彭刚译,载《18世纪哲学家的天城》,生活·读书·新知三联书店,2001年,第210页)
② 洛克:《政府论(第二篇)》,顾肃译,译林出版社,2016年,第4页。
③ 《政府论(第二篇)》,第7—8页。

外并受另一人政治权力的限制。同意的情况是通过与其他人协商,联合并组成一个社群,为的是他们相互之间舒适、安全与和平的生活,有保障地享受其财产……当任何数量的人如此同意建立起一个社群或政府时,他们就立刻联合起来并组成一个政治体,在那里,多数人拥有为其余的人采取行动和做出决定的权利。(第95节)①

无论何时,只要立法机关侵犯了这个基本社会准则……该机关便丧失了人民曾出于相反的目的授予它的权力。这项权力复归于人民,他们有权利恢复他们原初的自由权,并通过建立(他们认为合适的)新的立法机关来为他们谋取安全和保障,这正是他们加入社会的目的。(第222节)②

近一个世纪之后③,"新大陆的新型英国人"④(这些人可以说是"洛克之子"和17世纪英国革命的精神后裔⑤)、

---

① 《政府论(第二篇)》,第59页。
② 《政府论(第二篇)》,第136页。
③ 根据拉斯莱特的说法,洛克的《政府论》写作于1679—1681年之间而非传统认定的1690年(《洛克〈政府论〉导论》,中译本第66页、第79页)。
④ 拉斯莱特:《洛克〈政府论〉导论》,中译本第18页。
⑤ 用卡尔·贝克尔的话说:"在政治理论和政治实践上,美国革命都是从[英国]17世纪议会所进行的斗争中得到启发的。《宣言》的哲学并非来自法国。它甚至并不新颖,只不过是把一种好的旧有的英国理论加以新的阐发,以适应当时的需要罢了。"(《18世纪哲学家的天城》,中译本第217页)

《美利坚合众国十三州一致宣言》(即后来人们熟知的《独立宣言》)和未来美国的"作者"在费城庄严宣布：

> 我们认为这些真理是自明的：人人生而平等，他们从他们的造物主那里被赋予了某些不可转让的权利，其中包括生命、自由和追求幸福的权利。为了保障这些权利，才在人们之间成立了政府。政府的正当权力来自被统治者的同意。无论何时当某一形式的政府变得是危害这一目的的，人民就有权改变或者废除它，并建立新的政府。①

他们所说的"自明真理"就是洛克所说的"如此清楚明白地铭刻于全体人类心中"的"自然法"：确切说是政治哲人洛克重新刻写在现代人-儿童"心灵-白板"中的"个人权利"或"自由"这一价值（而不仅仅是事实）观念；它实在是哲人"制作"并"灌输"给儿童现代人的"意见"②，但被后者接受和解读为了"自明的"、神圣的"真理"。③

---

① 转引自卡尔·贝克尔:《论〈独立宣言〉》,《18世纪哲学家的天城》中译本第172页。
② 洛克本人对此并不讳言,如他在《人类理解论》"赠读者"的前言中就预先声明:"我自认和你一样容易出错,亦知本书能否成立,并不在于我的任何意见,而在于你自己的意见。"(中译本前言第11页;此为笔者另译)
③ 仿佛现代科幻作品中的时间旅行者一样,哈姆雷特接受父亲鬼魂感召-启示后的慷慨陈词——"我要从我的记忆书版中抹去一切琐屑愚蠢的记录、一切书本里的格言、一切观念说法、一切少年时代观察记录的既往印象,唯有你的命令留在我的脑海中,不夹杂任何低贱的材料"(*Hamlet*, I. v. 103 - 109)——正预示了后世"洛克之子-现代儿童"的自我主张和根本抉择。

诚然，洛克的对手——如笛卡尔或菲尔默（Robert Filmer，1588—1653）——也认为他们的主张——如"天赋观念"、"君权神授（天赋君权）"之类——是自明的和神圣的。笛卡尔固无论矣，菲尔默亦复如是。菲尔默生前著有《君父论》（Patriarcha）一书，但是没有公开发表，直到他死后二十七年（1680年）英国"王位排斥法案危机"期间（1679—1681）才正式出版。即如本书的副标题"保卫国王的自然权力，反对人民的不自然的自由"（The Natural Power of Kings Defended against the Unnatural Liberty of the People）所示，菲尔默坚决捍卫都铎王朝的"绝对君权"理论，认为王者受命于天——换言之，他的权力并非来自人民的"同意"或"授予"——而在人间享有"唯一正当和自然的权威"，即"最高君父的自然权利"；与之相应，"人民在这个世界上享有的最大自由就是在一位君主的统治下生活。自由的所有其他表现或说法都是程度不同的奴役，一种只会毁灭自由的自由"。[1] 洛克的《政府论》（特别是上篇）即为驳斥菲尔默的"过时"观点（确切说是菲尔默代表的、作为辉格派-自由主义对立面的政治意识形态）而作。这就很好地解释了为什么他在六十年代用拉丁文撰写的《论自然法》（Questions concerning the Law of Nature，1664）中明确宣布"自然法刻写在人的心灵了吗？没有"——

---

[1] Peter Laslett (ed.)：*Patriarcha And Other Political Works Of Sir Robert Filmer*，Oxford：Basil Blackwell，1949，p. 55 & p. 62.

"没有任何原则,不论是实践的还是思辨的,是自然刻写在人的心灵中的"[1],但十多年后他又言之凿凿地声称"伟大的自然法"——即"任何人都不得侵害他人的生命、健康、自由或财产"这一理性命令——"清楚明白地铭刻于全体人类心中"。原因无他:此一时也,彼一时也。洛克当年否定其存在、或者说他希望从人类心灵中抹去其记忆(这一记忆已经被神化)的自然法是古典-基督教传统的自然法:根据古典传统,诸神之父宙斯将"正义"($δίκην$)赠与了人类,世上的王者($βασιλῆες$)由此施行公正的统治——这是"诗人"赫西俄德的说法[2];而在"哲人"柏拉图看来,理性-主人应当统治欲望-奴隶,是为自然正当($φύσεως δίκαιον$)[3],亚里士多德亦持此说[4];后来他们的罗马学生西塞罗也指出"真正和首要的法律"来自"朱庇特的正确理性"(*ratio recta summi Iouis*)或神的心灵,并为"智者的理性和心灵"参与分享。[5] 另一方面,基督教传统认为上帝在人心中写下了神圣的法律[6],后由摩西(他同时作为宗教先知和政治领袖)直接"受命于天"、书之于版并颁布施行,是为人法之始。这不是自然法,但由上帝为人类量身定

---

[1] 洛克:《自然法论文集》,刘时工译,上海三联书店,2012年,第128页、第131页。
[2] Hesiod: *Work and Days*, 276–281; *Theogony*, 81–90.
[3] Plato: *Gorgias*, 484a–b; *Republic*, 431a & 442a–b; *Laws*, 627a.
[4] Aristotle: *Politics*, 1.2.1252a, 1.5.1254a & 1255a.
[5] Cicero: *Laws*, 484a–b; *Republic*, 431a & 442a–b; *Laws*, 2.8 & 10.
[6] *Psalms*, 40:8; *Jeremiad*, 31:33; *Hebrews*, 8:12–13.

制,因此也是神圣的;它由上帝在世间的代理、"地上的神"(God on earth)——国王(立法者-主权者)监管执行,因此也是王法。王法是神圣的,而它的人格化身、国王——确切说是国王的"法身"或政治身体(body politic)——也是神圣的。换言之,国王是同时具有"神圣身体"和"自然身体"(body natural)或"肉身"的"神而人"者。在中世纪欧洲,"国王二体"论"构成了基督教神学的一个旁枝,并在后来成为了基督教政治神学的地标"。① 在近代之前的英国,国王的"神圣身体"与其"自然身体"的分立尤为典型和明显,即如今人所见:

> 从所有欧洲国家共有的历史背景出发,只有英格兰发展出了一种具有连贯性的"国王的两个身体"的政治或法律理论,正如与之相关的"单人合众体"概念也是纯粹的英国发明。②

与此同时,"'王国的政治之体'在英格兰具有一种异常坚实的涵义,远超过其他任何欧洲王国",原因是

> 议会,通过代议的形式,构成了王国活的"政治之体"。也就是说,英国议会从来不是一个"拟制人格"(*persona ficta*)或"代表人格"(*persona repraesent-*

---

① 康托洛维茨:《国王的两个身体:中世纪政治神学研究》,徐震宇译,华东师范大学出版社,2018年,第650页。
② 同上,第586页。

ata），而始终是一个非常实际的"代表之体"（*corpus repraesentans*）。①

在很大程度上，1642—1660年的英国内战正是英格兰王国的"政治身体"与英格兰国王的"政治身体"之间的历史对决，而查理一世在1649年1月30日被议会斩首——他的肉身的陨灭——标志（至少是预示）了国王的"政治身体"和神圣王权-法在英国本土的终结。1660年查理二世"王者归来"，但归来的只是王者的"肉身"和尸居余气的"报身"而非其"法身"②——现在主权在议会，而议会代表人民（当然，这是通过自身"劳动"而拥有合法"财产"的"人民"，确切说是这样的"个人"），因此人民（而非国王）的议会才是真正的王者："天赋王权"或王者享有"唯一正当和自然的权威"的时代一去不返，同时人民主权的时代正在或者说已经开启。而洛克，谨慎的洛克，正是这个新的时代秩序（*novus ordo seclorum*）的"灵魂写手"或哲人-立法者③：他首先从人心中抹去古

---

① 同上，第586—587页。
② 如我们所见，英国自1660年起不再使用暗示国王与议会默契合作的"议会中的国王"（the King in the Parliament）这一说法，而是改用标举二者差别的"国王与议会"（the King and the Parliament），国王从此不能随意征税或制定法律——这是议会的权力，同一年骑士服役制和庇护制经议会批准废除，"军队事实上成为有产者的军队"；查理二世本人也学到了重要一课，那就是"他必须与英国乡绅联合行使统治权"（克莱顿·罗伯茨、戴维·罗伯茨、道格拉斯·比松：《英国史：史前至1714年》，潘兴明等译，商务印书馆，2016年，第449页、第467页、第469页）。
③ 拉斯莱特认为：洛克是一个"无所依附：家庭、教会、社区和乡邻"的"孑然一身的个人"，因此不应把他视为"一个正在崛起的阶级（转下页注）

典-基督教传统的"自然正当"观念-记忆(菲尔默的"神圣君权"即为其游魂为变的回光返照),然后在人们的"心灵-白板"中写入"自然权利"的律令-福音——新的自然法——而重新塑造了现代人的政治信仰,确切说是以这种方式"制作"了现代世界的自我意识。事实上,这也正是柏拉图和一切哲人王的方式;洛克由此重新启动了柏拉图的理想国($Καλλίπολις$)[①]建国方案而公开了哲

(接上页注)即资本家或资产阶级的代言人"(《洛克〈政府论〉导论》,中译本第 55—57 页)。这一说法避重就轻,不能令人信服。事实上,洛克正是因此而(尽管也许是不自觉地)成为了代表时代精神的世界历史个人。罗素曾批评洛克的"自然状态",认为"说的不是野蛮人的生活,而是一个由有德的无政府主义者构成的社会"(Russell: *History of Western Philosophy*, George Allen & Unwin Ltd, 1947, p. 649);"有德"(virtuous)的本质在于"有产",即如波考克所说:在中世纪欧洲,"随着'城邦'(polis)和'共和国'(res publica)蜕化为自治市(municipality)",法律"对公民的定义逐渐地不再根据他的行动和德行,而是根据他的物权",此即"商业人文主义"之缘起;此后个人-有产者(即拥有财产的个人)"艰难而有效地占领了历史舞台",并催生了"古典经济学中的经济人、美国的民主人——前者的一个近亲——和德国的辩证人或社会主义人"(《德行、商业和历史》,冯克利译,生活·读书·新知三联书店, 2012 年,第 65 页、第 76 页、第 107 页)等等现代资本主义社会的权利主体。

[①] Plato: *Republic*, 527c. 柏拉图随后不无悲哀地指出:这样一个理想国只"存在于言辞中"($ἐν\ λόγοις\ κειμένη$),"天上或许有其原型"($ἐν\ οὐρανῷ\ ἴσως\ παράδειγμα$),但在世上无迹可寻(592a–b)。我们看到,这个被柏拉图本人宝爱而雪藏的"言辞中的理想国"正是后来欧洲 18 世纪"启蒙哲人"(*philosophes*)——他们可以说是洛克在欧洲大陆特别是法国的精神之子(关于洛克政治哲学在欧洲和美洲大陆的"两种相互独立的命运",参见拉斯莱特:《洛克〈政府论〉导论》,中译本第 15—18 页)——通过"言辞"预告、宣传并推动实现的"天城",尽管其中也蕴含了经过转化(或者说世俗化)的中世纪基督教神学激情,即如卡尔·贝克尔所说:他们"展望着未来,就像是展望着一片美好的乐土、一个新的千年至福王国。"(《18 世纪哲学家的天城》中译本第 111 页)

人(包括伪哲人)"统治的秘密"——这个秘密就是:人心(以及人性)是一个可以反复清除和不断重写的白板;它至少可以是,或者应该是,甚至必须是这样一种场域($\chi\omega\rho\alpha$):哲人-立法者在此将发挥其权力意志和道德想象,重估一切现有价值(尼采)乃至毁弃一切(据说已经败坏的)现代文明(卢梭),以便谱写和描绘他心目中"最真实的悲剧"[①]和"最新最美的画图"[②]。幸或不幸,它的确实现了,或者说不断趋于实现:作为现代世界的原型-底本、革命基因("再来一次!")和无限循环-回归路径。

---

① Plato: *Laws*, 817b.
② 毛泽东:《介绍一个合作社》,《红旗》1958 年第 1 期,第 3 页。

索 引

A

阿庇安 82,84,100,114,115,121

阿布拉克萨 213—215,219,220,222

阿登森林 200,202—205

阿尔基诺奥斯 190

阿伽门农 84,193

阿格里帕 110

阿金库尔 144,154,158,198

阿凯西劳斯 36

阿奎那 180,197,260,262,283

阿里奥斯托 30,33

阿里斯托芬 20,34,36,89,90,114

阿纳克里翁 36

埃德蒙 186

埃利奥特,托马斯 20

埃涅阿斯 5,29,108,119,135,212

埃诺巴布斯 111

埃塞克斯伯爵 102

埃斯科姆,罗杰 22,32

艾顿,亚历山大 188,190,194,195,197

爱德华(牛津伯爵) 29

爱德华三世 135,144,149

爱洛斯(爱欲) 119

爱奇洛,托马斯 33

安得罗尼库斯,李维乌斯 33

安德里亚 226

安东尼,马尔库斯 82,98,103—106,109—126,197,201,206

安格尔西家族 135

奥菲丢斯 62,64,66,79

奥古斯丁 5—8,226,248,251,252,259,261,263,264,266,283

奥兰多 203

奥索尼乌斯 34

奥维德 20,32,34,88,121,179

B

白板(蜡板) 275,277,278,280—286,288—291,294,299,300

白金汉公爵 150,198

柏拉图 8,32,43—46,49,50,60,77,80,86,89,91—93,100,119,142,182,187,190,197,201,205,211,212,220,221,226,232,233,240,251,258,261,279,280—282,290,291,296,299

柏勒罗丰 280

薄伽丘 8—10,33,178

鲍德温,威廉 150

贝茨,约翰 160—162,169

贝尔,约翰 146

彼特拉克 3—10,12,30,33

俾隆 202

边沁 225,226

波爱修斯 92,283

波里比阿 103

波利多尔 134—138

波洛涅斯 98

波义耳 288

波因斯 158

伯比杰,理查德 98

伯林,以赛亚 267,286

勃艮第公爵 168,192,198

博夫特,约翰 135

布里顿 30

布鲁姆,哈罗德 176

布鲁尼 5,178

布鲁特 135

布鲁图斯,卢基乌斯 75,79,81—85,93,94,98—100,120—122,160

布鲁图斯,马尔库斯 82

C

查理二世 268,298

查理曼(大帝) 225,226

查理五世 19,47,54

查理一世 298

查林纳 29

查普曼 34

仇克斯伯里(战役) 137

D

大分流 37

戴尔,爱德华 29

戴维斯,约翰 32

丹尼尔,塞缪尔 32,34,35

但丁 8—11,30,33,100,119,121,178,205,262

道德剧 137,149

德兰特 24

德雷顿 34,35

狄奥尼索斯(酒神巴库斯) 90,113—117

笛卡尔 6,37,246,253,279,280,283—286,288,291,295

第二四联剧 131,133,140,142,144,152—154

第一四联剧 131,133,137,140—142,144,151,152

蒂勒尔,詹姆斯 275

都铎,埃德蒙 135

都铎神话 131,134—137,151,152

杜贝莱 11

多纳图斯 100,101

E

俄耳甫斯 33,95,236,238,244

恩尼乌斯 33

F

法奥纽斯 84,85

菲尔默,罗伯特 295,299

费尔,托马斯 29

费里斯,爱德华 29

弗莱彻,约翰 148

弗赖伦 160,170

弗伦尼亚 61,70,73,77,79

弗洛里奥,约翰 82

福蒂斯丘,约翰 180,181

福柯 211,225

福斯塔夫 143,157,158,172,186,196,203

福西尼德 34

富尔维亚 110,115

G

伽登纳 150

伽利略 257

该隐 174

盖斯康,乔治 30

盖斯科因,乔治 23

冈特的约翰(约翰·冈特) 177

高尔(诗人) 27,29,33,50,159,160

高森,斯蒂温 40

戈尔丁,亚瑟 29

哥白尼 249,260

歌德 194

格拉夫顿,理查德 138

格莱威尔,法尔克 30

格老孔 211

格林,罗伯特 33

格洛斯特公爵 139,142,150

宫内大臣剧团 102

贡札罗 206

瓜里尼 11

国王二体论 297

H

哈丁,约翰 29,138

哈里(哈尔)王子 142,151

哈灵顿,约翰 226

哈姆雷特 81,96,98,100,102,115,144,186,188,190,192,197,199,294

哈维,加布里埃尔 24,26—28

海格里斯 97,113,114,117

海明,约翰 98

荷马 12,20,22,33,34,46,48,84,107,114,119,182,190,280

荷马卜 5

贺拉斯 11,20,22,34,44,96

赫西俄德 12,34,50,120,296

黑格尔 80,112,194,195,230,286

黑伍德,托马斯 92

黑伍德,约翰 29,89,92,97

亨利(佩吉特勋爵) 29

亨利八世 20,131—133,136,145,148—152,175,176,178,185,198,199,262,264

亨利六世 34,95,132,133,135,137—139,142,144,147,149—151,175,176,181,184,185—186,188,197,198

亨利七世(亨利·都铎) 134—135,136,143,144,199,214

亨利四世(波林勃洛克) 34,86,102,132,133,135,137,140—143,152,155—157,163,170,174,185,192,197,198

亨利五世 102,132,133,135,137,141—144,148—154,159,160,167,170,172,184,185,192,194,197,198

怀亚特,托马斯 29

环球剧场 102

惠茨通,乔治 25

惠更斯 288

霍布斯 73,150,195,196,207,218,219,232,249—257,259—270

霍尔,爱德华 135—138

霍林希德,拉斐尔 136—138

J

基德,托马斯 33,101

加图(小加图) 84

杰奎斯 203—205

金雀花王朝 28,132,146,180

K

卡拉马佐夫,伊凡 205

卡斯蒂廖内 20,47,48,53—55

卡休斯 82—85,93,94,99,121

凯德,杰克 142,186,188,195

凯撒 81,82,85,89,93—101,103—105,109,110,113,115,116,119,122—124,126,127,144,149,160,197

凯瑟琳公主 144,172

康帕内拉 226

科克,爱德华 27

科里奥兰纳斯 59—61,63—78,80

科米纽斯 62,65

科茹,理查德 31

科特,亚历山大 160,161

克兰默(大主教) 150,151,179,198,199

克劳狄阿努斯 34

克里奥佩特拉 82,103,105,109,111,113,115—127,201

克利福德勋爵 185

克伦威尔 268

克罗齐 11

孔子 218

L

蜡板:见"白板" 280,281,283,290

蜡印 280,281,286

拉丁努斯 108

拉尔休斯 66

拉斯莱特 275—277,293,298,299

拉维尼亚 108

莱布尼茨 286,287

莱格,托马斯 138

兰格伦,威廉 29

兰开斯特王朝 29,132

朗吉努斯 11,44

勒洛瓦,哈利 158,159

雷必达 103,105,106,109,111

雷利,沃尔特 29,101

雷慕斯 108

李尔王 189,197

李维 52,53,60,139,215,216

理查二世 34,102,132—134,136,140—142,145,147,150—152,155,164,177,179,185,191,192,193,197

理查三世 34,132,133,135,138—142,144,151,152,184—186,197,199

理查一世 146

利德盖特,约翰 29,33

利诺斯 33

卢坎 20,32,34

卢克莱修 34,279

卢梭 37,186,195,223,226,267,300

伦福萨城 246

罗宾汉 201—203

罗慕罗斯 108

罗森克兰茨 96

罗素 195,223,224,267,286,287,299

罗伊登,马修 33

洛克 102,140,141,150,180,181,191,192,195,207,223,245,270,275—281,284—296,298,299

吕库古 226

M

马尔康 183

马尔提尔 32,59,61,63,65,80,245

马尔休斯,安库斯(罗马皇帝) 61

马基雅维里 39,48,51—55,79,139,142,182,183,211,215,216,250,257

马克西米利安二世 42

马洛 31,32,34—36,101,136,149

玛格丽特王后 150

玛丽女王 29,145

麦克白 144,197

麦克德夫 183

麦纳斯 111

美第奇 19,54

玫瑰战争 138,219

蒙田 6,81,82,204

孟子 217,218

米尔斯,弗朗西斯 32—36,41,55

米兰达 207

米南德 22

米尼纽斯 62,72,79

密尔,约翰 270

明图尔诺 11

缪斯 30,34,91,92,281

摩西 204,264,269,296

莫尔,托马斯 19,32,138,149,150,175,207

穆塞俄斯 33

N

纳缦 269

纳什,托马斯 89,97

南安普敦伯爵 87,102

尼采 37,39,55,113,189,195,245,257,300

尼西阿斯 69

逆取顺守 211,216

牛顿 37,288

努马(罗马皇帝) 53,61

诺斯,托马斯 59,82,84,212

O

欧几里德 257

欧里庇德斯 20,34,36

欧迈奥斯 107

P

帕拉斯 108

帕斯卡尔 250,253

派林诺斯

潘布鲁克伯爵 87

潘杜尔夫 145,150

庞贝 105,106,110,111,123,160

培根 37,38,207,220,226,228—248,250,252,253,291

皮尔,乔治 29,33,35,36,136

皮斯脱 159,168

品达 22,34

珀西,亨利 86

普布利科拉 75,226

普里亚诺 42,46,53,55

普鲁塔克 48,59,64,75,81,82,84,104,112,114,115,121,122,182,194,204,226

普罗斯佩罗 206,207

帕腾讷姆,乔治 28—31,55,89,96,97

Q

奇克,约翰 32

乔叟 23,24,27,29,30,32,33,36,126

切里阿诺 33

秦纳 85,95,97,101

琼森 31,35—37,85,102

R

日耳曼尼库斯 154,169

若代尔 36

S

萨里伯爵 24,27,29,30,32,35

萨罗门 240

萨罗门学院 238,240,241,246,247

塞内加 34,36,137,212,229

塞万提斯 133

莎士比亚 31,32,34—36,55,60,81,82,85—88,95—98,100—104,109,113—116,119,120,126,127,131,133,134,137—156,160,163—168,170—173,175—180,183—192,194,196—207

神迹剧 137

圣安东尼 5

圣卜 5

施密特,卡尔 28,253,257,263,268

施特劳斯,列奥 182,205,249,276,291

庶子(理查爵士) 145,147,168,199

斯宾诺莎 80,255,270

斯宾塞,埃德蒙 24

斯多葛学派(廊下派) 279,283

斯盖尔顿,约翰 29,149

斯密斯,托马斯 32

斯特恩赫德,托马斯 29

苏格拉底 43,44,90,117,212,245,280,282,290,291

所拉门纳 240

索福克勒斯 20,34,36

T

塔昆(高傲者) 63,74

塔索 33

泰伦斯 22,36

泰门 85,200,201,206

汤武革命 217

忒奥克里托斯 28

特布威尔 30

特洛伊 108,127,149

提尔泰奥斯 49

图尔努斯 108

托尔伯特,约翰 196

托勒密一世 112

萨克维尔,托马斯(巴克斯特勋爵) 29

W

瓦勒莉娅 75

王位排斥法案危机 295

威尔逊,托马斯 21,97

威廉斯,迈克尔 160,163,168,169,170,173

威廉一世 146,214

韦伯,威廉 26,27

维达 11

维吉尔 20,22,28,32,34,119,121,194,213

维吉尔卜 5

维吉利娅 61,62

文艺复兴 3,4,7,10—12,17—22,24,25,37,39,41,44,47,48,51,54,81,88,89,92,96,101,178,183,204

沃顿,爱德华 41

沃尔纳 34

沃克斯,尼古拉 29

沃森,托马斯 33

乌托 213—216,219—222

屋大维(奥古斯都) 103—106,109—113,115,117,118,121—124,126,197

屋大维亚 111,115,116,121

伍尔习(红衣主教) 150

X

西塞罗 213,226,229,252,296

希斯拉德,拉斐尔 19

锡德尼,菲利普 11,24—29,31,32,34,35,39—43,45,46,53,55,86,88,89,97

荀子 217,218

Y

亚伯拉罕 264,269

亚里士多德 44,49,50,77,80,96,106,107,180,224,226,233,251,252,256,257,259,279,281—283,286,296

亚历山大大帝 104,125,160

亚瑟王 134,135

亚瑟(王子) 145

伊壁鸠鲁 190,259,279

伊拉斯谟 183,213,215

伊丽莎白(爱德华四世之女) 135,136,139,150,151,179,198,264

伊丽莎白一世(伊丽莎白公主) 23,29,55,145,147,193,198

伊索克拉底 50,179

伊塔利库斯,希利乌斯 34

英国内战 262,268,275,298

尤利西斯 193,194,197

尤特罗皮乌斯 59,74

园丁(《理查二世》剧中人物) 191—194,197,198

约翰王 34,131,133,145—148,150—152,168,197,199

约克公爵 138,142,150,184,191

约克王朝 132

Z

长公爵 200,202,204,205

贞德 138,147

宙斯 72,91,107,296

自然法 106,180,195,222,249,253,260,263,266,269,275,292,294—296,299

后　记

十一年前,我动念撰写一部讲述"乌托邦"观念流变的小书,并创作了《乌托邦的诞生》一文作为它的试笔和开篇。但我很快发现自己力有不逮,写作计划一再搁浅。2012年,学长兼同事张辉教授邀请我参加他主持的《比较文学与世界文学学术文库》,我选辑出版了《比较文学:人文之道》(复旦大学出版社,2013年)一书,聊以自宽。该书第四部分——英国近代文学与思想史板块,其中收录了《乌托邦的诞生》、《莎士比亚英国历史剧的创作意图》、《培根的寓言》三篇文字——即为此前写作计划的一个遗迹($\sigma\tilde{\eta}\mu a$)和预表(figura)。在这个意义上,《莎士比亚、乌托邦与革命》是它的重启或再来,尽管时过境迁,"吾犹昔人,非昔人也"。

《莎士比亚、乌托邦与革命》这本小书代表了我近十年来(2009—2019)对英国现代早期(1516—1690)人文历史的观察和思考。"历史"的观念意味着"历史性"的自觉。由于时间和运动,人类得以进入-成为四维存在;由于记忆和想象,我们得以模拟-体验五维时空。对历史的解读或者说意义的制作($ποίησις$)——这是一种"无中生有"的创造,甚至是重归虚无的破坏——穿越和连接了"异代不同时"的四维时空。可惜条件不允许,否则我将这样设计本书的标题内容:它们在三维时空中扭结旋转,构成一条自身闭合的莫比乌斯之环。

然而它只是看似"自身闭合"而已。如果说历史无非是"人类心智的展开"(沃格林),那么这一展开很可能既不是结果预定的直线进返,也不是喜大普奔的螺旋上升(抑或其反面:持续的衰变、每况愈下的"race to the bottom"),也不是权力意志的永恒再现,而是像圆周率——确切说是人类理性对圆周率的探寻——那样永无止境也永不闭合的无限不循环变异-发生($différance$)。"闭合"意味着死亡或历史-运动的终结,沃格林所谓灵知主义-终末论的历史观:他为此提出"历史的秩序来自秩序的历史",换言之历史是"居间的显现"(同时也是持续的分化-遮蔽),即人的生存是对实在的参与而非实现。沃格林的历史哲学是黑格尔历史哲学的去目的论-终末论改写,而后者又是基督教历史神学的人文-世俗化反转。然而,他们都忘记了或是有意避而不谈人类-精神-历史终归寂灭这一必然事实($ἀνάγκη$)。即如恩格斯在《自然辩证法》导言部分最后谈到"物质运动的永恒循环"时所说:

> 但是,"一切产生出来的东西,都一定要灭亡"。也许会经过多少亿年,也许会有多少万代生

了又死；但是无情地会逐渐到来这样的时期，那时日益衰竭的太阳热不再能溶解从两极逼近的冰，那时人们愈来愈多地聚集在赤道周围，但是最后就是在那里也不再能找到足以维持生存的热，那时有机生命的最后痕迹也将逐渐消失；而地球，一个象月球一样的死寂的冻结了的球体，将在深深的黑暗里沿着愈来愈狭小的轨道围绕着同样死寂的太阳旋转，最后就落到它上面。其他的行星也将遭到同样的命运，有的比地球早些，有的比地球迟些；代替安排得和谐的、光明的、温暖的太阳系的，只是一个冷的、死了的球体在宇宙空间里循着自己的孤寂的道路行走着。我们的太阳系所遭受的命运，我们的宇宙岛的其他一切星系或早或迟地都要遭遇到，其他一切无数的宇宙岛的星系都要遭遇到；还有这样的星系，它们发出来的光，即使地球上还有人的眼睛去接受它，也永远达不到地球，连这样的星系也都要遭遇到这种命运。

尽管"我们还是确信"（或者说他要求我们相信）：

物质在它的一切变化中永远是同一的，它的任何一个属性都永远不会消失，因此，它虽然在某个时候一定以铁的必然性毁灭自己在地球上的最美的花朵——思维着的精神，而在另外的某个地方和某个时候一定又以同样的铁的必然性把它重新产生出来。①

这是古代伊壁鸠鲁主义②(乃至更早的赫拉克利特③)宇宙论哲学的现代科学表达,也是科学-唯物主义的未来信仰和末世祈祷。但是无论如何,理性-存在-历史-意义的连续性和统一性就此成为了不可能(试问未来奇迹再生的"精神"是否能回忆起它的前身——当年"地球上的最美的花朵"的诸般活色生香?)。沃格林的历史哲学即是对此绝望或虚无的反抗——在某种意义上,一切严肃的思考和写作都是:即便是作为反讽,即便以失败告终。

不妨说,就物质-精神运动的"铁的必然性"而言,人类的存在是一个有限(定数)的、自身闭合的系统-过程。然而,人类历史的意义(沃格林所谓"历史的秩序")亦由

---

① 《马克思恩格斯选集》第三卷,人民出版社,1972年,第458—459页,第462页。
② Lucretius: *De rerum natura*, 5.91–96: "*maria ac terras caelumque tuere...tria corpora...una dies dabit exitio, multosque per annos sustentata ruet moles et machina mundi.*" 1.215–224 & 1117: "*natura neque ad nihilum interemat res...quod nunc, aeterno quia constant semine quaeque*", "*ita res accendent lumina rebus.*" 参见方书春译文:"海洋、陆地和天空……这个三重的自然……只需一天就能够使它们全部毁灭。那时候,这个经历了亿万年的世界的大块和形体,必将爆裂粉碎。"但是"不朽的种子"——物质永恒不灭:"自然也把一切东西再分解为它们的原初物体,没有什么东西曾彻底毁灭消失",事实上"事物将为事物燃起新的火炬"(《物性论》,商务印书馆,1999年,第267页、第12页、第60页)。
③ Fragment 52: "αἰὼν παῖς ἐστι παίζων, πεττεύων· παιδὸς ἡ βασιληίη." 尼采译文:"宇宙是宙斯的游戏。"(《希腊悲剧时代的哲学》第6章,李超杰译,商务印书馆,2018年,第35页)

此——即"终结悬临于此在"[①]这一前提（datum）——而成为可能。作为有限的存在者，人类有能力理解或相信存在的无限，并由此获得一种超验的、近乎上帝视角的自我认识，而这个自我认识就是：除非历史已经封顶或者终结（而成为某种自身闭合的存在），我们不可能拥有完全和真正的自我认识。

在这个意义上，历史意义-秩序的自我认定是不可能的。历史哲学只是这一不可能的可能（因此也是失真的）幻象（εἴδωλον）[②]：就像我们在某个无限不循环数字序列（例如圆周率）中发现连续（或按照某种规律间隔）出现8964位（或任何位）的7（或其他任何数字）而认为它有理可循（或至少是预示了这一可能）并试图（例如通过分数形式或某种特殊的进制）将之转写为一个有理数一样。一切历史哲学均可作如是观——本书亦不例外。

尽管如此，这个数字序列仍然是有定-限的：每一位数字都（将）是确定的"这一个"。仍以圆周率为例：它的第一位数字确定是3而非1、2、5等等，小数点后第一位数字确定是1而非8、9、0等等，其他依次类推。未知而

[①] 海德格尔：《存在与时间》第50节，陈嘉映、王庆节译，生活·读书·新知三联书店，1987年，第287—288页。参见第46节："只要此在作为存在者存在着，它就从不曾达到它的'整全'。但若它赢获了这种整全，那这种赢得就成了在世的全然损失。"（同书第272页）

[②] 因此，"历史哲学"这一说法本身是一种自相矛盾；事实上，当"哲学"折返-下降到"历史"乃至"政治"中时，它就堕落了——它必然会堕落（如我们在人类过去和当下历史中所见），除非是作为某种超越和批判的（因此具有潜在的颠覆性或革命性）力量。

待定的总是即将到来并将重新改写秩序的下一个:它是上帝还是戈多、是救赎还是荒诞、是意义还是虚无,我们当下——或许是永远——不得而知。

但是可以希望:因为它一再发生而似曾相识;同时不无绝望:因为它总是意外降临和难以确知。而我们即在此间——有限与无定之间——若有所思地张望,同时心存侥幸——无论是自我安慰以君子的"居易俟命"还是自我美化为超人的"热爱命运"(*amor fati*)——地等待存在-历史的"给出":

> To be, or not to be:
> The readiness is all. ①

本书各篇内容曾先后发表于《国外文学》、《外国文学评论》、《跨文化对话》、《文艺争鸣》、《中山大学学报》以及《人大复印资料·外国文学研究》、《社会科学文摘》等刊物,其间得到乐黛云老师、刘锋教授、耿幼壮教授、李明彦先生、李青果先生以及程巍教授、何卫先生、张锦女士、龚蓉女士、陈思红女士的大力支持和热情帮助。倪为国先生和施美均女士分别以其深谋远虑的学术眼光和细密周到的编辑工作促成了本书的出版。借此机会,谨向上述师友表示衷心的感谢和敬意!希望这本小书没有辜负你们(这里也包括本书的读者)的友爱和信任:这将

---

① "生死如何? /是耶非耶?——有备即可。"

"能使我可以走更多的路"(鲁迅:《过客》),无论前方为何——

> τί ἐστι τὸ εἶναι;
> ὑπάρχω καὶ ὑπομένω. ①

2020 年 6 月 27 日写定于北京昌平瑞旗家园寓所

---

① "'是'是什么?/存在的意义是什么?——我人坚守以待。"

图书在版编目(CIP)数据

莎士比亚、乌托邦与革命/张沛著.
--上海:华东师范大学出版社,2021
 ISBN 978-7-5760-1605-5

Ⅰ.①莎… Ⅱ.①张… Ⅲ.①文学思想史—研究—英国—1516—1690 Ⅳ.①I561.09

中国版本图书馆 CIP 数据核字(2021)第 062993 号

华东师范大学出版社六点分社
企划人 倪为国

莎士比亚、乌托邦与革命
著　　者　张　沛
责任编辑　施美均
责任校对　高建红
封面设计　刘怡霖

出版发行　华东师范大学出版社
社　　址　上海市中山北路3663号　邮编　200062
网　　址　www.ecnupress.com.cn
电　　话　021-60821666　行政传真　021-62572105
客服电话　021-62865537
门市(邮购)电话　021-62869887
地　　址　上海市中山北路3663号华东师范大学校内先锋路口
网　　店　http://hdsdcbs.tmall.com

印 刷 者　上海景条印刷有限公司
开　　本　890×1240　1/32
印　　张　10.25
字　　数　165千字
版　　次　2021年11月第1版
印　　次　2021年11月第1次印刷
书　　号　ISBN 978-7-5760-1605-5
定　　价　68.00元

出 版 人　王　焰

(如发现本版图书有印订质量问题,请寄回本社客服中心调换或电话021-62865537联系)